Zoé et Chloé

Titre original : *Girls to Total Goddesses*

Initialement publié en Grande-Bretagne par Bloomsbury Publishing Plc., Londres, 2009,
sous le titre : *Zoe & Chloe – Girls to Total Goddesses*
© Sue Limb, 2009, pour le texte
© Éditions Gallimard Jeunesse, 2011, pour la traduction française

Sue Limb

Zoé et Chloé
3. Zoé et Chloé, top canons

Traduit de l'anglais
par Alice Marchand

GALLIMARD JEUNESSE

Pour Anna Wednesday Meyers

1

— Alors ? fait Chloé. Quand est-ce qu'on commence notre relookage pour devenir top canon ?

On est au Dolphin Café, bien au chaud, par un brumeux après-midi de novembre. Voilà des semaines que nos devoirs pour le lycée ne nous laissent pas une minute de répit, alors on a dû mettre de côté l'opération Top Canons. Mais si on continue à repousser l'échéance, on court à la catastrophe : j'ai l'impression qu'on se laisse aller…

— Tout de suite ! je m'écrie. Il est temps qu'on s'y mette ! Tu te souviens de ce qu'on s'est dit cet été ? On a sept jours pour devenir des canons. Des déesses, même ! Je te propose de rebaptiser l'opération. Quoi qu'il en soit, il faut que je sois irrésistible d'ici huit heures ce soir.

Tout excitée, Chloé écarquille les yeux.

— Huit heures ? Qu'est-ce qui se passe à huit heures ce soir ? Tu ne m'as rien dit !

J'affiche un sourire mystérieux.

— Qui sait ? Une fois qu'on sera des déesses, on pourra tout se permettre…

C'est un peu au pif que j'ai fixé à huit heures du soir l'heure où débutera notre nouvelle vie. Huit heures du soir, ça fait beaucoup plus important et plus palpitant que sept heures du soir, non ? On devrait peut-être étaler l'opération Déesses sur huit jours : il se pourrait qu'on ait besoin d'un jour de plus pour terminer notre transformation…

— Et on commence par quoi ?

Chloé ouvre son carnet et marque *Opération Déesses* en haut d'une page.

Songeuse, j'examine le fond vaseux de ma tasse de chocolat chaud.

— Eh bien… Il faut que je change tout. Ben oui : toi, tu es éblouissante, tu es hyper cool et tout, mais moi, je suis tout simplement hideuse de la tête aux pieds ! Mes cheveux, c'est de la paille, j'ai le nez en patate, des dents trop grandes et le plus gros bouton de l'histoire de l'acné…

(Entre parenthèses, il s'appelle Norbert ; il a une place tellement importante dans ma vie qu'il tient plus de l'animal de compagnie que de l'imperfection cutanée.)

— … mon ventre ressemble à un airbag, mes jambes sont des poteaux, j'ai les genoux cagneux et les pieds en dedans… Le matin, quand je me lève, j'ai l'air d'une créature qui émerge des profondeurs avec ses tentacules et ses bourrelets visqueux !

— Arrête, arrête ! hoquette Chloé, pliée de rire. Ne dis pas de bêtises, Zoé, tu es canon ! Tu as des formes de rêve, des cheveux ondulés qui miroitent comme du bronze, des cils immenses, des jambes interminables, et puis tu es grande, tu es charismatique, éblouissante et drôle. C'est moi qui ai besoin d'un relookage !

– Mais non ! je proteste. N'importe quoi !

– Écoute, insiste Chloé. Je suis franchement naine, j'ai pas de poitrine (mes seins ne sont pas plus gros que des noix), j'ai des cheveux secs qui partent dans tous les sens et le pire, c'est qu'ils sont ROUX, d'un roux atroce qui jure avec tout, j'ai le teint couleur bouillie d'avoine et la figure couverte d'ignobles taches de rousseur qui me font une tête de CRAPAUD, et dès que je me mets au soleil, je crame comme une saucisse au barbecue. Ah, et mes jambes ! Maigrichonnes et affreuses ! J'ai les tibias tellement pointus qu'ils pourraient servir de coupe-fromage ! Personne ne voudra jamais m'épouser !

– Mais si ! Tu es parfaite avec ton petit 38, enfin ! Tes cheveux, c'est un divin nuage cuivré ! Ta peau est comme un bol de lait sans mouche dedans ! Elle n'a pas la moindre imperfection ! La prochaine fois qu'on tournera un film sur la reine Élisabeth Ire, Cate Blanchett va se retrouver au chômage !

Maria, la propriétaire du café, débarque sur ces entrefaites pour nous demander de la mettre en sourdine. Elle nous lance méchamment :

– Vous dérangez les autres clients !

C'est une nymphomane tyrannique, mais on a intérêt à rester dans ses petits papiers, car le Dolphin

Café, c'est notre QG. Notre copain Toby a été serveur ici, cet été ; il nous a raconté que le jeudi Maria l'autorisait à lui rouler des pelles dans la réserve.

– Alors ? On commence par quoi ? chuchote Chloé.

– Il faut qu'on fasse du sport, dis-je d'un ton décidé. Parce que je refuse d'arrêter de manger. Pour le moment. Et puis apparemment, le sport, ça développe aussi les facultés cérébrales.

– Oui ! Oui ! acquiesce Chloé en notant *Spore*.

Elle est pas super bonne en orthographe, mais elle est capable de faire de tête des calculs délirants.

– … Le sport, c'est une idée géniale ! Je pourrais peut-être en trouver un qui fait grossir les seins ! Et puis ça nous fera une peau radieuse et les yeux qui brillent.

– Oui, qui brillent d'un éclat surnaturel ! Mais je refuse de faire du sport en public. Je ne veux pas que quelqu'un voie mes bourrelets tressauter.

– Ouais ! fait Chloé en frissonnant. Ce serait bizarre !

C'est sûr que ce serait bizarre si les bourrelets de Chloé tressautaient, étant donné qu'elle a autant de cellulite qu'un elfe anorexique.

– Et pour moi, pas question de toucher à un ballon ! ajoute-t-elle.

Elle est d'une maladresse fabuleuse, hilarante. J'espère qu'on ne la présentera jamais à la reine, parce que Chloé risquerait de lui donner un coup de boule en voulant faire la révérence et finirait sans doute en prison.

Je suis obligée de l'approuver :

— Non, non, pas de jeux de ballon ni de sports d'équipe.

— J'ai horreur des sports d'équipe, renchérit Chloé avec un soupir. Les gens me prennent toujours pour la godiche de service.

— Toi, la godiche de service ? je murmure, indignée. Mais pas du tout ! C'est moi, la godiche de service ! Chaque fois que j'essaie un nouveau sport, j'ai les cuisses qui fusionnent. De toute façon, je déteste les sports d'équipe, moi aussi, sauf quand c'est joué par des mecs canon au torse musculeux.

Chloé sourit.

— Ah ouais ! Tu te souviens de ce match de rugby sur la plage à Newquay ?

Si je m'en souviens ? Ma copine est loin de se douter que, depuis, je repense avec nostalgie, toutes les cinq minutes environ, à Brutus en train de courir sur le sable. Purée ce qu'il était beau ! Je revois ses boucles noires qui voletaient dans le vent marin et ses yeux gris-vert qui semblent toujours aux aguets, curieux de tout. Le lycée me fait l'effet d'une prison vide depuis qu'il est parti. C'est pitoyable, mais maintenant que je ne risque plus de le croiser dans les couloirs, je suis obnubilée par tous les endroits où je suis tombée sur lui l'année dernière, quand je ne me rendais pas compte qu'il est merveilleux et que ces télescopages étaient un pur gâchis.

— À quoi tu penses ? me demande vivement Chloé.

Il faut croire que j'affiche un sourire béat. Je ne lui

ai pas dit que j'étais dingue de Brutus, parce que le sujet est encore un peu sensible : Chloé était folle de lui pendant tout le dernier trimestre, l'année dernière, juste avant les grandes vacances. Mais il faudra bientôt que je lui en parle – dès qu'elle me paraîtra prête à l'accepter.

– À rien, à rien...

Je m'arrache à ma rêverie.

– ... Je me disais juste que ça va être génial de faire du sport. Alors ? Quand est-ce qu'on s'y met ? Et ça peut pas être le footing. On risquerait d'attraper ce truc qui s'appelle « le mamelon du coureur ». Plutôt mourir que d'être obligée d'aller voir un médecin pour un problème de ce genre !

– De l'aérobic ! s'exclame Chloé.

Son cri a fait sursauter les gens des tables voisines. Je siffle entre mes dents :

– Chut !

Heureusement, Maria est dans la cuisine.

– On peut se dégoter un DVD et faire ça en cachette chez nous ! poursuit Chloé à voix basse. Si on s'entraîne tous les jours, tu penses qu'on verra déjà des résultats au bout d'une semaine ?

– Bien sûr !

Je me demande comment réagirait Brutus en découvrant la nouvelle Zoé, mince et bien foutue.

– ... On verra des résultats dès le premier jour ! On peut se prendre en photo avant de commencer, puis faire des photos de « l'après » quand notre transformation sera terminée. Et on doit se dire franchement ce qu'on pense du physique de l'autre.

— Ouais, acquiesce Chloé. D'ailleurs, on doit toujours être franches.

J'avale ma salive, gênée de laisser Chloé dans l'ignorance à propos de mes sentiments pour Brutus.

— Il nous faudrait une date butoir, je suggère, pour détourner la conversation du sujet de la franchise. Tu sais, un grand événement qui servirait d'objectif pour nos préparatifs ; on travaillerait à être éblouissantes pour ce jour-là. Tiens ! Qu'est-ce que tu penses de Jailhouse Rock ?

Jailhouse Rock, c'est un fabuleux concert que Brutus aide à organiser. Il doit avoir lieu dans quatre semaines, à peu près, dans la salle de concert Sir George Plunkett, que tout le monde appelle « Plunkett ». C'est une soirée organisée *par* des jeunes *pour* des jeunes, en soutien à Amnesty International (d'où le nom de « Jailhouse Rock[1] » – parce que Amnesty soutient les prisonniers du monde entier qui sont injustement détenus pour avoir critiqué ouvertement un gouvernement qui les opprime).

— Jailhouse Rock ! s'exclame Chloé. Parfait ! On avait prévu d'y aller de toute façon. Ce soir-là, on sera à tomber par terre.

Je hoche la tête.

— Oui, tout le monde sera ébloui.

1. Ce titre d'une chanson d'Elvis Presley signifie « Rock de prison ».

Je me demande secrètement jusqu'à quel point je dois me transformer pour éblouir Brutus. Le problème, c'est qu'un jour – à cette triste époque où je le détestais –, il m'a proposé un rencard et je lui ai dit que je ne sortirais pas avec lui même si c'était le dernier homme de la planète.

Depuis, il me parle poliment quand on se croise, mais je sais bien qu'il n'abordera plus jamais le sujet : il a vite effacé cet épisode de sa mémoire. Je suis persuadée que, même si j'étais la dernière fille de la planète, il ne me proposerait pas de nouveau rencard. Nos rapports vont rester cordiaux mais glacials jusqu'à la fin des temps… à moins que je réussisse à devenir tellement divine qu'il perdra complètement les pédales, oubliera le passé et me foncera dessus à deux cents kilomètres-heure.

Chloé griffonne dans les marges de son carnet. Elle dessine de grands yeux de top canon. Maria vient à notre table et débarrasse ostensiblement nos tasses vides. On va devoir aller faire la queue pour s'acheter quelque chose à grignoter, ou bien libérer notre petit coin douillet.

– Tu vois autre chose à mettre sur cette liste ? Des principes fondamentaux, genre ? je demande. De mon côté, je ne me suis pas suffisamment documentée sur les déesses…

– Oh, juste que les garçons devront passer à la trappe ! déclare Chloé avec fermeté. Pas question d'avoir un coup de cœur, de tomber raide dingue ou même de trouver un mec vaguement mignon pendant un quart de seconde avant qu'on soit devenues top canon, OK ? On a perdu beaucoup trop de temps à penser aux garçons, dans le passé ! À partir de maintenant, si Ben Jones s'assied à côté de nous à la cantine, on ne s'en apercevra même pas !

– Ben Jones ? C'est qui ? je plaisante.

Ben Jones est beau comme un camion. C'est le mec dont tout le monde rêve, au lycée – une friandise faite homme. En général, je me fais un plaisir de baver devant lui de concert avec les autres, même si, depuis que je fantasme en cachette sur Brutus, aucun autre mec ne m'intéresse le moins du monde.

– Bref : les mecs, ça ne compte plus ! insiste Chloé.

– Absolument ! je l'approuve, tout en m'accordant une petite pensée clandestine pour les mains délicieusement viriles et robustes de Brutus. Mais Chloé, et si… ?

Une vision vient de se former dans mon cerveau fébrile : Brutus débarquant chez moi, comme cet été, et me proposant un rencard. Cette fois, je ne l'enverrais pas balader…

– Il n'y a pas de « mais » ! rétorque Chloé.

Ce qu'elle peut être têtue !

– … Les garçons ne seront plus au menu pendant toute la période où on va se concentrer sur nous. De toute façon, c'est lamentable de fonder son opinion de soi sur son succès avec les mecs. Il faut qu'on soit des femmes fortes et indépendantes, pas vrai ?

J'acquiesce et j'essaie d'avoir l'air forte et indépendante mais, en mon for intérieur, je me promets de m'accorder une toute petite pensée pour Brutus dès que Chloé aura le dos tourné. D'ici une minute ou deux, elle va peut-être décider qu'elle a envie d'un des brownies ou des toasts à la cannelle qui sont au menu du Dolphin Café.

Une ombre tombe sur notre table. On lève la tête. Un garçon au teint cireux, aux cheveux beiges plaqués en arrière et aux yeux caca d'oie est planté devant nous. Oh my God ! C'est Matthew Kesterton ! Si on veut devenir totalement indifférentes aux garçons, Matthew est le candidat idéal pour commencer notre entraînement. On l'a rencontré il y a quelques mois, dans des circonstances trop gênantes pour que je les explique ici…

Bon, d'accord : on s'est fait passer pour des coachs professionnels et Matthew a été notre seul client. Pour résumer, ce mec mériterait un prix Nobel de ringardise. J'ai gâché des après-midi entiers de ma vie à essayer de lui apprendre à sourire.

– Salut, les nanas ! lance-t-il avec un faux accent de prolo du sud de Londres. Je peux me joindre à vous ?

Et sa bouche se tord dans une sorte de grimace douloureuse. Je vois que pour ce qui est des sourires, il n'a toujours pas pris le coup.

2

– Salut, Matthew ! Ça fait plaisir de te voir ! Tu as passé de bonnes vacances ?

Sympa, je lui indique que la troisième chaise est à sa disposition. Matthew s'assied prudemment, comme s'il n'avait encore jamais essayé, mais avait lu une brochure intitulée *Comment s'asseoir sur une chaise*. Je lui fais un sourire hypocrite : ça ne me fait franchement pas plaisir de le voir. J'aurais préféré la compagnie d'un boa constrictor – un animal au sang nettement moins froid que Matthew.

– C'est Paolo, en fait, annonce-t-il avec pompe. J'ai changé de nom. Je trouve que Matthew, ça fait un peu vieillot.

C'est une énorme faute de goût de sa part – mais je suis bien trop polie pour le lui dire. J'ai le snobisme d'apprécier les noms démodés. Comme Harry, par exemple. Il se trouve que c'est le vrai nom de Brutus : Harry Hawkins. Il n'y a rien de plus charismatique ! Ça fait un peu nom de pirate, mais bon, il a aussi l'allure d'un pirate, parfois.

– OK, euh… Paolo, dis-je avec malice. J'ai changé de nom, moi aussi. Je m'appelle… Doris.

Je n'ai pas pu m'en empêcher : Matthew me transforme en monstre d'ironie. Chloé paraît surprise.

– Chloé aussi a changé de nom, je continue. Elle s'appelle Vera, maintenant. Tu as passé de bonnes vacances, alors, Ma… Paolo ?

– Oh, c'était génial, ouais, répond Matthew de son étrange voix monocorde. Pour commencer, j'ai fait un stage de premiers secours…

Je n'aime pas ce « Pour commencer ». Il suggère qu'on va devoir subir une longue énumération de toutes les choses formidables que Matthew a faites cet été.

– Ouah, super, bravo, dis-je. Alors maintenant, tu peux sauver des vies, c'est ça ?

– Eh oui, confirme Matthew, rêveur – de toute évidence, il est en train de s'imaginer qu'il est sauveteur à Atlantic City.

– Mais c'est merveilleux ! hoquette Chloé en évitant mon regard. Alors si on était en train de se noyer, tu pourrais nous sauver !

Je sais précisément ce qu'elle pense, en cet instant : qu'elle aimerait mieux, largement mieux se noyer plutôt que de voir Matthew l'approcher laborieusement au milieu des vagues comme un phoque rondouillard et zélé qui tient à pratiquer la drague en milieu aquatique.

Matthew prend un air dubitatif.

— Je ne sais pas si je pourrais vous sauver toutes les deux. Surtout si vous paniquez et que vous vous cramponnez à moi.

— Je te jure de ne jamais me cramponner à toi, même en cas de panique, dis-je sans rire.

Matthew semble un peu déçu.

— Moi aussi, promet Chloé avec ferveur.

C'est la première chose sincère qu'on lui ait dite depuis qu'il s'est assis avec nous.

Chloé et moi, on évite de se regarder. On va piquer un sacré fou rire, tout à l'heure, en repensant à ce moment.

— Je trouve ça formidable d'être sauveteur, dis-je. Je t'admire drôlement d'avoir fait ça, Ma… Paolo.

— On devrait apprendre, nous aussi, vraiment, assure Chloé.

— Je sais aussi faire le bouche-à-bouche, ajoute Matthew, alors si jamais l'une de vous deux tombe dans le coma, tenez-moi au courant.

Là-dessus, il nous fait un de ses étranges sourires d'extraterrestre, qui me permet de comprendre que c'était censé être une blague – une blague vaguement cochonne et déplaisante.

— Ouais, on devrait suivre une formation de premiers secours, Chloé, je reprends.

— Il y en a une tous les jeudis au club de sport, nous informe Matthew. C'est organisé par les ambulances Saint John.

Je saute sur l'occasion.

– Oh non ! Le jeudi, on ne peut pas, c'est le soir où on sort avec nos mecs.

Après ces ignobles allusions au bouche-à-bouche dont on se serait bien passées, j'ai pensé que j'avais intérêt à nous donner l'appui de deux amoureux imaginaires.

– Vos mecs ? s'enquiert Matthew en s'efforçant de cacher sa consternation. C'est des gens que je connais ?

On est sans doute les seules filles à qui il ait adressé la parole de toute sa vie. Je sais qu'il me préfère à Chloé, parce qu'il me l'a dit, et c'est une horrible fatalité plus qu'un compliment.

– Je ne pense pas, je lui réponds. Tu connais Daniel Stringer ?

Je trouve que c'est un prénom chouette et viril, Daniel – un prénom à la James Bond.

– Daniel ? Euh… ouais, je crois que je l'ai rencontré une fois, dit Matthew.

C'est une grosse surprise, parce que je viens juste de l'inventer, ce Daniel.

– … Comment il va, ces jours-ci ?

Contre toute attente, Matthew a réussi à me damer le pion en répondant à mon énorme mensonge par un mensonge encore plus énorme. Grr ! J'enrage.

– Très bien, je réplique, à la fois agacée et légèrement paniquée.

J'en veux un peu à Daniel d'avoir rencontré Matthew dans mon dos, avant même que je l'aie inventé. D'ailleurs, je projette déjà de le larguer.

– Tu sais comment il est…, j'ajoute en regardant Matthew dans les yeux avec aigreur.

Malgré cette provocation, il se contente de sourire et de hocher la tête. Peut-être qu'il connaît vraiment un dénommé Daniel Stringer !

– Le mec de Chloé, par contre, c'est la grande classe, je continue, prise d'une soudaine inspiration. Il est américain.

Matthew paraît impressionné. Il se tourne vers elle.

– Comment il s'appelle ?

Le regard de Chloé devient vitreux. On voit qu'elle ne trouve pas le moindre prénom de garçon, la pauvre biquette – elle reste pétrifiée devant les phares de mon affabulation délirante.

– Tom… Cruise, crachote-t-elle.

Je masque sa gêne en partant d'un énorme éclat de rire.

– C'est comme ça qu'on l'appelle en secret, derrière son dos, j'explique. En vrai, il s'appelle Tom Cribbins.

Je m'aperçois que ça ne fait pas très américain.

– Cribbins-Goldfarb, j'ajoute hâtivement. Son père est le directeur d'une banque à New York.

– Sympa, comme boulot, commente Matthew. J'aimerais bien le rencontrer. J'envisage de faire carrière dans la finance. C'est la meilleure branche pour gagner gros.

– Matthew ! je le sermonne d'un ton à la fois séducteur et réprobateur. Je veux dire : Paolo ! Il ne faut pas être trop matérialiste, tu sais. Les filles aiment les hommes qui ont du cœur.

– Oh, je fais beaucoup de bénévolat, se vante-t-il. Et je sais que les filles aiment bien ce genre de chose, parce que c'est comme ça que j'ai rencontré ma copine actuelle.

Nous voilà aussitôt fascinées, Chloé et moi. Matthew a-t-il vraiment une copine ? Une copine qui existe ? Ou vient-il juste de nous rejoindre dans l'équipe olympique d'affabulation d'Angleterre ?

– Parle-nous d'elle ! le supplie Chloé.

– Elle s'appelle Trixiebell Dixon-Bright, annonce Matthew. Elle fait des claquettes et du hautbois.

On est stupéfaites. Matthew remporte la partie haut la main.

– Je me demandais si vous auriez le temps de donner un coup de main pour un autre projet humanitaire auquel je participe, continue-t-il. Ça ne prendrait que deux soirs par semaine, et pas forcément le jeudi.

– Oh, je suis désolée, on est occupées, dis-je précipitamment, on fait… des trucs avec…

J'ai oublié comment s'appellent nos mecs.

– … Dan et…

– Tom, me souffle Chloé avec une petite lueur d'inquiétude dans les yeux.

– … tous les soirs de la semaine, en ce moment…

Je cherche frénétiquement un projet hyper important qui pourrait nous absorber autant.

20

— Le jeudi, c'est notre soirée libre avec les garçons, je poursuis sans vergogne, mais le reste de la semaine, on est hyper occupées : on fabrique des sacs de couchage pour les SDF.

— À partir de matériaux recyclés que Tom récupère avec sa camionnette, ajoute vivement Chloé.

À cet instant, des garçons assis près de la fenêtre lèvent la tête et se mettent à hurler comme des chiens. Mon cœur me saute dans la gorge. Je sais ce que ça veut dire : il y a Brutus qui passe dans la rue !

Je hoquette, je m'étouffe et, dans un éclair de génie — sans me vanter —, je transforme ma crise d'étouffement en authentique quinte de toux et je fonce vers la porte d'un pas titubant en marmonnant « Excusez-moi ». Il faut absolument que j'aperçoive Brutus ! Un simple coup d'œil de cinq secondes sur son divin dos en train de s'éloigner dans la rue me suffira. Je pousse la porte du Dolphin Café et, horreur ! je manque débouler dans les bras de Brutus lui-même, qui monte l'escalier… accompagné d'une fille avec de longs cils, une peau mordorée, de superbes cheveux châtains ondulés et une silhouette à se damner. En d'autres termes, une fille qui est déjà top canon. C'est la cata !

3

Je me creuse la tête pour trouver quelque chose de sexy à dire, mais le garde-manger est vide. Le seul truc qui me vienne à l'esprit, c'est l'envoûtante réplique « J'ai une quinte de toux », et même ça, je me débrouille pour le sortir de travers.

– J'ai une teinte…, je hoquette.

Oh non ! Ma quinte de toux s'est transformée en teinte de cou ! Je dépasse précipitamment Brutus et la fille, en toussant et en « couffant » de plus belle, et je m'éloigne de plusieurs mètres dans la rue en courant sans me retourner. Mais je ne voudrais tout de même pas que ma toux inquiète Brutus – il veut devenir médecin, plus tard –, alors je me tape plusieurs fois la poitrine et je regarde fixement la vitrine d'une boutique voisine pour bien montrer que cette « cou » ne menace pas assez gravement ma vie pour affecter mon intérêt pour le shopping.

J'ai la gorge qui me brûle : même si je faisais juste semblant de tousser, au début, je me suis sans doute rompu le larynx en essayant bêtement d'apercevoir mon Amour Inaccessible. Ça m'étonnerait que les vraies déesses rencontrent ce genre de problème.

Je retourne au Dolphin Café, auprès de Chloé et de Matthew, et je fouille la salle d'un air dégagé pour voir Brutus et la fille. Ils sont au comptoir, en train d'admirer les viennoiseries de Maria sur le présentoir, et je constate avec horreur que leurs coudes se touchent. Mes coudes me picotent, jaloux de ce spectacle.

Matthew est en train de déblatérer sans fin sur le prochain récital de hautbois de Trixiebell, je me contente donc de m'asseoir et je tâche d'avoir l'air normale malgré mes tourments, pendant que Brutus s'approche dangereusement de notre table. La fille et lui ont pris des boissons à emporter.

– Ah, salut, Brutus, fait Matthew.

Oh non ! Matthew le connaît !

– … Je te présente, euh… Doris et Vera. Lui, c'est Brutus Hawkins.

Quel cauchemar ! Non seulement ce stupide balourd a l'impudence de nous présenter à Brutus, mais en plus, il nous a affublées de prénoms ridicules ! Brutus semble étonné, mais il laisse échapper un adorable petit sourire frémissant qu'il essaie de réprimer.

– Ah bon ! Et voici Charlie, dit-il. Charlie, je te présente Paolo, Vera et, euh… apparemment… Doris.

Brutus me regarde une seconde et me fait un clin d'œil. Oh my God ! Mon pauvre petit cœur vient de faire un saut périlleux. Qu'est-ce que Brutus a voulu dire avec ce clin d'œil ? Ça avait tout l'air d'être un signe, comme si on avait un arrangement secret.

La dénommée Charlie sourit. Elle a des dents parfaites. Touche élégante, un éclat d'or scintille sur ses lobes – de minuscules boucles d'oreilles en forme de croissant de lune.

– Salut, dit-elle. Salut, Doris, salut, Vera !

Je décide de mettre fin à ce délire. Il faut qu'on se débarrasse de ces noms.

– En fait, on s'appelle Zoé et Chloé, dis-je d'une voix qui s'est muée en ignoble croassement.

J'ai l'impression que je me suis vraiment abîmé les cordes vocales pendant ma quinte de toux.

– Je suis désolée… ma voix est un peu bizarre. Ces prénoms, c'était juste pour rigoler.

Une lueur d'amusement brille dans les beaux yeux gris-vert de Brutus.

– On a envie d'essayer de nouveaux noms, explique Chloé.

– Doris et Vera, c'était juste un moment de kitsch rétro.

– Quelle idée géniale ! s'exclame Charlie avec un sourire.

Elle se tourne vers Brutus.

– On devrait changer de nom, nous aussi !

Oh non ! Elle a dit « nous » en parlant d'eux ! Une sensation glaciale me noue lentement les intestins. J'ai envie de vomir. Je ne mangerai plus jamais. Sauf que je vais peut-être devoir manger Charlie, si je ne trouve pas d'autre moyen de me débarrasser d'elle.

– Hé, Brutus! continue-t-elle. Je pense que James, ça t'irait mieux.

Comment ose-t-elle se permettre une telle familiarité avec lui? En plus, elle se trompe. Il est bien trop sulfureux pour s'appeler James. Les James sont généralement convenables et bien élevés, d'après mon expérience. De toute façon, je sais qu'il s'appelle Harry, en secret. Je me demande si elle est au courant, elle aussi. La façon dont elle le regarde suggère qu'elle connaît tous ses secrets.

– J'ai demandé à Zoé et à Chloé de nous aider pour le concert Amnesty…, reprend Matthew de sa voix monotone.

Oh non, non, non! Sans le savoir, en voulant tenir Matthew à distance, on vient de refuser de participer aux préparatifs du concert de Brutus, Jailhouse Rock!

– … mais elles ne peuvent pas, parce qu'elles sont occupées tous les soirs avec leurs mecs, conclut Matthew, remportant ainsi la palme des Plus Grosses Boulettes Accumulées Dans une Seule Phrase.

– Leurs… mecs? demande Brutus en haussant les sourcils avec un sourire malicieux qui s'adresse essentiellement à Chloé.

– Dan et Tom, l'informe Matthew d'un ton neutre.

Ça y est, il a fichu ma vie en l'air. Je commence à me demander si c'est Satan réincarné sous une forme humaine. Enfin, presque humaine. Ça expliquerait qu'il ait ces yeux bizarres, couleur caca d'oie.

— Alors comme ça, vous avez des mecs, toutes les deux ? continue Brutus. Je les connais ? Vous les avez rencontrés où ? À Newquay ?

— N-Non, bafouille Chloé.

Elle craquait pour Brutus, pendant un moment, et elle est toujours un peu gauche avec lui, parfois. Et puis les mensonges improvisés, c'est pas vraiment son fort. Elle galère un peu :

— On les a rencontrés dans un truc pour les SDF.

— Hein ? Ils sont SDF ? s'étonne Brutus, profondément perplexe.

— Non, intervient l'insupportable Matthew, qui semble décidément tenir à être notre porte-parole. Figure-toi que le copain de Chloé, Tom, est de la famille Goldfarb, tu sais, les banquiers de New York. Hé, peut-être que la banque de Tom pourrait sponsoriser le concert ?

Il se tourne vers Chloé d'un air suppliant. Chloé grimace, gênée, et secoue la tête.

— C'est pas les sponsors qui m'inquiètent, commente Brutus en soupirant.

Il jette un coup d'œil anxieux dehors, à travers la vitre du café, vers les voitures qui passent dans la rue.

— Si ça continue, je vais devoir changer de nom, moi aussi. Je vais m'appeler José Oliveira et disparaître en Amérique du Sud.

— Qu'est-ce que tu veux dire ? je lui demande,

inquiète, de ma voix éraillée. Tu as des problèmes avec Jailhouse Rock ?

Pauvre Brutus ! Il a travaillé si dur ! Je ne supporterais pas que son projet capote.

– M'en parle pas, je ne les compte plus ! répond-il avec un sourire navré, en haussant les épaules. Je suis à court d'idées. Je suis sûr que mon patron va me virer d'une minute à l'autre.

– C'est qui, ton patron ? demande Chloé.

– Arnold Brown, dit Brutus. Le directeur général de Major Events.

– Oh, ne t'inquiète pas. Je tente de plaisanter, pour essayer de le consoler : Si Arnie te vire, on le tuera !

Brutus me lance un regard amusé.

– Tu risques d'avoir des ennuis avec Charlie, dans ce cas… C'est son oncle !

Ouille, ouille, ouille ! C'est pas rien, ça, comme info. J'ai fait une belle gaffe en proposant de zigouiller l'oncle de Charlie ! Et si c'est la nièce du patron, ça doit mettre de la pression sur ce pauvre Brutus. Comment pourrait-il la repousser si elle le drague ?

– Je suis désolée, Charlie ! Si on est obligées de tuer ton oncle, on le fera en douceur, à la végétarienne, avec des gants de velours, je lui assure.

– Oh, pas la peine de le ménager ! réplique Charlie. Parfois, il le mérite. Il peut être odieux. Mais bon, ils sont tous fous, dans ma famille. Même moi, je suis complètement dingue !

Elle rejette la tête en arrière, ferme les yeux et

appuie les doigts sur ses sourcils – pose qui, manifestement, est censée indiquer qu'elle est aussi irrésistible que dingue.

Matthew éclate de rire. Je parie qu'il va s'exercer à prendre cette pose devant son miroir toute la soirée. En tout cas, je l'espère. J'aimerais beaucoup voir sa version à lui.

– Et puis il y a Rose Quartz, aussi, reprend Brutus.

– Oh la vache ! je laisse échapper. Je n'en revenais pas quand j'ai su que tu avais réussi à engager Rose Quartz ! Quand je l'ai dit à Tam, hier soir, elle a failli s'étouffer sur ses lasagnes !

– Tam est à la maison en ce moment, alors ? demande Brutus. Ça fait une éternité que je ne l'ai pas vue. Comment elle va ?

Brutus est un bon copain de ma grande sœur. Il lui a même pratiquement sauvé la vie, l'été dernier, en comprenant qu'elle avait l'appendicite et en appelant une ambulance et tout.

– Oh, Tam pète la forme, je réponds. Elle est là juste pour quelques jours… Mais dis donc, avoir réussi à décrocher Rose Quartz pour la tête d'affiche de Jailhouse Rock, c'est un sacré coup ! Ça doit être une des dix meilleures chanteuses de la planète ! Il n'y a pas la place de mettre un seul Grammy Award de plus sur sa cheminée !

Une ombre passe sur le visage de Brutus.

– Oui, mais… elle me fait tourner en bourrique. Au début, elle a dit oui, et puis tout d'un coup, elle s'est rappelé qu'elle avait un concert à Sydney à la même période ; ensuite, elle a dit que ça pourrait coller quand même, finalement, parce qu'elle avait réussi à choisir ses billets d'avion en fonction, mais maintenant, l'idée ne lui plaît plus trop parce qu'elle pense qu'elle sera claquée à cause du décalage horaire. Je lui serine qu'elle ne peut plus se dédire parce que son nom est sur les affiches… Elle ne sait pas qu'il n'y a pas encore d'affiche, parce que le type qui était censé s'en occuper a fait n'importe quoi.

– Oh là là ! je croasse. C'est vraiment l'horreur pour toi !

Ce pauvre Brutus a l'air tellement stressé ! Même s'il est encore plus beau que d'habitude – dans le genre brut de décoffrage – quand il fronce les sourcils, je préfère le voir souriant et heureux. Je rêve de sauter de ma chaise et de le serrer dans mes bras… pendant une dizaine d'années.

– Ne t'en fais pas pour Rose Quartz, déclare Charlie avec fermeté. Elle joue les stars inaccessibles, c'est tout. Tu lui plaisais, je l'ai bien vu.

Oh la vache ! Ils ont carrément rencontré Rose Quartz, et Charlie était avec lui ! Peut-être qu'elle ne le lâche jamais d'une semelle… D'ailleurs, elle paraît un peu jalouse.

– Rose espérait que tu te porterais volontaire pour être son gigolo, ajoute-t-elle avec un rictus narquois qui laisse paraître une pointe d'angoisse.

Mais son angoisse n'a rien de comparable à la

mienne. Charlie n'a que Rose Quartz comme rivale. Moi, j'ai Rose *et* elle.

– Peut-être qu'on peut vous aider… ? je hasarde.

Matthew saute sur l'occasion en lançant un ignoble et triomphal :

– Vous pouvez venir dans mon équipe de « tractage » ! Distribuer les tracts et mettre l'affiche dans les magasins qui sont d'accord !

– Zoé ! gronde Chloé. On ne peut pas ! On est occupées à cent pour cent avec Dan et Tom ! Les pauvres SDF ont besoin de leurs sacs de couchage ! L'hiver approche !

Je lui jette un regard énervé. Je vais peut-être devoir l'assassiner, vu qu'elle vient de mentionner une fois de plus nos mecs imaginaires. Je vais peut-être devoir trucider ses ongles de pied ou ses cheveux ou quelque chose.

– Il n'y a pas encore d'affiche, de toute façon, soupire Brutus.

– Attendez ! Je sais ! s'écrie Charlie. On pourrait lancer un concours dans les écoles de la région. Le dessin gagnant serait reproduit pour faire l'affiche !

– Génial ! commente Matthew.

Brutus paraît moins convaincu. Il réfléchit tout haut :

– Mais est-ce que c'est possible d'organiser tout ça dans les temps ? Il faut que les affiches soient prêtes d'ici un mois. Les écoles…

– Je vais les appeler toutes ! assure Charlie. Je vais

envoyer des mails partout ! Ma mère est instit'… Je vais la pousser à faire travailler sa classe sur ce projet. Je vais bûcher jour et nuit. Je ne m'arrêterai pas une seconde ! Ça va être génial, je te le promets. Quand je suis emballée par un projet, rien ne peut m'arrêter !

Elle contemple Brutus avec adoration. Il lui adresse un de ses sourires courageux mais légèrement incrédules et la prend un instant par les épaules.

– Merci, ma poule. T'es la meilleure !

J'ai tellement les boules que je suis prête à tomber dans les pommes.

4

Dix minutes plus tard, Brutus et Charlie sont partis organiser le concours d'affiches, et Chloé et moi, on rentre chez nous. Par chance, Matthew va dans la direction opposée, et j'espère bien que ça va continuer comme ça jusqu'à la fin de nos jours.

— Pauvre Brutus ! dis-je. Je croyais que tout ce qu'il touchait se transformait en or, mais cette histoire de Jailhouse Rock a l'air de le rendre dingue. Pourquoi on ne lui donnerait pas un coup de main ?

— Non ! tonne Chloé. Écoute, Zoé : Brutus et Amnesty, c'est un cocktail qui ne m'inspire pas.

— Hein ?

C'est la panique, là. J'ai besoin que Chloé soit totalement remise de son coup de cœur pour Brutus, sinon je ne pourrai jamais me confier à elle.

— Au trimestre dernier, quand j'étais folle de lui, il m'a proposé de participer à cette veillée en faveur d'Amnesty, tu te souviens ? me rappelle Chloé, les dents serrées. Dans High Street. On a passé toute la nuit dans une cage qui était un peu comme une cellule de prison. Je croyais qu'il n'y aurait que lui et moi, mais il y avait deux autres personnes et il a passé son temps à flirter avec la fille. Ça te revient ? Et de toute façon… chaque fois que je vois Brutus, je repense à tous ces textos d'amour obsessionnels que je lui ai envoyés et je ne sais plus où me mettre. C'était teeeeeeellement la honte ! En plus, sa mère en a vu un !

— Ouais, mais, Chloé, c'est de l'histoire ancienne, tout ça. Il faut tourner la page.

— *J'ai* tourné la page ! Je ne m'intéresse plus du tout aux mecs ! Je suis un esprit libre ! Et on est en train de se réinventer. Pour devenir des top canons – des vraies déesses. T'as pas oublié ?

— Ça commence pas très bien, je grommelle. La honte ! On s'est empêtrées dans un paquet de mensonges ridicules.

— C'est ta faute, au départ ! Tu as dit à Matthew qu'on avait changé de nom et qu'on avait des mecs !

Je suis bien obligée de l'admettre. Je le regrette, et pas qu'un peu. Maintenant, Brutus croit que je sors avec un dénommé Dan et que je suis occupée avec lui tous les soirs de la semaine.

— Cela dit, continue Chloé, ça ne me gêne pas que Brutus croie que j'ai un mec.

Ironie du destin, on a vraiment des sentiments contraires.

— On pourrait l'aider disons… seulement un soir

par semaine. Ça ne ferait pas de mal…, je bafouille, désespérée.

– Non, Zoé ! Il faut qu'on garde nos distances. De toute façon, tu imagines, devoir travailler avec Matthew ? Le cauchemar ! Je ne veux pas passer cinq minutes de plus avec lui de toute ma vie !

J'arrête de discuter. Je me demande s'il y aurait un moyen pour que j'aide Brutus une fois par semaine sans que Chloé le sache. Je pourrais peut-être m'inventer des cours de violon ou je ne sais quoi. Ça me paraîtrait presque insignifiant de lui mentir à propos d'un détail aussi secondaire, à côté de l'énorme trahison que ça représente de lui cacher mes sentiments pour Brutus. Je commence à me dire que je ne pourrai jamais lui en parler, de ça – que même si je finis mariée avec Brutus, il devra monter se cacher dans la penderie chaque fois qu'elle passera me rendre visite.

Je me laisse emporter dans une rêverie délicieuse : je suis mariée avec Brutus et on vit au bord d'un lac où on se baigne tous les matins avant de se faire griller un petit déjeuner au barbecue sur la rive. Je n'écoute pas vraiment ce que Chloé est en train de me dire, et quand je me rebranche sur elle, je découvre que j'ai accepté de réviser intégralement sa garde-robe.

– Tu as toujours trouvé que mes fringues étaient une catastrophe, dit Chloé. Alors voilà ta chance. Sois totalement honnête. J'accepterai tout ce que tu me diras. Tu seras ma styliste. On va jeter tout ce qui est nul et me rendre top canon. Ça va être fastoche de devenir de vraies déesses en sept jours… du point de vue du look, du moins !

J'accepte avec réticence.

– OK…

Je commence à avoir faim ; j'étais impatiente de rentrer chez moi, après avoir quitté Chloé à sa porte, et de me préparer un énorme sandwich tomate-fromage.

Mais c'est vrai : j'ai toujours trouvé que les goûts vestimentaires de Chloé avaient besoin de s'affiner un peu. Je ne peux pas laisser passer une si belle occasion. On mettra peut-être plus de sept jours à améliorer notre physique proprement dit, mais la tenue adéquate transforme instantanément même les gens désespérément ringards – Gok Wan[1] le sait bien.

– OK, dit Chloé quand on entre dans sa chambre. Alors, je commence par quoi ?

Pendant qu'elle ouvre en grand les portes de sa penderie, je m'assieds sur son lit. Une cascade de couleurs immondes dégringole par terre et m'assaille comme du bruit visuel.

– Bien…

Je me lève et je dégage une robe jaune avec un motif de tortues orange.

1. Styliste vedette de la télévision anglaise.

– Quand est-ce que tu as mis ça pour la dernière fois ?

Le regard de Chloé se perd dans le vague.

– Ah. Chez ma tante Angela, dans le Dorset, il y a des années. Qu'est-ce que tu lui reproches ?

Je soupire.

– Par où commencer ? Elle est jaune, ce qui doit être l'une des couleurs qui te vont le moins, elle a des tortues dessus – et regardons les choses en face : les tortues, il vaut mieux les laisser dans la nature – et elle est bizarre avec sa coupe large : tu dois ressembler à un abat-jour, là-dedans.

Vexée, Chloé proteste :

– Tante Angela l'a adorée !

– Mais Chloé, c'était il y a des années. Tu étais une gamine. Tu as besoin d'un look plus sophistiqué, maintenant. Jette-moi ça.

– Je ne peux pas la jeter ! Ne sois pas si dure. Elle me rappelle ces vacances. J'ai vécu des moments super dans cette robe. J'ai failli embrasser mon cousin Jack.

– OK, OK, tu peux garder celle-là.

Je la remets vite dans la penderie. Si Chloé veut que sa collection de vêtements ressemble au tombeau de Toutankhamon, ça la regarde. À la place, je sors une salopette vert pomme.

– Ouais, ça, c'est mieux, commente Chloé en hochant la tête d'un air satisfait, comme si elle pensait que je m'apprête à lui remettre un prix. Tu as toujours dit que le vert, c'était la couleur qui m'allait le mieux.

— Mais pas ce vert-là ! C'est immonde, ça !

Chloé fond en larmes.

— Mon père m'a rapporté ça de Dubaï ! s'écrie-t-elle. C'est pas immonde !

Je fais vite marche arrière.

— Pardon, pardon, je ne voulais pas dire « immonde ». Je voulais dire… « immense ». Ce vert est un peu… excessif. À Dubaï, ils ont beaucoup de soleil, alors… cette couleur paraîtrait sans doute moins… Elle passerait mieux. Chez nous, par contre…, continué-je prudemment, j'opterais plutôt pour du vert cendré ou du vert d'eau. Dans une de ces deux couleurs-là, tu serais magnifique.

La salopette retourne dans la penderie. Je n'ai rien osé dire sur les salopettes en général, comme type de vêtement. Chloé ne pleure plus, elle ne fait que renifler, maintenant, même si ce sont des reniflements très indignés. J'hésite entre un T-shirt rouge, vert et jaune et une jupe rouge vif en tissu brillant avec d'ignobles volants. Je choisis la jupe. Je sens Chloé se crisper dès que je la tends vers la lumière.

— Elle est mignonne, cette jupe, je mens, mais pour résumer, tout ce qui est brillant fait un peu vulgaire, Chloé. Sauf le soir.

— Je ne la mets que le soir.

— Et combien de fois tu l'as mise ?

— Des tas de fois.

Elle ment. Je me souviens du jour où elle l'a achetée, au printemps dernier. J'ai été obligée de me mordre la langue.

– Je ne t'ai jamais vue avec.

– Je la mets quand tu n'es pas là ! Parce que je sais que tu te ficherais de moi en douce !

– Je ne me fiche pas de toi ! Chloé, c'est toi qui m'as demandé de faire ça.

– Je ne pensais pas que tu le ferais si méchamment !

– Je ne suis pas méchante ! Et puis de toute façon, quand on aura fini de faire le tri dans ta penderie, tu pourras venir chez moi et passer la mienne au crible !

Pendant un instant, Chloé paraît légèrement réconfortée. Je reporte mon attention sur la jupe à volants d'un rouge brillant.

– Pour résumer, dis-je en essayant de paraître douce et affectueuse, cette jupe serait très bien pour une soirée, mais sur quelqu'un d'autre.

– Qui ? demande Chloé, furieuse. Toi, je suppose ? J'éclate de rire.

– Non, non ! (Je préférerais mourir plutôt que de me montrer là-dedans !) Pas moi. Je suis trop grosse. Quelqu'un de grand et mince. Une brune. Euh.. Alice Clarke, peut-être.

– Et pourquoi pas moi ? s'énerve Chloé.

– Pour commencer, le rouge vif n'est pas la couleur la plus appropriée pour les rousses. Ça jure avec tes cheveux. Tu ferais mieux de mettre du vert, du bleu et des couleurs automnales.

— La barbe ! braille Chloé.

— Ensuite, je continue – avec détermination, parce qu'elle commence à m'agacer, maintenant –, les jupes à volants, c'est très bien sur une grande, mais sur quelqu'un de petit, ça fait champignon.

— Ne me traite pas de champignon ! hurle Chloé.

— Arrête de hurler ! Je ne suis pas en train de dire que tu ressembles à un champignon ! Je dis juste que les jupes à volants, ça peut produire cet effet sur les filles petites !

— Je ne suis pas petite ! rugit Chloé.

Cette fois, je ne réponds pas, je me contente de toiser sa pauvre petite charpente d'un mètre cinquante-quatre du haut de mon imposant mètre soixante-deux ou soixante-trois.

— Chloé, j'essaie simplement de t'aider, je reprends d'un ton plaintif. En venant ici, tu m'as demandé de jeter un coup d'œil à ta garde-robe. Tu as dit que je serais ta styliste et que mon rôle serait de te rendre magnifique et que tu accepterais tout ce que je te dirais.

Chloé se contente de me fusiller du regard. Je repars à l'attaque de sa penderie. Décidée à lui dire ses quatre vérités, je raccroche la jupe et je passe la main dans ses fringues.

— Regarde… Bleu vif, rouge vif, jaune, rose, motifs, logos, imprimés, carreaux… Sur ce T-shirt, il y a même une saloperie de hamster !

— Ce hamster n'est pas une saloperie ! crie Chloé

d'une voix stridente. Il s'appelle Hammy. Il a été mon meilleur ami pendant deux ans, quand j'étais en primaire ! Je lui parlais en cachette pour me sentir moins seule. Il y a des moments où personne ne m'adressait la parole, à l'école, tout ça parce que j'étais rousse !

Je tente de l'apaiser :

– OK, OK, oublions Hammy. Tout ce que je voulais dire, c'est : regarde ces couleurs vives, ces motifs et tout ça. On dirait la malle à déguisements d'un gamin. Si tu veux être top canon, devenir une vraie déesse et tout, tu vas devoir arrêter de te décorer comme un sapin de Noël et t'acheter des trucs simples et élégants, pour changer.

Les yeux de Chloé lancent des éclairs.

– Va te faire cuire un œuf ! Tu crois tout savoir… Tu te crois hyper intelligente et hyper classe et tout, mais tu ne l'es pas du tout ! Tu es grosse et boutonneuse et tes oreilles sont bizarres !

Là, elle a dépassé les bornes. Quelque chose se brise en moi. Je tourne les talons, je sors de sa chambre à grandes enjambées et je descends l'escalier en trombe. Si j'étais chez moi, j'aurais claqué la porte, mais Fran, la mère de Chloé, est dans la cuisine – ça gâche un peu l'effet de ta colère volcanique quand tu es chez quelqu'un d'autre.

Je rentre à la maison furieuse… et inquiète. Je sais bien que je suis grosse et boutonneuse, mais c'était quoi, cette histoire à propos de mes oreilles ? Chloé est vraiment une salope. Je n'ai fait qu'essayer de lui donner des conseils de style – à sa demande, par-dessus le marché –, et voilà qu'elle me refile un nouveau complexe. Je suis pressée d'arriver chez moi pour procéder à un minutieux examen de mes oreilles.

5

Maman n'est pas là, donc le sermon sur les devoirs à faire m'est épargné. Génial ! Papa s'active dans la cuisine. Je lui fais un petit câlin rapide et je lui demande s'il a passé une bonne journée.

– Non, ç'a été catastrophique, mon grand, dit-il.

Il m'appelle toujours « mon grand », parce qu'ils croyaient que j'allais être un garçon.

– Mais bon ! continue papa. Je nous prépare un dîner plein de calories. Ta mère est à Glasgow en train d'inspecter un entrepôt qui a brûlé, et quand le chat n'est pas là…

Il me fait un clin d'œil.

– … Je nous fais une tourte au bœuf et aux champignons avec de la purée !

– Ouaouh ! Génial !

Ça me remonte un peu le moral, mais je suis toujours sous le coup de ma dispute avec Chloé. Il faut qu'on se réconcilie sans tarder. Peut-être que j'ai été un peu trop dure au sujet de ses curieux goûts vestimentaires. D'ailleurs, c'est l'une des choses que j'adore chez elle, alors pourquoi il a fallu que j'essaie de lui faire la leçon sur l'élégance de ce qui est simple ? Malgré tout…

– Papa ? Tu remarques quelque chose de bizarre au sujet de mes oreilles ? je demande à mon père.

– Nan, répond-il d'un ton ferme. Elles sont superbes. Elles sont parfaites. Naturellement, puisque ce sont les oreilles Morris, que tu as héritées de moi : petites, fuselées pour mieux résister au vent, et portées près du crâne, comme c'est la mode.

Il me pose une bise sur la tête et reporte son attention sur sa tourte.

Je ne suis pas complètement rassurée, malgré tout. Je fonce à l'étage. Il y a de la musique dans la chambre de Tam. Je la trouve assise par terre, entourée de fringues. Elle passe soixante-dix pour cent de son temps dans cette posture.

Elle sourit.

– Salut, Zoé. Comment ça s'est passé, le lycée ? Tiens, au fait, tu as vu mon caraco bleu foncé à paillettes ?

– Oups ! Je te l'ai emprunté ce week-end, je te le rends tout de suite, je débite en courant dans ma chambre.

Je l'extirpe d'un tas de linge sale et je retourne dans la chambre de ma sœur.

– Merci…, dit-elle distraitement. J'essaie de faire un tri dans mes fringues pour vendre plein de vieilles affaires… Alors, comment s'est passée ta journée ?

Je lui raconte ma dispute avec Chloé et mes vaines tentatives pour l'aider à changer sa façon de s'habiller.

— On voudrait devenir top canon d'ici sept jours, je soupire. Mais on n'y arrivera jamais… Je ne vois pas comment Chloé pourrait être divine en mettant systématiquement des fringues de cinq couleurs différentes qui ne vont pas du tout ensemble !

— Ha ha, c'est tout Chloé, ça ! s'esclaffe Tam.

— Et elle m'a dit que mes oreilles étaient bizarres ! Regarde-les… Qu'est-ce qu'elles ont ?

Tam examine mes oreilles sous toutes les coutures en fronçant légèrement les sourcils.

— Arrête de froncer les sourcils ! je la supplie.

— Excuse-moi, excuse-moi, dit Tam. Tes oreilles sont très bien. Elles sont peut-être un peu petites, et collées contre ta tête, mais je donnerais n'importe quoi pour avoir les mêmes. Les miennes, on dirait des oreilles d'éléphant. Regarde !

Elle soulève de grosses mèches de cheveux blonds pour révéler ses oreilles, qui sont assez grandes, recouvertes d'un léger duvet et garnies de boucles en argent scintillantes du genre grand machin qui pendouille.

— Je mets de l'argent de côté pour me faire opérer ! chuchote-t-elle. Je veux me faire recoller les oreilles. Quand je me fais un chignon, je ressemble à la coupe d'argent du tournoi inter-classes !

— Eh bien, quand tu te feras opérer des oreilles, dis-je, ils pourraient peut-être greffer une de tes oreilles sur ma tête. Pour faire l'échange, je veux dire. Comme ça, on aurait chacune une toute petite oreille bizarre et une grande oreille d'éléphant !

Tam acquiesce, prend un crayon à papier et dessine une caricature de nous deux avec nos oreilles étranges. On est hilarantes. Je m'empare du crayon et j'ajoute un énorme bouton sur mon menton. Tam me l'arrache à son tour et se fait un nez gigantesque comme un museau de fourmilier. Je suis prise de gloussements incontrôlables. Je récupère le crayon de haute lutte et je me fais de gros seins tombants.

– Et les parents ? s'étrangle Tam, morte de rire.

Elle dessine papa sous la forme d'un adorable petit cochon, et maman en rat intimidant dans son tailleur de cadre sup'.

Toujours pliée de rire, je me traîne sur le lit de Tam ; elle, elle s'étend par terre. C'est le bonheur total de rigoler avec ma sœur. Elle va me manquer quand elle retournera à la fac.

– Alors, Zoé, reprend-elle au bout d'un moment. À part cette histoire avec Chloé, comment va la vie ? Tu craques pour qui, ces temps-ci ?

– Personne, dis-je un peu trop vivement. Chloé et moi, on suit un programme de développement personnel. On va se payer le relookage de tous les relookages. On n'a pas de temps à consacrer aux garçons en ce moment.

– Ah ouais ? fait Tam en souriant. Et ça va durer combien de temps ? Une demi-heure ?

Je ne peux pas lui confier ce que je ressens pour Brutus. Il est un peu trop proche d'elle pour que je puisse lui avouer quoi que ce soit. Elle essaierait peut-être de jouer les marieuses. Ça se terminerait en catastrophe.

– Mais je me demande un truc, dis-je.

Je suis toujours tourmentée par ces deux amoureux imaginaires que j'ai inventés et par ce que Brutus pourrait en penser, si du moins il en pense quelque chose.

– Si tu étais dingue de quelqu'un…, je commence.

Tam se redresse vivement, tout excitée, le sourire aux lèvres.

– Ouiiii… ?

– … et qu'il avait fait, euh… pas exactement le premier pas, mais que tu espérais… Je veux dire : à ton avis, ce serait une bonne idée qu'il croie qu'un autre mec s'intéresse à toi ?

Le sourire de Tam s'étire jusqu'à ses oreilles. Ignorant ma question, elle vient s'asseoir à côté de moi sur le lit.

– C'est qui, Zoé ? C'est qui, le veinard ?

– Personne ! je rétorque, paniquée, en me redressant et en essayant de me composer une expression de calme serein, même si mon cœur palpite.

– Allez ! Il y a quelqu'un ! insiste Tam en me dévisageant.

Elle a les yeux brillants. Je regrette tellement d'avoir lancé ce sujet de conversation !

– Non, pas du tout, je lui assure en rougissant. C'est juste… en théorie. Qu'est-ce que tu en penses ?

Tam a un air malicieux, mais elle réfléchit quelques instants, et pendant ce petit moment de flottement, on entend des pas qui montent à l'étage. Manifestement, papa vient nous annoncer que le dîner est presque prêt, et si vous voulez mon avis, c'est pas trop tôt.

On frappe à la porte, mais c'est pas papa. C'est quelqu'un qui frappe d'une façon plus polie, plus hésitante.

– Tam ? appelle doucement une voix masculine.

Ça peut être n'importe lequel des potes de ma sœur : Poil-de-Carotte, Smiffy, Morton, Christo, le Babouin…

– Entre ! crie Tam.

La porte s'ouvre… sur Brutus ! Tous les os de mon corps se transforment en soupe aux nouilles. Liquéfiée par la panique, c'est au prix d'un suprême effort que je m'empêche de me répandre comme une flaque dans les fissures du parquet.

Brutus me fait soudain un merveilleux sourire, et c'est comme si le soleil venait de sortir des nuages. Mon pauvre petit cœur se met à galoper dans la lumière comme un agneau de printemps.

– Re-bonjour, Zoé, dit Brutus.

Après une seconde d'hésitation, il se tourne vers ma sœur.

– Salut, Tam ! Ton père m'a dit de monter. J'ai

appris que tu étais rentrée de la fac, alors j'ai voulu passer te dire bonjour. Comment tu vas ?

Tam se lève d'un bond et le serre dans ses bras. Je reste assise sur le lit, mal à l'aise. C'est vraiment injuste que ma sœur, qui est juste une copine à lui, ait droit à un gros câlin, alors que moi, qui l'aime à la folie, j'en suis réduite à les regarder sans rien faire.

Au moins, même si ça m'est douloureux de voir Brutus avec une fille aussi glamour que ma sœur dans les bras, ça me donne le temps de remettre mes os à l'état solide et de dissimuler mes oreilles bizarres derrière quelques petites mèches de cheveux rêches.

– J'ai vu Zoé au Dolphin Café, tout à l'heure, explique Brutus en me jetant un coup d'œil.

Il m'adresse un sourire fugitif qui me donne la chair de poule – chaque centimètre carré de ma peau granuleuse vibre d'excitation.

– Elle m'a dit que tu étais là, et je me suis rendu compte que ça faisait mille ans que je ne t'avais pas vue. Ça va ?

– Ouais, super, merci, répond Tam en secouant ses sublimes cheveux blonds pour illustrer sa santé post-appendicite. Et toi ? Comment ça progresse, Jailhouse Rock ? Je viendrai, bien sûr. Je vais réserver un car entier pour venir avec tous mes potes de la fac !

– Génial, dit Brutus. T'es un ange.

Il lui fait un grand sourire. Je contemple son profil, fascinée, en essayant de le graver secrètement dans ma mémoire comme une sorte de photographie mentale. Je me suis aperçue que lorsque Brutus n'est pas là, depuis que je craque pour lui – même si je le connais depuis des années –, je n'arrive pas à me rappeler à quoi il ressemble.

– Assieds-toi, assieds-toi ! s'écrie Tam en retirant d'un grand geste des soutifs de sa chaise d'ordinateur.

Brutus s'assied, mais il a l'air de ne pas vouloir s'attarder. J'espère qu'il va trouver le temps de me gratifier d'un autre de ses sourires désinvoltes, parce que ça fait au moins une minute depuis le dernier et que j'ai désespérément besoin d'une nouvelle dose.

– Tu arrives pile au bon moment, continue Tam, d'humeur diserte. J'étais en train de cuisiner Zoé au sujet de son dernier mec en date. Elle ne veut pas me dire qui c'est ! Allez, Zoé… dis-le à Brutus. Il pourra peut-être te donner des conseils ! Hé, Brutus, Zoé se demande si le mec qui la fait craquer risque de la trouver plus intéressante, ou moins intéressante au contraire, s'il apprend qu'elle sort avec quelqu'un d'autre !

6

Tam me lance un sourire taquin. Ce n'est plus mon adorable grande sœur, c'est devenu une sorte de démon venu me torturer depuis le fin fond des enfers. Brutus me jette un regard interrogateur.

– J'ai déjà entendu parler de ce mec, dit-il. Dan, c'est ça ?

Mon cœur se brise avec un énorme CRAC ! qui secoue les sismographes de la station chargée de guetter les tremblements de terre de l'Antarctique. Il faut que je mette fin tout de suite à ce délire à propos de Dan : il faut que j'explique à Brutus que je n'ai pas de mec qui s'appelle Dan – que je n'ai pas de mec du tout –, mais sans avoir l'air d'une tache ou d'une coincée. Et surtout, sans que ce soit évident que je cherche à le draguer.

– Euh…, je bafouille.

C'est un vrai défi de trouver les mots justes. Pendant une fraction de seconde, l'esprit sens dessus dessous, j'hésite.

– Dan ?! s'écrie Tam, sautant sur l'occasion. Dan qui ? Quoi ? Où ça ? Quel Dan ? Pas Dan Gibbons ?

– Non ! je hurle.

Dan Gibbons est un ignoble monstre du lycée qui est obsédé par les motos.

Je m'aperçois aussitôt qu'en hurlant « Non ! », j'ai donné l'impression que mon Dan à moi existait vraiment et que c'était juste quelqu'un d'autre, quelqu'un de mieux que Dan Gibbons.

– Allez, Zoé ! m'encourage Tam. Parle-nous de lui ! Il est à Ashcroft ? Ou dans un bahut privé ? Ou bien il va à la fac quelque part ? Tu l'as rencontré où ?

– Ouais, vas-y, renchérit Brutus. Achève nos souffrances ! C'est qui, ce mec ?

– Personne ! je crachote. Le truc, c'est que… c'était que… on avait…

Je m'apprête à leur expliquer qu'on a dû s'inventer des amoureux imaginaires, Chloé et moi, quand mon portable se met à sonner. Catastrophe ! Je saute dessus et je me dirige vers la porte.

– Hé ! lance Tam en gloussant. C'est peut-être notre mystérieux Casanova ! Chope le téléphone, Brutus, et demande-lui si ses intentions sont honorables !

– C'est Chloé ! je gronde en courant dans ma chambre.

J'ai besoin de parler à Chloé, mais pas maintenant, bon sang de bois, pas maintenant ! Pas pendant les quelques minutes sacrées où Brutus est chez nous !

– Zoé ?

Chloé est en larmes. Oh là là, ça va me prendre une éternité, cette affaire! Quand votre meilleure amie vous téléphone en pleurant, vous ne lui dites pas: «Tu ne tombes pas très bien, là... Je peux te rappeler?» Si?

– Salut, Chloé. Pleure pas, ma belle!

Je suis obligée de l'envelopper dans un cocon d'indulgence et de recoller les morceaux sur-le-champ, même si elle m'a dit que j'avais des oreilles bizarres.

– Non! Non! J'ai été odieuse avec toi, Zoé! Je t'ai dit des saloperies et je ne les pensais même pas! J'ai été stupide! Je t'ai demandé de passer ma garde-robe au crible, et quand tu l'as fait, j'ai pris la mouche. Je suis désolée!

– T'en fais pas, Chloé! C'était rien!

– Je suis vraiment désolée, Zoé. Pardonne-moi, s'il te plaît!

– Il n'y a absolument rien à pardonner! J'ai déjà tout oublié!

C'est vrai: mais seulement parce que, depuis que je suis arrivée chez moi, j'ai été assaillie par des soucis bien plus graves.

– Écoute... tu avais raison à propos de mes oreilles. Je vais m'acheter des oreilles de troll de Halloween à porter par-dessus!

C'était censé être une blague pour la réconforter, mais ça déclenche une nouvelle salve de sanglots.

– Chloé, Chloé..., je persiste avec douceur. Arrête, ça devient lassant! C'est vraiment pas nécessaire! Je n'y pensais même plus depuis que je suis rentrée chez moi ! C'était ma faute, de toute façon. Je n'aurais pas dû partir furieuse comme ça. C'était idiot.

– Tes oreilles sont adorables ! Je les aime bien, moi ! Elles sont mignonnes !

– Écoute, arrêtons de parler de mes oreilles, d'accord ? Quand est-ce que tu viens me dire que mes fringues sont nulles ?

– Je ne vais pas faire ça, je ne vais pas faire ça ! C'est trop méchant ! Ça détruirait notre amitié ! De toute façon, tes fringues sont cool !

Je me réjouis secrètement de cette petite victoire.

– D'accord, d'accord.

J'essaie de ne pas avoir l'air de faire vite, même si je brûle de raccrocher et de retourner voir Brutus pour remettre les pendules à l'heure au sujet de ce Dan imaginaire.

– Oublions tout ça, d'accord ? J't'adore ! À demain !

– Attends ! Attends, Zoé !

C'est comme si je m'étais empêtrée dans du fil de fer barbelé. La pauvre Chloé ne s'imagine pas à quel point elle m'énerve – mais c'est franchement pas sa faute, bien sûr, parce qu'elle se montre angélique.

– Attends… Il faut qu'on commence cette histoire d'aérobic… et devine quoi !

– Quoi ? Quoi ?

J'essaie d'avoir l'air captivée par le sujet, bien que j'aie désespérément envie de mettre fin à la conversation.

– Devine quoi ! J'ai commandé un DVD d'exercices de hip-hop !

– Génial ! Ça a l'air super ! Je suis hyper impatiente de hip-hopper ! Bon, on se voit demain matin !

– Non, Zoé, attends ! J'ai un truc à te demander !

Bien que tentée de balancer mon portable par la fenêtre, je me contente de trépigner en cachette, enragée, et d'agiter nerveusement la main comme si Chloé était une guêpe obstinée. Ma penderie tremble.

– Quoi ?

– Le devoir d'histoire...

Mon cœur se serre. C'est inutile que Chloé me questionne sur le devoir d'histoire. Je n'y ai littéralement pas pensé une seconde depuis le dernier devoir d'histoire qu'on a eu à faire et, pour être honnête, je n'avais pratiquement pas pensé au précédent.

– Il faut le rendre demain, c'est ça ?

– Chais pas. Sans doute.

J'ai un nouveau problème. Je dois bidouiller une dissertation d'histoire d'ici demain matin sans aucune préparation. Heureusement que Tam est à la maison : je vais devoir lui emprunter son cerveau d'étudiante – juste pour une demi-heure.

– Ah, et puis j'ai eu une autre idée pour notre programme de relookage..., continue Chloé.

Soudain, horreur ! j'entends la porte de la chambre de Tam s'ouvrir. Ma sœur dit au revoir à Brutus, que j'entends ensuite descendre l'escalier. Je suis hypnotisée par le bruit de ses pas, et dégoûtée que Brutus soit parti sans me dire au revoir. Et le pire, c'est qu'il me croit toujours dingue d'un dénommé Dan ! Je me morfonds pendant un moment, sourde à tout ce que Chloé est en train de dire.

— ... ça te va ? conclut-elle.

— Pas de problème, j'accepte distraitement.

— Et on commence demain ?

— Oui, oui.

Tout ce que je veux, maintenant, c'est raccrocher. Je n'écoute même plus ce que moi, je suis en train de dire, alors ce que raconte Chloé...

— À demain, alors, Zoé. Tu es l'amie la plus géniale de l'histoire de l'univers !

— Seulement de l'univers ? je la taquine. Ce que tu peux être dure avec moi !

Chloé raccroche en rigolant. Je m'assieds sur mon lit une minute, vidée, puis je retourne dans la chambre de Tam. Elle est devant son miroir, en train de se maquiller les yeux.

— C'est typique de ce fichu Brutus de débarquer sans me laisser le temps de me faire les yeux ! grommelle-t-elle.

Tam ne devrait pas râler : elle a passé cinq minutes en compagnie de Brutus et l'a même serré dans ses bras ! Elle ne se rend pas compte de sa chance.

— Qu'est-ce que ça change ? je lui demande. Il ne te plaît pas, de toute façon...

Pendant un horrible, un épouvantable moment de silence, Tam s'immobilise et réfléchit. Mon cœur me tombe dans les chaussettes, mon estomac se révolte. Mes jambes deviennent de la gelée. J'adresse vite une prière muette à tous les dieux pour que ma sœur ne soit pas attirée par Brutus, parce que sinon, je peux être sûre qu'elle va l'éblouir avec son humour et sa beauté, et que moi, le laideron torturé, je finirai demoiselle d'honneur au mariage de l'homme que j'aime.

Cela dit, ça ferait un excellent scénario de film. Il y aurait une fin géniale et complètement inattendue : je deviendrais hyper riche, j'aurais une super baraque à Londres et je refuserais de les inviter à mes soirées. Au bout d'un moment, Brutus s'apercevrait que ce n'était pas Tam, celle des deux sœurs qu'il aimait vraiment, et il se mettrait à m'envoyer des lettres mouillées de larmes pour me dire qu'il est fou de moi et me supplier de lui céder une mèche de mes cheveux. Mais moi, je dirais à mon domestique de lui envoyer une touffe de poils de mon chien (un pékinois, bien sûr).

– Non, je ne pense pas que Brutus me plaise, en fait, dit Tam. Il a un charme trop évident, tu ne trouves pas ?

– Ouais, je suppose…

Je lui en veux un peu de casser du sucre sur le dos de Brutus, mais je suis soulagée qu'elle ne craque pas pour lui.

– De toute façon, t'es superbe, dis-je. Comme toujours.

Je la rejoins pour la serrer dans mes bras. C'est la pure vérité, ce que je viens de dire, mais je cherche aussi à l'amadouer, parce que je vais lui demander de m'aider à faire mon devoir d'histoire, tout à l'heure.

Et puis qui sait, il y a peut-être encore une gouttelette de l'après-rasage de Brutus qui flotte sur elle, après leur étreinte de tout à l'heure. Quand on est la victime d'un amour sans retour, on est obligée de se contenter des miettes. Je saute au cou de ma sœur, mais j'ai la déception de découvrir que le seul parfum qui l'enveloppe des pieds à la tête, c'est son Jean-Paul Gaultier à elle.

7

J'arrive au lycée en avance, le lendemain. Mon meilleur ami garçon, Toby, me saute dessus.

— Dis donc, Zoé Morris, espèce de crapule, tu as fait la dissert' d'histoire ? me demande-t-il avec empressement. Et si oui, est-ce que je peux en recopier de larges portions, s'il te plaît, contre autant de bonbons que tu voudras ?

Toby a des problèmes d'embonpoint, un peu comme moi, mais son péché mignon à lui, c'est le sucre. Il se commande des friandises à l'ancienne sur Internet.

— J'ai des bonbons acidulés au citron ! souffle-t-il. J'ai des outils en chocolat ! J'ai des boules de gomme ! J'ai des pastilles de chocolat blanc géantes ! Donne-moi le nom de ta friandise préférée, et je t'en file une tonne !

— Écoute, espèce de maboul démoniaque, je vais devenir énorme si je cède à la tentation ! je rétorque sévèrement en lui tendant mon classeur d'histoire. Tiens, tu peux copier ma dissert', bien sûr, et la bonne nouvelle, c'est que Tam est là en ce moment, alors c'est du pur produit d'intello cinq étoiles. Attention, tu risques de gagner le prix Nobel.

– T'en fais pas ! répond Toby, ravi. Je vais juste reprendre certains passages. Je les bidouillerai à ma sauce avec un baratin de mon cru, alors Hughes ne nous soupçonnera jamais ! Je file faire ça dans le vestiaire, d'accord ? On se verra au moment de l'appel. Et je te revaudrai ça !

Tob décampe prestement. Vite, je sors mon miroir pour examiner ma bobine. Norbert, mon bouton d'élite, a ressurgi sur mon menton, telle une sorte de parasite extraterrestre. C'est peut-être Toby qui l'a tiré de son hibernation en parlant de pastilles de chocolat blanc géantes.

– Fiche-moi le camp, Norbert ! je siffle.

Soudain, Jess Jordan apparaît à côté de moi, accompagnée de son amoureux dévoué, Fred Parsons. Jess est une petite brune avec des sourcils délirants et une jolie voix bourdonnante, et Fred un grand type dégingandé qui se donne une allure de mou pour faire rire. Ils écrivent des sketchs comiques et les mettent en scène – ce sont de futures stars – et ils ont un passage sur scène prévu pendant la soirée Jailhouse Rock, entre deux groupes ; c'est donc l'occasion d'orienter la conversation sur Brutus.

– Alors ? Comment il se présente, votre sketch pour Jailhouse Rock ? je demande.

– On a essayé, genre, mille sketchs différents, grogne Jess.

— Mon préféré, c'était les fruits qui se disputent, soupire Fred. Mais il y a aussi les jumeaux dans le ventre de leur mère… Et les virus informatiques étaient plutôt chouettes aussi… Mais je pense qu'on a enfin tranché. Ça parle de…

— La ferme, Fred ! hurle Jess en lui plaquant la main sur la bouche. On a dit qu'on n'en parlerait à personne, tu te souviens ? Sinon ça va tout gâcher ! Il faut que ça reste un secret jusqu'au jour J. Oh là là ! J'ai tellement le trac ! Tu imagines le nombre de spectateurs ? Plunkett, c'est une salle immense !

— Brutus a l'air un peu stressé par l'organisation, dis-je, tâchant de prononcer sans frémir le mot sacré qui commence par *B*.

— Ouais, il s'arrache les cheveux, ce pauvre Brutus. Mais on va tous mettre la main à la pâte, quand les affiches et les tracts seront prêts. On va battre le pavé. Brutus a l'intention de « tracter » chaque maison de la ville !

— Hein ?

Voilà qui m'intéresse. Brutus va avoir besoin d'une armée d'assistants pour cet ambitieux projet. Je suis décidée à être là pour lui, d'une manière ou d'une autre, avec ou sans Chloé.

— Mais le pire, continue Jess, le vrai cauchemar de Brutus, c'est que Rose Quartz risque de ne pas venir. Elle avait accepté de chanter, mais maintenant, elle fait sa star.

— Bien sûr qu'elle va venir ! Je veux dire, c'est pour

une association humanitaire et tout ! j'affirme avec la conviction profonde de quelqu'un qui ne sait rien du tout.

— Tu penses qu'on aura l'occasion de la rencontrer ? Ouiiiii ! Ouaiiiiiiis !

Jess empoigne Fred par la manche et pousse des cris surexcités. Fred grimace, gêné.

— J'espère bien que non, frissonne-t-il. Je m'évanouirais de terreur.

Là-dessus, Chloé surgit à côté de moi.

— Salut, les mecs ! lance-t-elle avec un sourire. Allez, viens, Zoé. On a tout juste le temps.

— Tout juste le temps pour quoi ?

— Allez ! On fait un tour de terrain de sport en courant avant l'appel, tu te souviens ? Notre programme de remise en forme… Tu m'as promis !

Je comprends tout doucement… Horreur ! Je me souviens que Chloé m'a fait tout un laïus, hier, quand elle m'a appelée au moment où Brutus était chez nous, et que j'étais tellement désespérée de l'entendre descendre l'escalier que j'ai été incapable de me concentrer sur ce qu'elle disait. Évidemment, j'ai accepté d'endurer une épouvantable épreuve d'ordre physique – et il s'agit de courir, une activité que Dieu n'avait pas à l'esprit quand il a conçu mon corps grassouillet et mes genoux cagneux.

— Allez !

Chloé, cruelle, saisit une poignée de graisse sur ma hanche droite et la pince si fort qu'elle me fait mal.

– On se sera bientôt débarrassées de ça ! On a tout juste le temps ! Hé, Jess, tu veux bien garder nos sacs ?

Sans me laisser le temps de dire ouf, Chloé me sépare de mon sac et me traîne vers le terrain de sport. Je vois bien qu'il est trop tard pour discuter, et comme j'ai quelques petits kilos de trop, peut-être que c'est une bonne idée, finalement. Je me mets à trottiner en espérant que j'ai l'air classe et détendue, même si je sens mes triceps ballotter – l'angoisse.

À la moitié du parcours, je halète comme un poisson rouge hors de l'eau, mes cuisses s'entrechoquent à chaque foulée et mon soutif s'est distendu à force d'essayer de retenir mes lolos volants. Un geyser de sueur me jaillit des aisselles et l'air me brûle la gorge. Jamais je ne deviendrai une déesse en sept jours. Il va me falloir sept ans pour brûler tous ces bourrelets de lard. Chloé a pratiquement disparu tellement elle est loin devant – sa morphologie de petite maigre est parfaite pour courir sur de longues distances – et, catastrophe ! j'entends d'ici la cloche sonner, annonçant l'heure de l'appel, alors je n'ai même pas la possibilité de ralentir et de me mettre à marcher dignement. Au contraire, je dois accélérer, si possible, pour éviter les foudres de Mrs Young, notre prof principale.

J'arrive en classe avec la figure cramoisie, en soufflant comme un vieil orgue d'église percé. Chloé a récupéré nos sacs auprès de Jess et est arrivée avant moi.

Mrs Young lève la tête, surprise.

– Zoé ? Qu'est-ce qui se passe ? Tu t'entraînes pour le marathon ?

– Chloé et moi…, je hoquette, on… s'efforce de… rester en forme.

– Assieds-toi, me dit Mrs Young. Et tâche de faire un peu moins de bruit. Je ne déteste rien tant que le bruit des poumons qui râlent au petit matin.

Je m'effondre sur une chaise à côté de Chloé, qui est essoufflée aussi, mais d'une façon un peu moins hystérique, et quand je m'assieds, elle me tapote la cuisse pour me féliciter. Toby me jette un coup d'œil depuis sa table, de l'autre côté de l'allée, et lève le pouce. Manifestement, le problème de la dissert' d'histoire est réglé.

Je reste assise sans bouger, je ferme les yeux et j'attends que les battements de mon cœur ralentissent et que ma respiration redevienne normale. Mais petit à petit, je remarque quelque chose d'affreux ; quelque chose qui me remonte lentement, sournoisement le long du cou et m'assaille les narines. Une odeur de transpiration.

Et quand je dis « transpiration », je ne parle pas de la brume fleurant bon la rose et le lis qui mouchette la chair des déesses. Je parle de soupe – de soupe à l'oignon faite avec les oignons les plus frais, les plus odorants, et relevée d'une pincée d'ail et d'un trait de piment ultra-fort. Certes, la soupe à l'oignon peut avoir une odeur délicieuse – celle de papa est hyper bonne, et son arôme m'a arrachée de mon antre plus d'une fois –, mais ce n'est pas le genre d'odeur qu'on souhaite avoir sous les aisselles.

Oh là là ! Je pue sérieusement et ce matin, on a deux heures d'anglais avec Mr Fawcett, notre nouveau prof légèrement cabotin et franchement génial. Ce n'est pas que je craque pour lui ni quoi que ce soit d'extrême dans ce genre, mais j'aurais horreur qu'il s'aperçoive que je ne sens pas la rose, parce que lui, il est toujours cent pour cent reniflable (en général, il porte Explorer de Ralph Lauren : « Notes de bergamote de Sicile, de coriandre de Russie et de bois de santal d'Australie… pour l'aventurier moderne »). C'est vrai que le lycée Ashcroft est un endroit sauvage et difficile qui grouille de bêtes farouches, et peut-être que Mr Fawcett se sent un peu plus à l'aise en portant Explorer. Il n'y a rien de pire que de s'apercevoir qu'on pue. Je colle les bras de toutes mes forces contre mes flancs et je chuchote à Chloé :

– Tu as du déo sur toi ?

Chloé prend un air affolé. Elle secoue la tête, ouvre discrètement sa veste et renifle ses propres aisselles, puis fait une ignoble grimace et referme précipitamment sa veste. J'ai l'impression qu'on va devoir interrompre l'opération Déesses : l'objectif prioritaire, c'est de ne pas devenir des clodos.

8

Personne de notre classe n'a apporté de déodorant au lycée. Personne ! On court aux toilettes – on n'a que quelques minutes avant le prochain cours pour essayer de se débarrasser de notre ignoble odeur.

– Vite ! Vite ! Qui a du déo ? hurle Chloé à la bande de filles qui traînent près de l'entrée.

Daisy Archer, dite Lassie, et Emily Langham, dite la Puce, sont en train de boire à la fontaine. Elles ont l'air interloquées.

– Du parfum ? N'importe quoi ! insiste Chloé.

– J'ai une eau de toilette, marmonne Lassie d'un air hésitant en fouillant dans son sac.

Elle a de longs paquets de cheveux châtains ondulés qui pendent de chaque côté de son visage et lui font un peu une tête de chien – de colley ou d'épagneul.

– Vite ! Vite ! s'égosille Chloé en arrachant sa veste et en déboutonnant sa chemise. Juste un petit pschitt rapide ! Je te le paye !

Lassie lui tend le vaporisateur. C'est une eau de

toilette bon marché que j'ai disqualifiée l'année dernière parce que, malgré les agrumes qui lui donnent une touche de gaieté, l'excès d'arbre à thé compose un parfum qui fait un peu trop produit WC.

– Chloé !

Je ne peux pas dire du mal de l'eau de toilette de Lassie, mais j'ai peut-être un moyen de forcer Chloé à y réfléchir à deux fois.

– On devrait d'abord se laver les aisselles !

Je me bagarre avec les boutons de ma chemise. Je réussis à dégager un bras.

– Pas le temps ! Pas le temps ! marmotte Chloé en s'emparant du vaporisateur de Lassie et en se donnant une double décharge sous chaque aisselle, à l'intérieur de sa chemise ouverte.

Ensuite, elle me tend l'eau de toilette.

– Non merci !

Je commence à paniquer. Dans ma tête, une petite voix me chuchote que même du vrai produit WC serait préférable aux effluves de soupe à l'oignon que je dégage par litres, mais j'ai encore l'espoir d'obtenir un effet propre et hygiénique grâce à cette bonne vieille technique à l'ancienne qu'on appelle « la toilette ».

– Viens, Lassie ! s'impatiente la Puce. On a Powell, on ne peut pas être en retard !

– Oh non ! s'étrangle Lassie en reprenant son eau de toilette et en fonçant vers la porte.

La sonnerie déchire l'air, assourdissante, nos deux

heures d'anglais avec Mr Fawcett vont donc commencer dans quelques secondes, mais je viens seulement de réussir à faire marcher un des robinets. Lassie et la Puce disparaissent parmi la cohue du couloir. Je cours d'un lavabo à l'autre en essayant de trouver un distributeur de savon qui ne soit pas vide. Les toilettes de notre lycée sont tellement nulles ! Mon bras gauche est toujours sorti de ma chemise et une puissante odeur de soupe à l'oignon me suit dans toute la pièce.

– Ouh là ! Ouille ! Aaaaah ! crie Chloé quand j'abandonne ma quête de savon et que je prends de l'eau glaciale entre mes mains pour me frotter l'aisselle gauche. Ce foutu parfum me piiiique ! C'est l'horreur ! Oooooouuilleuh ! J'ai les aisselles en feu !

Elle lève les bras et s'agite comme un oisillon qui essaie d'apprendre à voler, puis s'enfonce les poings dans les aisselles et fait des grimaces dignes d'un championnat.

Je suis en train de découvrir que l'eau toute seule, ça ne sert à rien : du savon et un gant de toilette sont essentiels au bonheur de tout être humain. Je ne sortirai plus jamais de chez moi sans m'en être équipée, à l'avenir. Ma poignée d'eau froide n'a rien arrangé ; mon aisselle pue toujours autant et maintenant, le côté gauche de ma chemise est trempé et l'odeur de soupe à l'oignon s'est répandue encore plus. Je me reboutonne en hâte.

– Au secours ! Mon Dieu ! Je vous en prie, mon

Dieu, faites que mes aisselles arrêtent de me brûler ! supplie Chloé tandis qu'on galope vers la salle d'anglais.

— Je pense que Dieu a des crises plus urgentes à gérer, dis-je, haletante. Mais bon… sinon… s'il vous plaît, Dieu, débarrassez-moi de mon horrible puanteur !

— Je suis allergique à ce foutu parfum ! braille Chloé. Mes aisselles *me tuent*, je te jure !

On arrive en catastrophe pendant que Mr Fawcett distribue des livres. Je me tiens les bras collés au corps comme une poupée en bois dans une brocante, et Chloé est pâle, au bord de la crise d'hystérie à cause de sa douleur réprimée. On rejoint Toby et Fergus à une table près de la fenêtre.

— Bien, hum…

Mr Fawcett nous tend deux livres, et une divine bouffée d'Explorer flotte vers nous. Je suis drôlement tentée de lui demander s'il a apporté le flacon avec lui et si je peux lui en piquer un peu, mais j'aurais l'air insolente.

— Silence, maintenant, dit Mr Fawcett. Nous allons lire un poème très mystérieux, aujourd'hui. Un poème de William Blake. Vous le trouverez page 56.

— Salut, les filles ! chuchote Tob.

Son haleine sent le chocolat. Il fait glisser mon classeur d'histoire vers moi.

— Je te revaudrai ça !

Il me fait un clin d'œil et lève les pouces, son geste habituel.

Tout d'un coup, il me vient une idée folle, mais potentiellement géniale. Mr Fawcett nous lorgne d'un air réprobateur, alors je trouve vite la page 56 et j'essaie d'avoir l'air studieuse et altière, tout en gardant les aisselles bien verrouillées. Mon idée géniale va devoir attendre que Mr Fawcett regarde ailleurs.

– Blake a vécu à Londres et composé ses meilleurs poèmes entre 1780 et 1820 environ, soit il y a deux cents ans, déclare Mr Fawcett.

Je lève le nez avec enthousiasme et j'acquiesce, en fixant ses beaux yeux bleu clair.

– C'était un personnage assez, euh… excentrique. Certains le croyaient même fou. Il avait des visions.

Mr Fawcett jette un coup d'œil inquiet en direction de George Flint et de Seth Mortimer, qui sont assis dans le coin opposé et font pas mal de bruit. Je crois que je vais pouvoir compter sur eux pour me fournir une couverture.

– Je viens de voir Ben Jones en tenue de foot ! murmure Toby.

– On s'en fout, de Ben Jones ! je rétorque tout bas. (C'est bien la première et la dernière fois que je refuse de parler de B. J.) Aboule tes bonbecs !

Toby sort un énorme paquet de bonbons de son sac et me les fait passer discrètement sous la table. Je tousse pour masquer les crissements du paquet quand je l'ouvre, et je jette un coup d'œil dedans – tout en faisant mine de regarder le livre de poésie ouvert devant moi. Mr Fawcett commence la lecture.

– *Oh, Rose, tu es malade…*, entonne-t-il de la voix grandiloquente qu'il prend spécialement pour lire de la poésie.

– S'il vous plaît, monsieur ! l'interrompt Flint. Ça parle de Rose Davis, la fille de seconde ? Elle a été malade pendant l'excursion avec le lycée : elle a vomi !

Tout le monde ricane. Je plains un peu Mr Fawcett, mais je n'ai pas le temps de compatir. Fergus renifle l'air.

– J'crois-qu'y-a-d'la-soupe-à-l'oignon-à-la-cantoche aujourd'hui ! souffle-t-il.

Il parle comme ça, à toute vitesse.

– Ou-p't'être-des-hamburgers-avec-des-oignons-frits !

Oh non. Fergus sent mon odeur de transpiration, et il est carrément à un mètre cinquante – il est assis à l'autre bout de notre rangée ! Je grimace, gênée, et j'essaie de retenir ma transpiration par la seule force de ma volonté tout en examinant l'énorme collection de bonbons de Toby. Il y en a forcément qui pourraient convenir, dans le tas. Je vais détourner des bonbons pour fabriquer un type de déodorant alternatif. Génial, non ?

Naturellement, les bonbons durs sont exclus, parce qu'ils sont trop collants, et les chocolats aussi, parce que j'en mettrais partout. J'ai besoin de quelque chose qui soit de couleur claire, mais qui ait le même genre de consistance que le chocolat, pour faire comme une sorte de parfum solide.

– Ça ne parle pas de quelqu'un de précis, explique Mr Fawcett, ignorant la vanne de Flint. Ça parle d'une rose, même si cette rose symbolise peut-être quelque chose.

J'espère, pour le bien de Mr Fawcett, qu'il n'y a pas d'autres mots suspects dans ce poème, parce que Flint est d'humeur à rire.

Ah ! J'ai trouvé le bonbon idéal. Il est blanc, en forme de disque. Il y en a plusieurs du même genre. D'ici quelques instants, j'espère avoir remplacé mon odeur de soupe à l'oignon par des effluves de chocolat blanc. Qui sait ? Je suis peut-être sur le point de faire une grande découverte dans le domaine des cosmétiques.

Je défais furtivement les boutons du milieu sur ma chemise pendant que Mr Fawcett continue à lire.

– *Le ver invisible*
Qui vole dans la nuit...

Je porte le disque blanc à ma bouche. Je pense qu'il faut d'abord l'humidifier pour en faciliter l'application. Le disque est caché dans ma main. Je fais semblant de poser le menton dessus et je lèche discrètement le disque à un moment où je sais que Mr Fawcett ne regarde pas. Puis, très lentement, tranquillement, je glisse le disque dans ma chemise et je le frotte dans le creux de mon aisselle pour bien l'étaler.

– *Sous les hurlements de l'orage…*, continue l'odorant Mr Fawcett.

Flint l'interrompt une fois de plus :

– Monsieur ! C'est quoi, le ver invisible ?

– Allons jusqu'à la fin du poème avant d'essayer de comprendre ce qu'il signifie, répond patiemment Mr Fawcett.

Aucun prof ne nous avait jamais permis de l'interrompre pendant la lecture d'un poème, jusqu'à présent. Mr Fawcett est une vraie lopette. Mais il a réussi à maintenir un semblant de discipline dès le début du trimestre en envoyant Seth et Flint chez Mr Powell (alias Mr Coup-de-Gueule, le proviseur, qui est aussi un effroyable lion rugissant).

Il promène un regard circulaire dans la classe en quête de soutien et de réactions. Je hoche la tête d'un air compréhensif, bien que je sois en train de retirer ma main de ma chemise. Je fais semblant d'ajuster mon soutif. Mr Fawcett, visiblement gêné, se replonge dans son bouquin.

– *A découvert ton lit*
De bonheur écarlate…

– S'il vous plaît, monsieur… C'est une allusion grossière, ça ?

Encore Flint.

Oh my God ! J'ai enfin dégagé ma main de ma chemise, et j'ai les doigts couverts de chocolat – et je parle d'un chocolat marron ! Apparemment, le blanc du disque n'était qu'une sorte d'enrobage superficiel. Je me suis étalé de la pâte marron partout sous l'aisselle droite et maintenant, je dois aussi en avoir partout sur ma chemise.

— Lisons d'abord le poème jusqu'au bout, George, et on s'attaquera à la langue ensuite, jette sèchement Mr Fawcett, agacé.

— On s'attaquera à la langue, monsieur ?

Flint ricane. Mr Fawcett a l'air exaspéré. En hâte, discrètement, je me lèche les doigts. Je n'ai pas de mouchoir en tissu ni en papier. Je ne reviendrai plus jamais aussi mal équipée au lycée. Comment faire pour réparer les dégâts infligés à mes affreuses aisselles gluantes, puantes et chocolatées ?

— Et le sombre amour caché
Qu'il te voue te détruit.

Mr Fawcett a terminé. C'était un poème assez court, Dieu merci. Mais bizarre.

Une explosion de ricanements part de la table de Flint. Pendant que l'attention de Mr Fawcett est détournée, je me baisse et, en un éclair, je parviens à sortir une serviette hygiénique de mon sac, à la déballer et à la glisser vite fait sous ma chemise.

— Qu'est-ce que Blake essaie de décrire dans ce texte ? lance Mr Fawcett en rougissant.

— S'il vous plaît, monsieur, dit le Bonobo Hatton. Ça pourrait être un truc du genre, euh… des pucerons, vous savez.

Plusieurs filles lâchent un petit cri, puisqu'on vient de mentionner des insectes. J'aurais crié aussi si je n'étais pas si occupée à me fixer une serviette hygiénique sous l'aisselle.

– Ma grand-mère vaporise ses roses, précise obligeamment le Bonobo.

– Eh bien, tu tiens peut-être une piste, d'une certaine manière, dit Mr Fawcett en hochant la tête.

Je hoche la tête aussi, en partie parce que je suis soulagée. J'ai réussi à coller la serviette sur l'intérieur de ma chemise. J'ai donc une aisselle qui sent un peu moins les oignons et un peu plus le chocolat, même si l'autre est toujours oignonneuse et, par-dessus le marché, d'une humidité inconfortable. Malgré tout, mon problème n'est rien comparé à l'affreuse matinée que Mr Fawcett est en train de passer.

– Même si le poème semble parler d'une rose et d'un ver, j'aimerais que vous réfléchissiez à ce que ces deux choses pourraient symboliser…

– Je vais avoir besoin qu'on m'opère le dessous des bras ! geint douloureusement Chloé, les poings toujours enfoncés dans ses aisselles en feu. Qu'on me greffe de la peau récupérée sur mes fesses ! C'est mon seul espoir !

Après le cours d'anglais, Mr Fawcett se sauve cahin-caha vers la salle des profs, laissant un merveilleux effluve de Ralph Lauren dans son sillage. Chloé et moi, on se dirige vers les toilettes. Maintenant, on a toute la récréation pour s'occuper de nos aisselles saccagées. On galope dans le couloir en poussant des gémissements hystériques : Chloé souffre toujours ; mes tourments à moi sont surtout psychologiques.

– Ah la vaaaaache ! je grogne. Quel cauchemar ! Je ne vois pas comment ça pourrait être pire !

À cet instant, Ben Jones et Tim Huddlestone apparaissent au détour du couloir et se dirigent vers nous dans leurs shorts de foot : en temps normal, ç'aurait été l'occasion de baver et de mater allègrement (pour nous, bien sûr), mais là, on est presque trop traumatisées pour s'intéresser à eux. Quand on arrive à leur niveau, toutefois, Tim me jette un coup d'œil et dit :

– Euh… je crois que… tu as fait tomber quelque chose…

En suivant son regard, je me retourne et je vois, pour ma plus totale et profonde horreur, la serviette hygiénique ! Qui est tombée de mon aisselle et traîne sur le sol, derrière moi, généreusement garnie de chocolat fondu !

– C'est juste du chocolat ! je hurle en me jetant dessus pour la ramasser et la fourrer dans mon sac.

Ensuite, j'essaie d'afficher un rictus loufoque, comme si tout ça n'était qu'une plaisanterie hilarante qu'on avait délibérément mise en scène, et je me sauve en courant vers les toilettes. Enfin, vers l'Amérique du Sud, en fait, où j'ai l'intention de me cacher jusqu'à l'âge de cinquante-sept ans à peu près. Je suis sûre, même si je vis centenaire, que je ne connaîtrai jamais de moment plus atroce et plus gênant que celui-là.

9

On est à un million d'années-lumière du statut de déesses, même de déesses de bas étage. Jusqu'à présent, nos efforts ne nous ont d'ailleurs permis que de tomber encore plus bas dans la chaîne alimentaire et d'acquérir le charisme des minuscules bestioles gluantes qui vivent au fond des mares.

Deux jours plus tard, le DVD de hip-hop arrive. On commence donc notre entraînement d'aérobic, Chloé et moi. C'est génial, même si je souffle comme un hippopotame au bout de deux minutes. En rentrant chez moi, je pense à d'autres moyens de retrouver la forme. Distribuer des tracts est une possibilité évidente. Maman dit que la marche, c'est le meilleur des sports. De temps en temps, papa et elle partent faire de la randonnée, pendant leurs vacances, et prennent d'héroïques photos d'eux fouettés par des rafales monstrueuses au sommet d'une montagne.

Me balader dans toute la ville pour distribuer les tracts de Brutus n'a rien d'aussi spectaculaire, mais ça pourrait certainement se révéler romantique, à condition que j'arrive à rester loin de Matthew et à voir Brutus tout le temps. *Euh… mon Brutounet chéri,* susurrerais-je, *peux-tu me refaire la démonstration de la technique pour mettre un tract dans une boîte à lettres ? Je ne suis plus trop sûre de l'enchaînement.* Il se placerait derrière moi, lové contre mon dos, et me réexpliquerait tout le truc, mais bizarrement, je ne comprendrais toujours pas et il serait obligé de me donner des cours particuliers pendant des heures et des heures.

Aider à faire la promotion de Jailhouse Rock, ce serait génial pour deux raisons : j'aurais un prétexte pour voir Brutus et je brûlerais quelques calories. Le seul problème, c'est Chloé. C'est drôlement délicat d'essayer de participer à quelque chose dans son dos.

Bien sûr, je devrais la prendre entre quat'z'yeux et lui dire : *Écoute, Chloé, peut-être que tu ne veux pas aider l'équipe de Jailhouse Rock, mais moi, si, alors je vais le faire.* S'il s'agissait juste de donner un coup de main, en vérité, ce serait facile. Mais il ne s'agit pas seulement de ça. Il y a aussi le fait que je veux voir Brutus – juste le voir, tranquillement, quitte à le voir dans une salle pleine de monde si nécessaire. Il n'y a même pas besoin qu'il m'adresse la parole. En fin de compte, le problème, c'est que je suis folle de lui, et que Chloé était folle de lui récemment. On est donc en terrain miné.

J'essaie d'écrire un texto à Brutus pour lui proposer mon aide, mais c'est impossible de paraître glamour, sexy, désinvolte, cool, généreuse, adorable, spirituelle et irrésistible à la fois tout en arrivant à communiquer les informations essentielles. Je décide de passer au bureau de Major Events samedi matin, l'air de rien, pour le voir en personne et lui proposer mon aide de vive voix au lieu de lui envoyer un texto. Je ne peux pas y aller avant samedi parce que je ne veux pas que Brutus me voie dans mon uniforme du lycée.

Pendant le reste de la semaine, Chloé est prise tous les soirs par sa famille, parce que son père est rentré de Dubaï. Chaque fois que ça arrive, sa mère, Fran, organise des tas de soirées pour que les gens puissent le voir et tout savoir sur la vie palpitante qu'il mène à Dubaï. Je crois qu'elle aime bien montrer qu'il est toujours dans le paysage. Au lycée, Chloé est un peu taciturne – elle est fatiguée, à force de jongler entre ses devoirs et toutes ses obligations mondaines. Notre projet de développement personnel est mis en veilleuse pour le moment.

— Je ne peux pas faire l'enchaînement de hip-hop, grommelle-t-elle, parce que mon père m'interdit de mettre ma musique un peu fort. On ne pourra jamais devenir top canon en sept jours.

— Bon, eh bien, on n'a qu'à le faire en vingt-sept jours, alors ! Ou quelque chose comme ça. Rome ne s'est pas bâtie en un jour, je lui rappelle.

Chloé paraît soulagée. Moi aussi, je suis soulagée. On s'était donné une mission impossible en se fixant sur sept jours.

— On abandonne l'idée de le faire en sept jours,

alors ? demande Chloé. Mais on garde le projet de devenir top canon, hein ?

– Oui, je lui assure. Tope là ! On sera de vraies déesses d'ici... euh...

– On sera de vraies déesses le plus tôt possible ! glousse Chloé.

Ouf, on est débarrassées de cette pression. La vie de tous les jours génère bien assez d'angoisse comme ça.

Le vendredi arrive. Je commence à stresser à l'idée de passer au bureau de Brutus demain matin.

– Hé, Zoé ! dit Chloé. Mes parents s'en vont ce week-end. Ils seront absents jusqu'à dimanche. Alors ça ne te dérange pas si je viens chez toi samedi soir ?

– Non, bien sûr. Mes parents seront absents aussi : ils partent faire un week-end de rando dans le Peak District.

Chloé sourit.

– Ouah ! Il faut qu'on fasse une soirée et qu'on mette le feu à la baraque, alors !

– Super idée ! Et ensuite, on n'aura qu'à en faire une autre chez toi et mettre le feu là-bas aussi.

– On se retrouve en ville demain matin ? suggère Chloé. On pourra se choisir des robes de déesse pour Jailhouse Rock !

– D'accord, mais pas trop tôt, je tempère, inquiète.

J'ai besoin de garder ma matinée libre pour ma visite au bureau de Brutus.

– ... Disons à midi. Après tout, c'est samedi. J'ai besoin de dormir pour être belle.

– OK, acquiesce Chloé. Rendez-vous devant la mairie à midi. Tu me reconnaîtras à mon superbe manteau fait de Weetabix et de rats morts.

Toute la soirée de vendredi, je cherche quoi mettre pour passer au bureau de Major Events le lendemain matin. Il faut que je paraisse glamour, sexy, décontractée, cool, généreuse, adorable, spirituelle et irrésistible. Et tout ça comme si je n'avais pas eu à fournir le moindre effort pour y parvenir – comme si je n'avais pas dû y travailler très dur, parce que toutes ces qualités abondent naturellement chez moi.

Je fusille ma garde-robe du regard. Quoique plus discrète que celle de Chloé, elle est tout de même décevante. Il n'y a rien, là-dedans, qui puisse coller pour un samedi matin en ville. Ce qui me met le plus en valeur, c'est mes tenues pour sortir le soir. Mais je ne peux pas vraiment débarquer dans le bureau de Major Events avec une minirobe rose en titubant sur des talons aiguille à motif léopard, si ?

Mes tenues décontractées pour la journée ont franchement besoin d'être renouvelées. Comme Tam est repartie à la fac, je jette un rapide coup d'œil dans sa penderie, mais les meilleures pièces n'y sont plus et les seules choses qui soient accrochées là-dedans, c'est quelques résidus de sa période bohemian-chic : dentelle, batik et autres froufrous. Le bohemian-chic, c'est vraiment pas mon style. Je préfère encore le look clodo.

Le lendemain matin, papa et maman se lèvent tôt

et se préparent à partir pour le Peak District. Ils vont passer la nuit dans un Bed and Breakfast[1] au bord d'une petite rivière, alors maman est contente que j'aie invité Chloé à dormir chez nous pour ne pas être Toute Seule à la Maison.

— Pas de drogues, dit sévèrement maman en nettoyant ses chaussures. Pas d'alcool et pas de sexe.

— Mmh, c'est peut-être ton programme pour le week-end, je réplique effrontément, mais Chloé et moi, on va faire une soirée ici et on a invité deux mille personnes qu'on a rencontrées sur Internet.

Maman pâlit.

— Ne plaisante pas avec ce genre de chose, Zoé, murmure-t-elle en me jetant un long regard insistant.

Manifestement, elle sait que ce n'est qu'une blague, mais cette seule idée lui donne la nausée.

Une fois qu'ils sont partis, je commence par appliquer six couches de déo. Je ne ferai plus jamais la même erreur. La soupe à l'oignon est bannie pour toujours. Je décide de mettre un jean moulant et un sweat à capuche étoilé. Le résultat est pas mal, mais je suis trop stressée pour manger un petit déjeuner et j'ai peur d'avoir mauvaise haleine. Je mâche du persil (c'est papa qui m'a appris ce truc – apparemment, il mâchait du persil, quand il était ado, pour que ses parents ne sentent pas qu'il avait fumé ou bu). Ensuite, je mâche un chewing-gum.

1. Chambre d'hôtes.

Je passe mille ans sur mon maquillage – je vais jusqu'à tout enlever et tout recommencer deux fois. Je ne sais pas si Brutus aime les filles maquillées. Les garçons sont un peu bizarres avec les cosmétiques : ils n'en voient pas l'intérêt. Moi, bien sûr, je suis une obsédée du maquillage, alors peu m'importe ce que pensent les garçons – même Brutus. Cela dit, je suis disposée à faire quelques concessions pour impressionner le sexe opposé. Si Brutus me demande d'aller en Afrique et de me battre à mains nues contre des lions, pas de problème. Mais il va devoir accepter que je passe d'abord une heure à mettre du mascara résistant aux lions et du brillant à lèvres spécial safari.

Enfin, je suis prête. J'ai mis des chaussures plates pour montrer que je ne suis pas une de ces andouilles vacillantes, même si je retiens l'option pour l'avenir : ça pourrait être assez classe, comme carrière. Avec mes impérissables chaussures plates, je n'aurai aucun problème pour déambuler d'un bout à l'autre de la ville en distribuant les tracts de Brutus.

Je parcours tout High Street dans les deux sens, en passant devant son bureau à chaque fois, avant de trouver le courage d'entrer. Major Events est au-dessus d'une agence de recrutement ; je monte l'escalier et j'arrive à la réception. Une fille à l'air morne lève le nez. Comment peut-elle s'ennuyer alors que Brutus travaille ici ?

– Salut ! je lance dans un souffle, en ne parvenant

à prendre qu'une voix d'asthmatique alors que je visais plutôt l'effet charismatique. Je suis ici pour voir Harry Hawkins au sujet de Jailhouse Rock.

– C'est au dernier étage.

La fille désigne le plafond avec son stylo.

– Tourne à gauche en haut de l'escalier, et c'est au fond du couloir.

Je monte un étage de plus en soufflant et en ahanant. Il faut vraiment que je me remette en forme. Je vais devoir faire mon enchaînement de hip-hop deux fois par jour. C'est ridicule. Je ne veux pas que Brutus me prenne pour une mollassonne à gros cul – même si c'est précisément ce que je suis. Lui, il est capitaine d'une équipe de rugby locale qui s'appelle les Antilopes, et l'année dernière, il était la mégastar de l'équipe de rugby du lycée Ashcroft ; bref, il est hyper sportif... et hyper bien foutu.

Je me retrouve devant une porte sur laquelle on a scotché un panneau écrit à la main qui dit *Jailhouse Rock*. Je frappe, le cœur battant à cause de ma passion incontrôlable et de l'effort inhabituel que je viens de fournir.

– Entrez ! lance une voix de fille.

Dégoûtée, je pousse la porte et je me retrouve nez à nez avec Charlie. C'est un petit bureau avec deux tables. Elle est assise devant la plus petite. La plus grande est inoccupée.

– Oh ! Salut, Charlie ! dis-je.

Pendant un moment, elle me regarde d'un air égaré.

– Ah, salut, c'est super de te voir ! lance-t-elle avec un sourire après une petite hésitation. Oh là là, je suis désolée, j'ai oublié ton prénom. Je suis nulle avec les prénoms, c'est une catastrophe. Tu t'appelles Léonie, c'est ça ?

– Zoé, je rectifie. Est-ce que... Brutus est là ?

– Il est en réunion avec mon oncle, répond Charlie. Je peux t'aider ?

Mon cœur se serre. J'ai passé les douze dernières heures à me préparer mentalement, physiquement, émotionnellement et vestimentairement pour ce moment, et c'était une perte de temps absolue.

– J'ai juste pensé que je pourrais peut-être trouver un peu de temps pour vous aider, dis-je. Pauvre Brutus ! Il avait l'air tellement stressé... Ce doit être un cauchemar pour lui.

– Tu connais bien Brutus, alors ? demande Charlie avec un petit sourire songeur et, pour tout dire, un peu calculateur.

Je hausse les épaules.

– Oh, tu sais... Un peu... À Newquay, cet été...

Je laisse ça en suspens, comme si Brutus et moi avions passé toutes les nuits sur la plage jusqu'à l'aube pendant une semaine. Si seulement c'était vrai !

– Je vais te dire, reprend Charlie en se levant et en enfilant sa veste. Allons boire un café, tu veux ? Tu as le temps ? Comme ça, je pourrai te rencarder sur ce qu'on a fait jusqu'ici.

Je suppose que c'est en rapport avec Jailhouse

Rock et non avec ce que Brutus et elle fricotent pendant leur temps libre. Mais pour être honnête, bien que je soutienne à fond Amnesty International, c'est les trucs personnels qui m'intéressent le plus.

Quand on arrive dans la rue, Charlie tire sur la manche de mon sweat.

– Super, ton blouson, commente-t-elle. Tu l'as acheté où ?

Je mens :

– Dans une boutique d'occasion.

J'ai décidé de ne pas jouer le jeu de la compétition avec elle. Je vais inventer autre chose.

Pendant qu'on s'éloigne, elle fait un truc hyper bizarre. Elle enroule son bras autour du mien comme si on était les meilleures copines du monde depuis la naissance. Et dire qu'il y a trois minutes, cette fille ne se souvenait pas de mon nom !

– Alors, chuchote-t-elle sur le ton de la confidence, quand est-ce que tu as rencontré le mystérieux Mr Hawkins ?

Elle termine sa question par un gloussement qui ne me plaît pas trop.

– Oh là là, je ne sais plus, dis-je en soupirant, comme si ça ne m'intéressait pas le moins du monde. Je connais Brutus, euh… depuis toujours.

10

On va au Dolphin Café. Charlie commande un expresso et moi un *chaï* au lait. Je culpabilise à cause de toutes les calories que ça représente, mais j'ai le sentiment que je vais avoir besoin de forces pour supporter cette conversation et je n'ai pas pu manger grand-chose, ce matin, parce que j'étais trop nerveuse à l'idée de voir Brutus. Mes trois couches de brillants à lèvres différents sont là en pure perte, avec Charlie. À la dernière minute, en m'approchant de la caisse, je cède à la tentation et je prends un croissant.

– Alors comme ça, reprend Charlie avec un sourire interrogateur, en me scrutant depuis l'autre côté de la table, tu aimerais nous aider ?

Je suis forcée d'admirer son mascara.

– Oui. Enfin, à cause du lycée, je ne pourrai pas faire grand-chose, mais je peux trouver quelques heures par semaine. De quel genre d'aide Brutus a besoin ?

– Eh bien, il a une assistante à plein temps : môa,

glousse Charlie. Même si je suis payée des cacahuètes... Cela dit, c'est pour une organisation humanitaire et j'ai pris une année sabbatique de toute façon, et puis ça fera vachement bien sur mon CV, alors... pas de souci.

Elle m'agace déjà, à vrai dire, et j'ai l'impression que ça ne va faire qu'empirer.

– J'ai cru comprendre que certaines personnes l'avaient laissé tomber ? je demande.

– Eh bien oui, un peu, répond Charlie. Paolo... C'est un ami à toi, n'est-ce pas ?

– Euh... Matthew, en fait. Non, c'est pas vraiment un ami, j'explique hâtivement. Il voulait un coach, à un moment, alors je... on... lui a donné quelques séances.

– Oh ! Alors c'était ton idée qu'il change de nom et qu'il se fasse appeler Paolo ?

– Sûrement pas !

J'essaie de sourire, mais j'ai déjà perdu beaucoup de points dans cette conversation.

– ... Il parlait toujours de se rebaptiser Brad. Je le lui ai déconseillé.

Je pince les lèvres. Me voilà passée en mode maîtresse d'école. Ça m'arrive, parfois – c'est un réflexe en cas de stress.

– J'ai juste essayé de lui apprendre à serrer les mains et à sourire... et ça, déjà, c'était mission impossible. Ah, et je lui ai aussi conseillé de mettre du marron.

– Du marron ? s'exclame Charlie en haussant un sourcil superbement épilé, avec un étonnement qui frise la grossièreté. Pourquoi du marron ?

Elle remet en cause mes conseils de style ! J'ai envie de l'envoyer balader. Mais je ne peux pas être trop susceptible et sur la défensive, parce que j'ai besoin qu'elle se confie à moi au sujet de Brutus.

– Oh, je ne me rappelle plus ce que j'ai conseillé à Matthew, dis-je en tâchant d'afficher un sourire charmeur et insouciant. Je lui ai juste dit la première chose qui me venait à l'esprit. C'était un peu pour le mettre en boîte, de toute façon, cette histoire. Il a les yeux marron, si je me souviens bien. Ou plus exactement caca d'oie. C'est pas une couleur qu'on rencontre souvent sur la planète Terre.

– J'adore les yeux marron ! déclare Charlie avec un profond soupir. Mais les yeux gris-vert, c'est encore mieux.

Je sais qu'elle pense à Brutus. Elle, elle a des yeux bleus avec de minuscules taches noires, un peu comme de beaux œufs d'oiseaux. Je l'envie à mort ; en plus, j'imagine que Brutus a remarqué ses yeux et les trouve admirables.

– Bref… Matthew vous aide avec la promotion ? je demande.

Je veux détourner la conversation des yeux gris-vert, parce que je sens que je me laisse envahir par la jalousie.

– Oui, c'est ce qui est prévu, mais on dirait que

chaque fois qu'on recrute quelqu'un de nouveau dans cette équipe, quelqu'un d'autre nous plante.

– C'est peut-être Matthew qui les fait fuir.

– Ça nous a traversé l'esprit, soupire Charlie.

Puis elle me jette un petit coup d'œil malicieux.

– Je pense que tu n'as pas beaucoup avancé avec lui quand tu étais son coach, Zoé !

Elle glousse.

– Peut-être que Matthew devrait exiger que tu le rembourses !

Même si c'est clairement une plaisanterie, je commence à avoir envie de lui donner des coups de pied.

– Il ne m'a jamais payée, en fait, je laisse tomber en feignant l'indifférence.

– Quoi ? Tu ne lui as pas envoyé de facture ?

Les sourcils bien dessinés de Charlie se soulèvent. Je commence à me sentir claustro. Il faut qu'on oublie Matthew. Ce sujet de conversation ne peut que m'enfoncer et me donner l'impression d'être une pauvre naze et une ratée.

– C'était tellement informel…

Je regarde, par la fenêtre, un petit enfant qui pique une colère devant un magasin de journaux. Moi aussi, j'ai envie de piquer une colère.

– Bref… Oublions Matthew. Qu'est-ce que je peux faire pour vous aider ?

– Oh, il y a des tonnes de choses à faire, dit Charlie. Mais rien de follement sexy. Il s'agit essentiellement de distribuer les tracts, malheureusement.

On a besoin d'une armée pour battre le pavé, tout simplement, dès qu'on aura fait imprimer les affiches et les tracts.

– Et ce sera quand, ça ?

– Eh bien, je me suis mise en quatre pour le concours d'affiches, déclare fièrement Charlie. Quand j'ai une idée en tête, je me décarcasse !

Une image étrange me vient à l'esprit : Charlie écartelée dans la vitrine d'une boucherie. Mmh…

– … Je suis comme ça. Les gens disent que je suis dingue, personne ne me comprend vraiment, mais je ne peux pas m'en empêcher, c'est comme ça que je suis !

Charlie fait un grand sourire. Bon sang ce qu'elle a la grosse tête !

– On a eu des tas de participants au concours, continue-t-elle, surtout grâce à ma mère qui est instit' dans une école primaire. C'est vraiment la dernière minute, alors plein d'écoles n'ont pas pu participer. Mais on a déjà assez de contributions pour que ça fasse un vrai concours et on est en train de sélectionner les finalistes. On choisira le gagnant mercredi et, avec un peu de chance, on pourra commencer à « tracter » la semaine suivante – si l'imprimeur tient ses promesses.

Je hoche la tête.

– Génial. Brutus avait l'air drôlement stressé à ce sujet.

– Ouais…

Une expression bizarre passe dans le regard de Charlie.

– Tu connais bien l'incroyable Brutus, hein ? Quand est-ce que tu l'as rencontré ?

Elle semble décidée à m'interroger. Ses yeux courent sur mon visage, y cherchant des indices sur ma relation avec Brutus.

– Oh, il y a une éternité, dis-je. Il a toujours été une légende dans notre lycée, tu sais. Et ma sœur, Tam – qui est à la fac, maintenant –, le connaît vraiment bien. Il lui a même sauvé la vie à Newquay l'été dernier.

– Hein ? En allant la chercher à la nage, genre ? demande Charlie, les yeux écarquillés de surprise.

– Non, Tam avait l'appendicite et Brutus est le seul à avoir compris que c'était grave, j'explique. Il a appelé une ambulance et il l'a accompagnée à l'hôpital et tout.

– Oh là là, c'est incroyable ! s'exclame Charlie. Mais bon, c'est un futur médecin, alors ça n'a rien d'étonnant qu'il ait su gérer. Je suis tentée de devenir médecin, moi aussi. Ou kiné. Les gens disent que j'ai une présence qui apaise. Apparemment, mon aura est vert foncé.

J'essaie de cacher mon léger dégoût.

– Ah oui ?

– Entre nous, je ne suis pas sûre que Brutus soit totalement décidé à faire une carrière de médecin, cela dit, reprend Charlie. L'autre jour, il m'a confié

91

qu'il était assez tenté par quelque chose de plus aventureux – la zoologie, peut-être. Il me fait ses confidences, pour une raison qui m'échappe – j'ai l'impression qu'il n'a personne à qui parler, au fond. Et je sais écouter. Laisse-moi te donner un petit conseil, Zoé ; c'est un des dictons de ma grand-mère : « Ouvre tes oreilles et ferme ton bec. » Elle a un sixième sens, et on dirait que j'en ai hérité.

C'est ironique que ce soit une fille qui n'arrête pas de la ramener qui me donne ce conseil. Je suis furieuse qu'elle ait laissé entendre que Brutus ne se confie qu'à elle, et je suis jalouse de toutes les longues heures qu'ils passent ensemble dans ce bureau, tandis que moi, je suis obligée de faire des tas de manigances pour pouvoir l'apercevoir une seconde.

Je hausse les épaules.

– En tout cas, je suppose que Brutus ne fera pas carrière dans l'événementiel. Même s'il est hyper doué pour ça.

– Eh bien… plus ou moins ! réplique Charlie avec un gloussement agaçant. Il est tellement distrait et désorganisé ! Sans moi, il aurait eu de gros ennuis avec la direction, la semaine dernière. Il a perdu un rapport et oublié une réunion.

– Ah, eh bien c'est super de ta part de l'avoir tiré d'affaire, dis-je d'un ton dégoulinant de sarcasme tout en essayant de paraître sincèrement admirative.

– Pauvre Brutus, ajoute Charlie en riant toute

seule, comme si toutes les fois où elle l'a tiré d'embarras lui revenaient en mémoire. Mais il est tellement chou…

Soudain prête à défaillir, je croque dans mon croissant. Un millier de miettes se collent aussitôt à mes trois couches de brillant à lèvres. J'essaie de les récupérer avec les dents par une série de raclements qui doivent être franchement immondes à voir.

Charlie baisse la voix.

– Dis-moi, Zoé, est-ce qu'à un moment Brutus et ta sœur ont été… ensemble ?

– Non, je réponds, au bord de la crise de nerfs. Pourquoi ?

– Oh, je ne sais pas. Il est tellement mystérieux… C'est quelqu'un de très secret.

J'aimerais bien qu'elle arrête de me parler de Brutus comme si je ne savais rien sur lui. Je continue à essayer de repêcher les miettes de croissant.

– Le truc, c'est que je n'arrive pas à savoir s'il a une copine ou non, reprend Charlie.

Elle me regarde avec insistance, en rougissant légèrement, et tente de prendre un air dégagé malgré sa curiosité.

– Alors ? Il en a une ?

Je termine de mastiquer ma bouchée de croissant. J'ai l'impression que ça me prend dix ans. J'ai encore des flocons de pâte feuilletée collés aux lèvres. Je dois ressembler à un serpent en train de muer. J'essaie de détourner les floçons vers ma bouche avec le petit doigt. Mon doigt finit couvert de brillant à lèvres et de miettes de croissant, lui aussi. C'est peut-être un coup de chance que je n'aie pas vu Brutus aujourd'hui, finalement.

— Mon impression, dis-je avec une cruauté qui est toutefois parfaitement justifiée, c'est qu'il a une copine différente chaque jour de la semaine.

Pendant une fraction de seconde, Charlie paraît anéantie – c'est une petite victoire pour moi. Ce que je lui ai répondu fait référence à Brutus tel qu'il était avant. Dernièrement, je ne l'ai jamais vu avec une fille, à part elle. Mais ça, il n'est pas question que Charlie l'apprenne.

— Zoé, j'ai besoin de tes conseils.

Elle baisse le ton et se rapproche de moi avec un air de conspiratrice. Je sens son parfum. Il est déli-cieux, pimenté. Elle a une peau parfaite, d'une divine couleur caramel.

— En fait, je crois que Brutus m'apprécie beaucoup, chuchote-t-elle, mais il n'a encore rien dit de con-cret… et je dois t'avouer que je l'apprécie vraiment énormément.

Cette nouvelle me rend littéralement malade, même si je m'y attendais à moitié.

— La prochaine fois que tu le verras, continue Charlie, est-ce que ça t'ennuierait de le sonder dis-crètement ? Comme vous êtes copains depuis si long-temps, tu peux le faire sans que ça paraisse bizarre. Essaie juste de savoir s'il sort avec quelqu'un. Et ce qu'il pense de moi. Tu sais. Discrètement. Si ça ne t'embête pas…

Elle tend la main par-dessus la table et me presse le bras avec un mélange de désespoir et de gratitude.

Je hoche la tête, parce que je suis momentanément incapable de parler. Puis je me fourre un énorme morceau de croissant dans la bouche. J'avais le choix entre ça et le lui écraser en pleine figure, ce qui n'aurait peut-être pas été une très bonne idée à ce stade précoce de notre relation. Cependant, je ne l'exclus pas totalement pour l'avenir.

11

Après ce pénible tête-à-tête avec Charlie, j'ai deux heures à tuer avant mon rendez-vous avec Chloé devant la mairie. Toby m'envoie un texto pour me dire qu'il est dans le coin, alors on se donne rendez-vous. Je n'ai pas envie de traîner en ville toute seule. Je sais que je ne ferais que me biler en pensant à Charlie et à Brutus. Malgré ma haine profonde pour cette fille, je vois bien qu'elle est cent pour cent canon, et si elle est folle de Brutus, il va forcément craquer pour elle dès qu'il trouvera une minute pour ça dans son planning surchargé.

— Salut, chérrrriiiiie ! crie Toby en agitant les mains. Ça te dit, un déjeuner avant l'heure ? Je fais un régime à trente mille calories par jour !

— Non, Tob ! Vilain chien ! je gronde pour rire.

Je n'ai pas faim du tout. Mon croissant pèse méchamment sur mon estomac comme un crocodile au fond d'un marais pestilentiel.

— Et passer chez moi ce soir pour regarder des DVD, alors, ça te tente ? demande Tob.

– Euh… eh bien, Chloé est censée venir à la maison, dis-je en réfléchissant. Nos parents ne sont pas là. On voulait faire notre DVD d'aérobic et des trucs dans ce genre.

– Oh, allez, Zoé ! Ferg vient aussi ! On va se faire livrer des plats indiens ! Oublie un peu ton régime !

– Je ne vais pas pouvoir engloutir de curry avant un moment, Tob ! je gémis en me tapant sur les cuisses. Regarde mes bourrelets !

– N'importe quoi ! rétorque Toby. Tu es sur le point de disparaître, tellement tu es maigre ! Et puis de toute façon, tu n'es pas obligée de prendre un curry. Tu peux juste commander un raïta au concombre !

– Il faut qu'on arrête de parler de bouffe tout le temps, dis-je sévèrement. Viens ! Allons faire deux tours du parc ! Il faut qu'on se défasse de notre physionomie de porcelets et qu'on devienne souples et agiles !

Je n'arrête pas de penser à Charlie et à ses yeux mouchetés, ses hanches fines, son mascara fabuleux et sa peau mate. Elle sent le caramel et le jasmin. Je n'ai aucune chance.

– Qu'est-ce que tu trouves le plus moche, chez moi ? je demande à Tob alors qu'on entre dans le parc et qu'on se dirige vers le kiosque à musique.

– Rien, chérrrriiie ! dit-il d'une voix traînante. Tu es cent pour cent parfaite !

– Marchons plus vite, Tob ! je le presse, bien que ce soit assez laborieux pour moi, avec mon jean serré.

– Peux pas ! halète Toby. Asseyons-nous !

On arrive devant le terrain de jeux. Je sais que les gens de notre âge ne sont pas censés aller sur les balançoires et tout ça, mais je suis toujours étrangement tentée par la tyrolienne, qui est pour les gamins plus âgés de toute façon, et qui a une généreuse limite de poids fixée à *120 kg maximum*. C'est réconfortant de savoir qu'il y a une catégorie dans laquelle je rentre encore.

Toby s'assied sur le pont d'un navire de pirates à escalader, ferme les yeux et profite des rayons du soleil d'automne. Je lâche mon sac à côté de lui, je jette un rapide coup d'œil pour m'assurer qu'il n'y a personne dans les parages et je cours vers la tyrolienne, j'attrape la corde et je m'élance dans le vide. Pendant que les arbres et l'herbe défilent à toute vitesse, mon ventre se retourne, un peu comme chaque fois que je vois Brutus.

– Youhouuuuu ! je hurle.

Ouaouh ! Je ne serai jamais trop grande pour la tyrolienne. Même quand j'aurai quarante-deux ans et un boulot de cadre sup' à la City de Londres, je continuerai à revenir ici tous les week-ends pour fuser à toute berzingue devant les petits mômes.

Quand je saute de la tyrolienne, à l'arrivée, en tirant vivement sur mon haut pour couvrir la zone douteuse, à la hauteur des hanches, Toby me crie quelque chose.

– Quoi ?

– Ton téléphone a sonné !

C'est typique ! Il faut toujours que mon téléphone proteste quand je le laisse tout seul une fraction de seconde – un peu comme un bébé qui pleure, j'imagine. C'est sans doute Chloé qui veut changer l'heure de notre rendez-vous, ou quelque chose comme ça. Peut-être qu'elle est déjà en ville. Je fouille dans les profondeurs infernales de mon sac à la recherche de mon portable. Oh non ! J'ai un message de Brutus sur mon répondeur !

– *Euh... Zoé, dit-il, je suis désolé de t'avoir ratée quand tu es passée au bureau ce matin. Merci d'avoir proposé ton aide pour Jailhouse Rock, c'est génial. J'ai une autre réunion, maintenant... euh... je vais devoir couper mon téléphone, mais je te rappellerai ce soir et on pourra en discuter.*

Horrifiée d'avoir raté l'appel de Brutus, je me mets bientôt à trépigner d'avance à l'idée de lui parler ce soir.

– Qu'est-ce qui ne va pas, poupée ? demande Toby.

Il a vu mon visage exécuter mille contorsions étranges. Je ne peux pas rappeler Brutus et lui laisser un message tant que Toby sera là pour me voir et m'entendre.

– Oh, rien, j'ai juste raté Brutus, dis-je en essayant de prendre un ton léger, insouciant et désinvolte.

– Zoé ? insiste doucement Toby.

Il peut être drôlement fin, pour un garçon. Je regarde ses yeux bleu layette.

– Est-ce que Brutus... et toi... vous êtes ensemble ?

Un air goguenard danse dans ses yeux.

– Non, bien sûr que non ! je rétorque un peu trop vite, en rougissant. Je suis juste agacée de l'avoir raté deux fois aujourd'hui.

Toby me dévisage avec insistance. Il n'est pas convaincu. J'archive le message de Brutus pour pouvoir le réécouter en cachette une centaine de fois, puis je me détourne de Toby et je me dirige vers la volière. Je veux lui cacher mon expression au cas où il remarquerait d'autres signes révélateurs, alors je fais semblant d'être prise d'un intérêt soudain pour les oiseaux… Je regarde fixement sans les voir les mainates et les perroquets. Quand je pense à Brutus, tout le reste passe à l'arrière-plan. Toby arrive à mes côtés.

– Tu craques pour Brutus !

Il affiche un rictus taquin. Il y a dans son regard une lueur malicieuse qui me terrifie, franchement, parce que Toby Langue-d'Acier est la plus grande commère du lycée. Je vois qu'il projette déjà de communiquer l'info au monde entier dès lundi matin à la première heure. D'ailleurs, pourquoi attendre si longtemps ? Il va sans doute envoyer un e-mail groupé à toute sa liste de contacts, qui comporte de célèbres commères des cinq continents.

– Non, je ne craque pas pour Brutus !

J'essaie encore de nier, mais j'ai les mains qui tremblent et les joues rouge vif, et je sens qu'une veine très visible palpite dans mon cou pendant que mon pauvre petit cœur essaie de gérer cette agression.

– Si !

Le visage de Toby se fend d'un immense sourire espiègle. On dirait un chat qui vient de découvrir un saumon géant dans une cuisine déserte.

– Alors, c'est arrivé quand ? Je croyais que tu le détestais ! C'est fou, ça !

J'abandonne vite tout espoir de m'en tirer par le bluff.

– Toby. Je veux que tu me jures sur la tête de la princesse Diana que tu ne souffleras jamais un seul mot de cette affaire à qui que ce soit.

Pour Toby, il n'y a rien de plus sacré que la princesse Diana. Il a d'immenses photos d'elle sur le mur de sa chambre.

– Alors c'est bien vrai ?

Il affiche un sourire triomphal et totalement profane.

– Je te donnerai les détails si tu me jures de ne pas en souffler mot à quiconque, j'insiste. Surtout pas à Chloé. Je te tuerai de sept manières différentes si tu y fais allusion devant elle. Sérieusement, n'en parle à personne. Je te connais. Tu es plus bavard qu'une pie !

– OK, OK, dit Toby, excité. Je te jure de ne pas ouvrir le bec !

– Sur le nom sanctifié… ?

– Sur le nom sanctifié de la princesse Diana,

termine-t-il en prenant une voix de sainte nitouche, la main sur le cœur.

– Hello ! lance une voix non loin.

Je fais un bond. Est-ce que quelqu'un s'est approché de nous sans bruit et a tout entendu ? Ah non... Ouf ! C'est juste un mainate. Visiblement, les oiseaux de la volière nous espionnent. Même si Toby parvient à se retenir, il n'y a aucune garantie que les mainates ne vont pas confier les détails juteux de mon histoire à tous ceux qui passeront devant leur cage : *Hello ! Tu sais quoi ? Zoé craque pour Brutus ! Brutus est un joli coco !*

– Comment ça a commencé ? demande Toby.

Tout son petit corps bouffi vibre d'excitation.

– Il n'y a rien entre nous, je réponds d'un ton morne.

– Mais tu l'aiiiiiimeuh !

– Eh bien, il me plaît, en tout cas, j'avoue nerveusement. Mais c'est purement à sens unique.

– Alors pourquoi il vient de t'appeler, là ?

– Pour me donner des instructions à propos des tracts, je suppose, dis-je en haussant les épaules. Je suis passée au bureau, ce matin, pour proposer mon aide. Il n'était pas là, alors j'ai bu un café avec sa sublime assistante. C'est comme ça que j'ai réussi à le rater deux fois.

– Tu donnes un coup de main pour Jailhouse Rock, alors ? demande Toby. Ferg et moi, on va le faire aussi. On aura donc une place de choix si jamais il se passe quelque chose entre vous.

– C'est l'assistante que vous avez intérêt à surveiller, je grommelle. Merde, elle a un visage d'ange !

– Qui voudrait d'un ange ? glousse Toby. Rien ne vaut un adorable petit diable !

– Ne parle pas de tout ça à Chloé.

Un frisson glacé me parcourt la colonne vertébrale quand j'imagine Toby cancaner à tout va.

– Et s'il te plaît, ne lui dis pas non plus que je donne un coup de main pour Jailhouse Rock.

– Pourquoi pas ?

– Parce qu'elle avait un faible pour Brutus, à un moment, et qu'elle l'a harcelé de textos d'amour.

Toby ouvre des yeux immenses. Et hop, un deuxième saumon pour le chaton ! Oh là là ! Qu'est-ce que j'ai fait ? C'était vraiment affreux, affreux de lui révéler ça ! Je suis un monstre d'indiscrétion ! Je mérite qu'on me coupe la langue et qu'on en fasse des tartes, comme un personnage de conte de fées.

– Chloé a harcelé Brutus de textos d'amour ? répète Toby, la bave aux lèvres.

– Non, non, c'est pas ce que je voulais dire ! Enfin, c'était rien, c'est fini depuis super longtemps, ne parle jamais de ça à personne… Oublie que je te l'ai dit ! je lui ordonne sèchement. Chloé serait morte de honte et elle me tuerait, littéralement. Si jamais tu lui fais la moindre allusion à ça, je te déshérite et ce sera fini pour toujours entre nous !

– OK, pas la peine de criser, modère Toby avec un sourire. Je suis le roi de la discrétion, tu sais bien.

12

Heureusement, Toby se comporte très bien quand on retrouve Chloé, et ne tarde pas à s'en aller rejoindre Ferg, qui n'était pas libre avant l'heure du déjeuner parce qu'il a un petit boulot le samedi matin. Je suis bourrelée de remords quand je pense que j'ai laissé échapper ces détails sur les textos d'amour de Chloé, et je prie avec ferveur pour que Toby résiste à la tentation de le répéter. Même si j'adore qu'il me raconte les derniers ragots, je vais devoir émigrer dans les Îles Hyper-Lointaines si le secret honteux de Chloé est divulgué par ma faute.

– Bien. Maintenant, on va trouver les robes qui vont faire de nous de vraies déesses, dit Chloé. OK ? Et tu devras être très ferme avec moi si je fais une fixette sur quelque chose d'affreux.

– Et toi, fais pareil pour moi, j'ajoute, très sport, même si je n'ai aucunement l'intention d'essayer autre chose que des frusques divines.

On se jette dans le premier magasin. Chloé court dans tous les sens, ravie, en rassemblant des tonnes de robes à essayer. Elle se concentre sur le rose, les trucs à volants et les robes de bal pleines de frou-frous, et prend aussi une robe à fleurs très longue dans un style d'autrefois. Mais moi, j'ai le problème inverse. J'ai décidé qu'avec du noir, on ne pouvait pas se tromper, et bien sûr il faut qu'elle soit courte – Jailhouse Rock, c'est juste un concert, après tout –, mais les robes noires sont toutes tellement insipides qu'elles ont l'air d'avoir été dessinées pour des mamies qui vont à un enterrement.

Finalement, je sélectionne une robe bustier bouf-fante avec corset et paillettes sur le décolleté, une minirobe noire à volants et un ensemble flottant garni de foulards en espèce de mousseline noire qui pendent sur le devant. Il est bizarre, mais j'espère qu'il pourra cacher mon bide et mes cuisses – même si j'ai encore deux semaines pour maigrir et me débarrasser de mes bourrelets avant Jailhouse Rock.

On s'entasse dans une cabine et on se désape. Chloé enfile le truc à volants rose ; je m'introduis péniblement dans le machin sans bretelles en forme de champignon. Impossible de l'essayer sans qu'on voie mon soutif, alors je dégage le haut de mon corps de la robe pour m'en débarrasser et j'essaie de me réin-troduire dans le bustier. Soudain, Chloé se redresse et, d'un geste extravagant, se passe les doigts dans les cheveux. Au passage, elle me plante le coude dans l'œil droit.

– Aïe ! Aïe ! La vache, ça fait mal, ça ! je gémis en

essayant de ne pas hurler trop fort, tout en sautillant de douleur en appuyant sur mon œil endolori.

Avec l'autre œil, celui qui est indemne, je vois clairement que je n'ai pas réussi à faire rentrer mes deux seins à l'abri à l'intérieur de la robe et qu'ils ballottent comme un château gonflable dans une tempête.

– Oh là là, Zoé, je suis vraiment désolée ! s'écrie Chloé, paniquée à l'idée de m'avoir asséné un coup fatal.

– Ça va ! Ça va ! je lui assure galamment, quoique persuadée d'avoir l'orbite fêlée.

À ce moment-là, sans doute alertée par le bruit qui vient de notre cabine (j'avoue qu'un renard dans un poulailler ne ferait pas plus de tapage), une vendeuse arrive.

– Tout va bien ? Comment ça se passe ? lance-t-elle par-dessus la porte – sans regarder à l'intérieur, mais sur le point de le faire.

L'horreur.

– Très bien ! Super ! je hoquette, affolée, en empoignant mes seins pour tâcher de les forcer à retourner dans le corset chiffonné.

– Tout va très bien, merci ! renchérit Chloé.

La vendeuse s'en va. Ouf !

– Pourquoi elles font toujours ça ? je chuchote, indignée. Tu sais, venir dans les cabines… C'est privé, un peu comme quand on est aux toilettes. Les dames pipi ne viennent pas frapper à ta porte au bout de trente secondes pour te demander comment ça se passe !

— Oh non ! Pourquoi t'as dit ça ? Je vais faire des cauchemars, maintenant !

Là-dessus, Chloé pique un fou rire.

Maintenant, ma terrible souffrance s'est réduite à une simple petite douleur, mais je suis sûre que je vais me balader avec un œil au beurre noir pendant quelques jours. Je vois trouble. Je cligne des yeux devant mon reflet dans le miroir. Le haut de la robe est toujours coincé sous mes seins, et le bord pailleté s'est retourné ; il commence à me gratter à mort le bas de la cage thoracique. J'ai les cheveux hérissés comme une haie, et mon œil droit est tout rouge et n'arrête pas de couler. J'ai du mascara partout sur la joue.

— T'as vu le style, un peu ? je lance en prenant une pose ravageuse alors que je suis immonde et toujours torse nu.

— Une vraie déesse, y a pas à dire, s'étrangle Chloé, pliée de rire. Tu devrais dessiner des visages sur tes seins, ce serait délirant ! Et regarde-moi : j'ai l'air d'un gâteau, bon sang !

— Mais d'un gâteau plutôt classe, tout de même, je réponds d'un ton songeur, en admirant ses froufrous roses. Tu devrais saupoudrer ton décolleté de sucre glace.

— Et on pourrait me mettre des petites noix de crème fouettée par-ci par-là dans les cheveux, ce serait de bon goût, non ? hurle Chloé — mais le plus discrètement possible : on n'a pas envie de se faire virer.

On s'extirpe de nos robes – moi, j'ai besoin que Chloé me tire dessus pour m'aider – et on essaie hâtivement les autres, même si j'ai déjà les pires pressentiments sur le verdict final. Dans sa robe de bal à froufrous, Chloé ressemble à une sorte d'étrange lézard d'Amazonie, et sa longue robe en liberty à l'ancienne la métamorphose en chihuahua perdu au milieu d'un parterre de fleurs. Ma minirobe à volants noire me transforme en pile de pneus de voiture, tout en révélant que mes jambes sont en fait deux saucisses géantes, et le machin avec les foulards en mousseline noire qui pendent sur le devant évoque une explosion dans une manufacture de rideaux. De toute évidence, on ne trouvera pas notre bonheur ici, alors on change de crèmerie.

Pendant les deux heures qui suivent, on essaie des robes qui nous font ressembler à des girafes, des pizzas, des airbags, des poules, des poubelles à roulettes, des déguisements de fantôme et, pire que tout, peut-être, à des hôtesses de l'air. Et puis soudain, dans la vitrine d'une petite boutique rigolote appelée Razzmatazz, je la vois.

C'est une robe rose en tissu satiné qui laisse les épaules dénudées ; une robe extravagante, extraterrestre, bref, extra. Elle est courte, torride, moulante, scintillante, sexy, sensationnelle. Oui, d'un certain côté, on peut dire que je la trouve plutôt pas mal.

– Géniaaaaal ! je hurle en empoignant Chloé par le bras.

On fonce à l'intérieur, on trouve le portant sur lequel les robes de ce modèle sont exposées et, Dieu merci, il y en a encore une dans ma taille. Je me glisse vite dedans, éperdue, en priant pour qu'elle ne soit pas trop affreuse, comme toutes les autres robes que j'ai essayées ces deux dernières heures. Mais le résultat est tout simplement renversant. Je me regarde avec des grands yeux incrédules : la fille du miroir a l'air d'être quelqu'un d'autre, quelqu'un de décontracté et même de séduisant. Est-ce que c'est vraiment moi, ça ?

– Ouaouh ! souffle Chloé. Top canon ! Maintenant, tu as vraiment une allure de déesse !

En effet, par je ne sais quel miracle, cette robe est parfaite pour moi. J'ai toujours rêvé d'avoir cette allure-là, mais je n'aurais jamais cru que c'était possible.

– Il te la faut ! me presse Chloé. Elle est à combien ?

Elle n'est pas donnée, mais pas totalement inaccessible. Je supplie la vendeuse d'accepter que je verse un acompte pour la réserver et que je revienne la semaine prochaine avec le reste. C'est une femme du genre maternel ; elle accepte. Pendant qu'elle note mon nom et tout dans son registre, Chloé soupire.

– Je suis hyper contente pour toi, Zoé. Mais je voudrais bien avoir trouvé quelque chose, moi aussi.

– Tu vas trouver, ma belle, je lui assure.

La vendeuse lève la tête et sourit à Chloé.

– Tu es si menue ! dit-elle. Quelle chance ! As-tu essayé la petite robe noire avec des paillettes sur le décolleté ?

Chloé prend un air dubitatif.

– Noire ?

– Ça ne coûte rien d'essayer, insiste la femme. Elles sont là-bas. On ne peut pas se tromper, avec le noir. C'est idéal pour les rousses.

Chloé l'essaie. C'est une mini super mignonne, dans un genre de tissu élastique, avec une taille haute style Empire et un décolleté scintillant. L'effet est sensationnel.

Chloé fronce les sourcils, méfiante, et me regarde avec une grimace incertaine.

– Du noir ?

– Chloé, tu es superbe ! je déclare. C'est *top canon* ! Et tellement élégant !

Je suis tentée d'ajouter qu'elle n'est pas obligée d'avoir un liseré de tortues pour être belle, mais je pense que le tact exige que je me retienne.

– C'est vrai que j'aime assez…, lâche Chloé, hésitante.

– Bien sûr ! je persiste. Voilà ta robe de déesse ! On a donc trouvé les deux ! C'est réglé !

Quoique… ça ne va pas être facile de les payer. Aucune de nous deux n'a de quoi les acheter tout de suite, et la vendeuse nous dit qu'elle ne peut les garder que quelques jours. On va devoir trouver du fric, et vite.

13

– Bien, dit Chloé une fois qu'on est installées devant l'ordi avec nos tasses de tisane énergisante au gingembre et au citron.

On a mangé nos pommes de terre en robe de chambre et j'ai préparé une chouette salade avec des olives et des anchois. Maintenant, on est prêtes à foncer.

– … Fais une recherche sur les déesses.

Je tape *déesse* sur Google.

– Il y a un test ! Un test pour voir quelle déesse on est ! s'écrie Chloé.

En deux clics, on y est.

– *Découvrez quelle déesse vous êtes !*

– *Développez votre déesse intérieure !* je m'égosille en cliquant comme une malade de la cliquette en pleine frénésie.

– *Suivez la voie de l'inspiration et du développement personnel !* hurle Chloé.

Mais on ne tarde pas à s'apercevoir que ça coûte 19,75 dollars de faire le test des déesses.

– Quelle arnaque ! je grommelle. Je suis certaine que les déesses vont être outragées.

– La déesse de l'Argent sera peut-être assez impressionnée, tempère Chloé.

– Qui a besoin d'un stupide test, de toute façon ? On peut trouver par nous-mêmes tout ce qu'on a besoin de savoir. Une vraie déesse n'irait pas faire un test pour savoir quel genre de déesse elle est.

– Les déesses indiennes sont cool ! suggère Chloé. On regarde ça ?

On est bientôt en admiration devant un portrait de Kali, la déesse indienne du Mal, qui est représentée nue.

– C'est tout à fait moi, dis-je avec un soupir d'extase. Regarde : *En guise de pendants d'oreilles, elle porte deux cadavres, et elle a un collier de crânes.* C'est exactement le look que je projetais pour cet hiver.

– Les cadavres en pendants d'oreilles, c'est une idée séduisante, c'est sûr, commente Chloé. Mais ne risqueraient-ils pas de peser un peu trop lourd sur tes lobes ?

– Pas si je mets des cadavres de souris ou d'araignées, je réplique, songeuse. Oh là mais attends, il me faudrait une guirlande de cinquante têtes d'homme, apparemment. Je ne suis pas sûre que ça passe, au lycée. Peut-être que Kali est un exemple trop difficile à suivre.

– Mais regarde, reprend Chloé, les yeux rivés sur l'écran. Son épée *tranche les nœuds de l'ignorance et détruit les fausses conceptions*. Cool !

– Ah, mais les fausses conceptions, c'est un problème. Comment tu sais si tes conceptions sont fausses ou pas ?

– Trouve une autre déesse, conclut Chloé.

Au bout de quelques instants, on dévore toutes les infos sur Freyja, la déesse nordique. Ça dit qu'elle est souvent représentée sur un char tiré par deux chats bleus.

– Des chats bleus ! s'exclame Chloé. C'est super à la mode en ce moment. Elle me plaît, cette Freyja. Fais voir ce qu'ils disent d'autre.

– Son mari, Od, a été perdu en mer. Quand elle l'a retrouvé, il avait été transformé en monstre marin.

– C'est typique des hommes, ça ! lance Chloé en ricanant. Pas moyen de leur faire confiance. Mais j'aimerais bien être mariée avec un mec qui s'appelle Od. *Puis-je vous présenter mon mari, Od*[1] ? Ce serait pas mal pour commencer la conversation.

– Oui, c'est très bon, Od, je l'approuve.

Je continue à lire.

– Elle lui est restée dévouée bien que ce soit un monstre marin. Oh là là… mais il s'est fait tuer, à la fin. Pas de chance !

1. *Od* est un homophone de *odd*, qui signifie « bizarre » en anglais.

– Dur dur ! soupire Chloé. Je commençais à m'attacher à Od, malgré ses tentacules gluants.

– Il ne pouvait pas être pire que Joe Gibbons, le mec de première, lui fais-je remarquer. Oh, regarde ! Tout va bien, finalement, parce que les autres dieux l'ont autorisé à recevoir des visites conjugales.

– C'est quoi, les visites conjugales ? demande Chloé.

On n'est pas trop sûres d'avoir la réponse, alors on cherche ça dans Wikipédia. Une visite conjugale, apparemment, c'est quand un détenu peut voir sa femme en privé dans une petite cellule équipée d'un lit et tout, pour qu'ils puissent batifoler.

– Baaah ! hurle Chloé. Freyja me plaisait vachement à cause de ses chats bleus, mais maintenant que je sais qu'elle couche avec un monstre marin qui est aussi un fantôme, en plus, je suis complètement dégoûtée d'elle !

– Moi aussi. Allons voir Vénus. Ces déesses mineures sont trop décevantes.

Il y a de superbes tableaux dédiés à Vénus, mais on décide qu'elle ne ferait pas un bon modèle pour nous parce que visiblement, pour résumer, elle était obsédée par les hommes. Certes, c'était la déesse de l'Amour, alors elle avait une bonne excuse. Mais quand même…

– Cherche des déesses britanniques, me suggère Chloé. Il faut soutenir les produits locaux !

Là-dessus, mon portable sonne. Aussitôt, mon cœur saute de ma bouche et fait deux fois le tour de la pièce : c'est forcément Brutus. Je me jette sur mon téléphone et je cours dans le couloir.

– Ouiii ? ? ? ! ! ! je siffle, surexcitée, tout en essayant de paraître décontractée, cool et divine, bien sûr.

– Salut, mon grand, c'est ton cher vieux papa, dit papa. Comment ça va ?

– Très bien, papa ! je pépie, tâchant de dissimuler ma déception sous un ton douloureusement enjoué. Chloé et moi, on est en train de faire des recherches sur les déesses !

J'espère qu'il va être impressionné qu'on ait des activités aussi intellectuelles.

– … Et toi, qu'est-ce que tu fabriques ?

– Je fais un repas délicieux dans un petit pub qui s'appelle le Vine Tree, dit papa. Alors tout va bien pour toi ?

– Pour le moment… mais on a laissé la porte de la maison grande ouverte avec un écriteau qui dit : *Loups-garous, entrez sans frapper.*

– Bon, espérons qu'ils vont le faire, plaisante papa. Mais franchement, tu aurais dû les réserver à l'avance. Les loups-garous sont toujours tellement occupés, le samedi soir…

– Je sais.

– Ta mère demande comment s'est passée votre matinée de shopping.

– Génialement bien ! J'ai trouvé une robe extraordinaire ! Mais papa… dis-moi… si je fais le ménage dans toute la maison, vous voudrez bien me payer ?

Il y a soudain un petit silence déplaisant.

– On en parle quand on rentre, répond finalement papa.

– Non! Discutons-en maintenant! Combien par pièce?

– Oh, je ne sais pas. Tu pensais faire le ménage dans quelles pièces?

– Toutes! N'importe lesquelles!

– En tout cas, n'entre pas dans mon bureau. Les miettes qui sont sur la moquette, c'est fait exprès – et je connais l'emplacement exact de chacune d'entre elles!

– Pas d'problème, papa! OK. Bye bye!

Je ne veux pas le laisser encombrer la ligne avec ses bavasseries interminables alors que Brutus risque de m'appeler d'un instant à l'autre.

– Bye bye? Déjà?

Papa semble interloqué.

– Ouais! Attention facture de téléphone!

Que ce soit pour limiter la note ou pour me débarrasser de papa sur-le-champ, j'ai adopté un curieux langage cryptique, avec moins de mots.

– OK, OK! Bye bye alors, mon grand!

– J't'adore! À demain!

Je retourne dans le salon.

– C'était mon père, je précise inutilement à Chloé. Il m'a dit qu'ils me paieraient pour faire le ménage dans la maison!

Même si ce n'est pas exactement ce qu'il m'a dit,

j'ai de grands espoirs. Et je songe soudain que, si je fais participer Chloé à ce grand ménage – si, dans l'idéal, je lui confie le soin de passer l'aspirateur au dernier étage –, elle n'entendra pas ma conversation téléphonique avec Brutus.

– Génial ! répond-elle avec un sourire qui me paraît innocent et vulnérable, maintenant que j'ai le projet d'en faire mon esclave domestique.

J'ai l'impression d'être un monstre, mais il le faut. Et puis d'ailleurs quand Brutus l'appelait, il y a quelques mois, elle courait toujours dans une autre pièce pour que je ne puisse pas l'entendre.

– J'ai trouvé une autre déesse ! annonce-t-elle en levant le nez de l'écran de l'ordinateur. Elle s'appelle Axomama, c'est la déesse des Pommes de terre.

– Écoute, je sais bien que les patates, c'est quelque chose d'hyper important pour toi, Chloé, je rétorque avec un sourire traître, mais arrêtons un peu de surfer sur Internet, d'accord ? Il faut qu'on fasse le ménage dans la maison.

Chloé a l'air surprise.

– Quoi ? Maintenant ?

– Ouais, pourquoi pas ? je réplique en partant vers la cuisine. Viens ! Il n'y a pas de meilleur moment que le moment présent ! Ça nous fera faire du sport et on pourra partager le fric.

– Mais je pense que mon père me donnera l'argent pour ma robe ! proteste Chloé en me suivant à contre-cœur vers l'évier.

J'ouvre les portes du placard d'en dessous, où on range tous les trucs pour faire le ménage.

– Eh bien, c'est génial pour toi, dis-je. Fabuleux ! Mais moi, je dois travailler pour avoir la mienne. Bien sûr, tu n'es pas obligée de m'aider, mais moi, je vais faire deux heures de ménage, maintenant. Si tu m'aides, je te revaudrai ça. Et si tu ne m'aides pas, je vais devenir la déesse Kali et te couper un petit peu la tête, parce que refuser de m'aider, ce serait le signe d'une fausse conception. D'accord ?

14

– D'accord, soupire Chloé.

Elle prend un air de martyre, mais au moins, elle est d'attaque.

– … Qu'est-ce que tu veux que je fasse ?

Je fais semblant de réfléchir une seconde.

– Passer l'aspirateur ? je suggère en gagnant le placard sous l'escalier. C'est un bon exercice physique et j'ai lu quelque part que ça développe la poitrine. C'est pour ça que je préférerais ne pas le faire moi, parce que mes seins commencent à devenir ingérables. Cette nuit, en me retournant dans mon lit, je m'en suis pris un dans la mâchoire ; il a failli m'assommer.

Chloé glousse.

À cet instant – deux petites minutes trop tôt –, mon portable sonne encore. Et cette fois, c'est le mot magique qui s'affiche : *Harry*, le vrai nom de Brutus, celui qu'il a utilisé quand il a mis son numéro dans mon téléphone, à Newquay. Oui, ses divines mains ont touché ce téléphone, un jour… Et maintenant, sa divine voix va couler dans mon oreille alors que Chloé est à côté de moi et peut tout entendre.

– Ah, salut !

J'essaie d'avoir l'air dégagé, comme si j'avais oublié son existence, mais que ça me faisait un petit peu plaisir de m'en souvenir.

– Salut ! dit Brutus. Euh… Zoé, je regrette de t'avoir ratée ce matin.

– Oh, euh… c'est pas grave.

Si Chloé n'était pas là en train de m'écouter, je pourrais lui dire que moi aussi, je regrette de l'avoir raté. Mais je suis obligée de me cantonner à des réponses courtes et évasives. Je prévois déjà de déguiser ça, pour Chloé, en deuxième appel de papa – je vais lui dire qu'il avait oublié quelque chose et qu'il m'a rappelée. Le problème, c'est que du coup, je ne peux pas dire grand-chose à part un vague grognement de temps en temps, et du point de vue de Brutus, ça risque de me faire passer pour une sale vache grognon.

– Ouais, Zoé… Je voulais juste te dire que j'aimerais beaucoup que tu nous aides pour le concours d'affiches. On essaie de sélectionner les finalistes. Tu peux me rendre ce service ?

– Bien sûr ! Qu'est-ce qu'il faut faire, au juste ?

– Oh, juste regarder une centaine de dessins d'enfants, choisir les cinq meilleurs et les apporter à une réunion au bureau mercredi. C'est une réunion le soir : à dix-neuf heures trente. Ça te paraît faisable ?

– Oui, je pense, dis-je d'un ton désinvolte, comme

si j'allais tout juste pouvoir caser un petit rendez-vous de plus dans mon emploi du temps surchargé.

Alors que mon emploi du temps est un néant inter-sidéral et que je serais prête à traverser un feu pieds nus pour gagner une demi-heure avec Brutus, même s'il devait y avoir d'autres gens avec nous.

– Génial, merci, dit Brutus rapidement.

Il y a un petit silence. On dirait qu'il se demande quoi dire, maintenant.

– Et sinon, comment ça va ? Ça gaze ? demande-t-il. Tam est retournée à la fac ?

Oh non ! Il veut bavarder. Moi aussi, j'aimerais bien bavarder avec lui. J'aimerais ça plus que tout au monde. Mais comment faire, avec Chloé qui n'en perd pas une miette ? Comme je veux qu'elle croie que c'est mon père, qui sait déjà que Tam est repartie, je ne peux pas donner de détails.

– Oh, ouais, il y a quelques jours.

Deuxième petit silence inconfortable.

– Zoé… ça va ? lance finalement Brutus.

– Oui, très bien ! je lui assure précipitamment.

Je m'aperçois soudain qu'il a compris que je n'étais pas seule. Naturellement, il va penser que c'est ce maudit Dan, mon copain imaginaire, qui traîne encore dans le paysage et sape ma réputation de fille disponible. Il faut que je dise à Brutus que Dan n'existe pas. Mais je ne peux pas en parler mainte-nant. Je ne peux parler de rien – et je suis sûre qu'en étant muette, j'envoie les mauvais signaux.

– Je m'apprête à nettoyer le frigo! j'ajoute au hasard, pour tenter de donner l'impression que c'est mon père.

– Ah, d'accord, fait Brutus, perplexe. Bonne idée. Il faudra que je le fasse un jour, moi aussi. Bon… Je t'apporterai les dessins à la première heure demain matin. OK?

– Très bien, dis-je d'une voix traînante en essayant de paraître relax, même si je suis pétrifiée par cette nouvelle.

À l'aube, ou peu après, Brutus sera devant ma porte.

– À demain, alors, conclut-il. Salut!

– Salut!

– C'était qui? siffle aussitôt Chloé.

– Oh, juste mon père qui rappelait, je soupire, comme si je venais d'avoir la conversation la plus barbante du monde, même si elle m'a donné des palpitations.

Chloé me dévisage de près.

– Vraiment? T'es sûre?

– Bien sûr que je suis sûre que c'était mon père! Je suis nerveuse et je me sens coupable. J'ai horreur de mentir à Chloé.

– C'est juste que tu avais une voix un peu bizarre.

– Il me faisait un plan bizarre à propos de l'idée de me payer et tout ça.

– Il parlait de quoi quand tu as dit: «Oh, ouais, il y a quelques jours»?

Chloé m'énerve à mort, là, même si c'est moi qui suis en tort.

— Ah, là, il voulait savoir si j'avais fait mes devoirs, tu sais, cette dissert' d'histoire… Maman ne veut pas que je fasse le ménage dans la maison si j'ai pas fini mon travail.

Je soupire, comme si mes parents me cassaient les pieds, alors qu'en vérité, je suis en train de réprimer une terrible envie de frapper ma meilleure amie.

— … Bref. La barbe ! Passons à l'action ! Comme dans *C'est du propre* ! Je suis Danièle et toi, Béatrice. Si seulement j'avais des gants en caoutchouc avec des plumes dessus !

En lui tendant l'appareil, je lui demande si ça la dérangerait de passer l'aspirateur.

— Oh non ! lance gaiement Chloé avec un sourire joyeux. Pas si ça peut développer ma poitrine ! Je vais faire toute la maison !

Elle décide de commencer par le haut, et me laisse nettoyer la cuisine. J'essaie de me calmer après la torture qu'a représentée cet appel de Brutus. Mais au lieu de me détendre, je deviens de plus en plus agitée.

Oh my God, Brutus va passer demain matin à la première heure ! Mais c'est quoi la première heure, au juste, un dimanche matin ? Dans mon monde, c'est midi moins le quart, mais Brutus est un mec du genre sportif ; il fait du rugby : il sort sans doute à l'aube pour faire un jogging.

Ce qu'il me reste à faire est atrocement clair. Tout d'abord, je dois être prête à sept heures et quart, et être absolument divine et glamour sans paraître avoir fait le moindre effort. Mais où est-ce que je vais trouver cinquante têtes d'homme pour mon collier ? Et comment m'assurer que Chloé ne sera pas réveillée et en train d'écouter aux portes – ou pire, de regarder – à l'heure sacrée de la visite de l'homme de ma vie ? Et bien sûr, comme Brutus est l'ex-béguin de Chloé, je dois garder le secret, pour son bien à elle comme pour le mien.

Ça tourne tellement vite dans mon cerveau, pendant que je réfléchis, que j'ai la tête qui s'échauffe, alors j'ouvre le frigo pour m'offrir une bouffée d'air rafraîchissante, et voilà qu'une immonde odeur de zoo me saute au visage, me donnant les larmes aux yeux. Papa a un faible pour les fromages français qui puent, et il a l'atroce manie de les balancer dans le frigo sans les ranger dans la boîte en plastique prévue à cet effet.

Je vois le coupable, un truc horrible avec un cœur grisâtre qui dégouline, alors je m'en empare, je l'enveloppe dans de la cellophane et je l'enferme solidement dans la boîte à fromages. Mais sa puanteur semble avoir contaminé tout le reste. Sauf que ça, c'est peut-être une autre odeur répugnante ? En me baissant, je fouille avec méfiance dans le bac à légumes et je découvre un sac plastique plein de salade qui s'est réduite toute seule en purée gluante.

– Aeurghh ! je hurle en attrapant des gants en caoutchouc.

Il y a aussi un demi-chou pourri, là-dedans, et un concombre grisâtre et moisi qui s'est liquéfié à l'intérieur de son ignoble emballage en plastique. L'odeur de tous ces légumes en décomposition est franchement diabolique. Je prends le seau à compost et j'y fourre le tout avec des haut-le-cœur en maudissant mes parents, qui sont incapables de garder un frigo propre et qui exposent leur fille chérie à d'indicibles dangers sanitaires. Et pendant tout ce temps, je continue à réfléchir à toute vitesse.

En frottant le frigo avec du produit nettoyant, j'essaie de mettre un plan au point. Je ne supporterai pas, mais vraiment pas, que Chloé soit debout quand Brutus passera, demain matin. Alors en gros, je dois l'épuiser complètement pour qu'elle aille se coucher à bout de forces, très très tard.

Certes, il est important de fatiguer Chloé, mais si je suis claquée, demain matin, au moment de la visite de Brutus, ce sera une catastrophe. Il faut que je sois superbe, pleine d'énergie, pétillante et irrésistible – pour la première et sans doute la dernière fois de ma vie.

15

Une demi-heure plus tard, Chloé revient dans la cuisine avec un sourire radieux. Je suis en train de frotter le mur derrière la cuisinière, qui est couvert de graisse. Quand j'ai terminé de laver le frigo (un exploit héroïque à la hauteur de tout ce que l'armée a eu à faire en temps de guerre), j'ai découvert que le four était encore plus répugnant, ce qui m'a ensuite menée à ce mur...

Mes fichus parents ! Quelle bande de vieux hippies irresponsables ! Cette cuisine n'est qu'un amas de crasse ! Si les clients de maman, qui est toujours tellement classe avec ses chaussures Jimmy Choo et ses tailleurs chics, pouvaient jeter un coup d'œil dans son frigo, ils auraient les boules.

– Je me suis bien amusée, déclare Chloé, guillerette. J'ai rangé l'aspirateur. Qu'est-ce que je fais, maintenant ? C'est bizarre, ça me plaît vachement, de faire le ménage.

– Tu veux bien laver le sol de la cuisine ? je suggère l'air de rien.

Il faut que je l'épuise d'une manière ou d'une autre. Pour le moment, elle paraît plus fraîche que jamais.

– Génial ! Super idée !

Chloé prend un balai et balaye par terre, puis trouve la pelle et la balayette et ramasse les débris. Ensuite, elle sort le balai à franges et le seau. Pendant ce temps, je me bagarre avec ce qui m'a l'air d'être une omelette aux mites collée au mur derrière la cuisinière. J'ai mal au bras, à force de frotter – peut-être parce que jusqu'à présent, dans toute ma vie, je n'avais jamais frotté avec autre chose qu'un coton à démaquiller.

– Oh la vache ! je hoquette. Je crois que je me suis froissé l'épaule !

Chloé se met à laver par terre. Elle chante en travaillant. Elle ne semble pas fatiguée le moins du monde, pour le moment, alors que moi, je faiblis sérieusement.

– On pourrait monter une entreprise qui ferait le ménage chez les gens le week-end ! pépie Chloé en faisant une pirouette autour de son balai, ce qui projette des éclaboussures dans toutes les directions.

– Du calme ! je grommelle. C'est une corvée, pas un numéro de cabaret !

– On pourrait monter un numéro de cabaret qui s'inspire des tâches domestiques ! s'exclame Chloé.

Je commence à me demander si ma super salade aux olives et aux anchois ne lui aurait pas monté à la tête. On dit que le poisson, c'est bon pour le cerveau, et pour une raison que j'ignore, j'associe les olives à la sagesse (ça n'a rien à voir avec Olive, la femme de Popeye). Peut-être que le cerveau de Chloé est pris d'une hyperactivité délirante à cause des anchois.

— On pourrait chorégraphier toute une série de pas tirés des mouvements qu'on fait en passant l'aspirateur, en lavant par terre et tout ça ! continue Chloé en valsant à travers la cuisine, répandant des effluves de nettoyant écologique pour le sol parfumé à la lavande et à l'herbe fraîchement coupée.

— Et si on faisait notre enchaînement de hip-hop, quand on aura fini ça ? je suggère, bien que cette perspective me donne envie de me coucher par terre.

— Excellente idée ! pépie Chloé. Je suis bien échauffée, maintenant que j'ai passé l'aspi et lavé le sol !

Elle est peut-être échauffée, mais moi, je suis vidée. Lessivée.

— OK, dis-je avec lassitude en grattant les dernières taches des plaques chauffantes. Allons chercher le DVD, et c'est parti.

Je dois d'abord mettre des vêtements propres : ce que je porte est maculé de crasse et de graisse. J'enfile un T-shirt large, un short et des baskets. On écarte les meubles et on se démène jusqu'à ce qu'on ait les hanches dérouillées, le ventre tonifié et les cuisses à l'agonie.

— Ouf ! je hoquette en m'écroulant sur le canapé.

Je ne pourrai plus jamais remuer ! Mes jambes se sont transformées en spaghettis !

Chloé s'affale à côté de moi.

— Et les miennes, c'est de la crème pâtissière ! halète-t-elle. Mais c'était super, hein ?

— Génial. Hé ! On aurait dû se filmer ! Ç'aurait été drôlement marrant ! On devrait le faire maintenant, tiens, avant de commencer à s'ankyloser !

Je prends ma caméra numérique.

— Allez, ma grande, montre-moi comment tu bouges ! je l'encourage en rallumant le DVD.

Je pousse Chloé à se déhancher de plus belle pendant que je la filme tranquillou depuis le canapé.

— Oh, non ! grogne-t-elle. Je suis complètement éclatée ! Je vais faire la sieste.

Là-dessus, elle pose la tête sur un coussin et ferme les yeux.

— Pas question ! je piaille, paniquée.

Il ne faudrait surtout pas que Chloé s'endorme maintenant ! Je dois veiller à ce qu'elle reste encore debout des heures pour qu'elle fasse la grasse matinée, demain, et que je puisse être glamoureusement seule à l'arrivée de Brutus.

— Chloé !

Je m'agenouille devant le canapé et je la force à rouvrir les paupières.

— Ne me plante pas comme ça ! Faisons quelque chose ! Je me sens tellement regonflée ! Sortons faire un jogging !

Chloé se redresse, perplexe.

– Un jogging ? Mais on vient de faire l'enchaînement de hip-hop. Et avant ça, on a fait tout ce ménage !

– Mais il faut qu'on se remette en forme ! j'insiste. Qu'on devienne de vraies déesses ! Je me sens déjà tellement mieux… On pourrait juste faire le tour du pâté de maisons en courant !

– Tu as dit que tu ne voulais plus aller courir, objecte Chloé. Quand on a fait un tour du terrain de sport du lycée, tu as dit « PLUS JAMAIS ». Et il fait nuit, en plus.

– Justement ! je m'écrie, tel un magicien sortant un lapin de son chapeau. Comme ça, personne ne verra nos bourrelets tressauter ! Allez… juste un tour du pâté de maisons !

Je tire Chloé du canapé et je la traîne vers la porte.

– Bon, d'accord, dit-elle. Mais un seul tour.

Je prends la clé de la maison et on se retrouve dehors, dans la nuit. Chloé part comme une fusée – quelle crâneuse elle peut être, parfois ! – et moi, j'ahane bravement derrière elle. C'est une de ces sinistres soirées ruisselantes de novembre où chaque lampadaire projette une piètre petite tache de lumière crue. Je vois Chloé foncer de l'une à l'autre comme une petite fée scintillante et disparaître au coin de la rue.

C'est là que je l'entends. Derrière moi. Un sinistre bruit de pas étouffés, et des halètements. Oh my

God ! Peut-être qu'il y a des loups-garous dans les parages, finalement ! Je fais volte-face et, dans l'obscurité, je vois avec terreur un grand chien bondir vers moi. Il n'y a aucune trace de son maître (les gens sont franchement irresponsables) et le chien a l'air méchant – on dirait qu'il sent que je ne suis pas franchement fan des chiens. Cela dit, il y a une chose que je sais : quand un chien inconnu vient vers vous, la pire chose à faire, c'est de lui tourner le dos et de partir en courant.

Bien sûr, c'est précisément ce que je fais. Je cours à toutes jambes. Et, derrière moi, j'entends le chien aboyer gaiement et s'élancer à ma poursuite, toutes dents dehors, les yeux rivés sur mon monumental popotin. C'est là qu'il se passe la pire chose possible. Je trébuche. Une inégalité du trottoir cause ma perte. Je quitte littéralement la planète Terre pendant quelques secondes pour voltiger dans les airs comme un petit avion à réaction. Mais je ne décolle pas. Une déesse se serait envolée vers les nuages en laissant le chien haleter avec admiration derrière elle, mais pas moi. Moi, je vois avec une grimace d'horreur le trottoir foncer vers moi et je m'écrase au sol, recevant toute la violence de l'impact dans la paume de mes mains, les genoux et, comble de l'horreur, le menton.

Ensuite, pour ne rien arranger, ce maudit chien me saute dessus et fourre son museau dans mon cou.

J'entends une voix lointaine crier :

– Boris! Boris! Viens ici! Vilain chien!

Si la vie était un film, bien sûr, le propriétaire du chien se révélerait être un bel étranger qui, très chevaleresque, m'aiderait à me relever, me raccompagnerait chez moi, nettoierait mes blessures et me regarderait dans les yeux, envoûté.

En fait, le propriétaire du chien est une femme revêche d'un certain âge qui me demande sèchement, pendant que je me remets péniblement debout :

– Ça va?

– Parfaitement! Tout à fait! je lui assure en hochant la tête.

Je me lève en hâte et je bats en retraite. Boris semble toujours décidé ou bien à m'épouser, ou bien à me dévorer – je ne sais pas trop –, alors je suis soulagée quand sa maîtresse l'empoigne par le collier pour lui remettre sa laisse.

Je m'éloigne en boitillant. Impossible de courir. Même si j'ai dit à la maîtresse de Boris que j'allais parfaitement bien, je suis en piteux état, en fait. Je sens du sang couler de mes genoux éraflés, mes paumes me brûlent à mort et, quand je me touche le menton, je me retrouve avec les doigts couverts de sang. J'abandonne le projet de faire tout le tour du pâté de maisons et je fais demi-tour pour rentrer à la maison par le même chemin, en boitant lamentablement et en reniflant, désespérée. J'ai l'impression que tout se ligue contre moi.

Chloé arrive à peu près au même moment, en trottinant depuis la direction opposée, après avoir terminé son tour du pâté de maisons. Elle a les yeux brillants et l'air en pleine forme, mais son visage se décompose quand elle me voit.

– Oh, Zoé, ma puce ! s'écrie-t-elle, horrifiée. Qu'est-ce qui t'est arrivé ?

On rentre et Chloé s'occupe vraiment bien de moi : elle me nettoie les genoux, les paumes et le menton avec du désinfectant et on trouve des pansements dans la trousse de secours.

– Pauvre Zoé ! roucoule-t-elle.

Chloé sait être un ange quand les gens sont blessés. Elle devrait faire infirmière quand elle aura fini le lycée.

– Heureusement qu'on est dimanche, demain ! Tu pourras rester un peu tranquille.

Si elle savait ! En me passant en revue dans mon miroir en pied, je vois une victime de catastrophe naturelle. Mes genoux bandés signifient qu'une minijupe est hors de question ; mes mains bandées ne risquent guère d'envoûter Brutus, même si je me mets un sublime vernis rose nacré, mais le pire désastre, c'est ma tronche. Non seulement j'ai fait l'acquisition d'une barbe de croûtes sanguinolentes, mais en plus, j'ai clairement un œil au beurre noir en train d'apparaître là où Chloé m'a donné un coup de coude, ce matin, dans la cabine d'essayage.

En temps ordinaire, il me paraît impossible de me faire une allure de déesse en partant de mon état normal. Maintenant, rien que pour me faire une allure d'être humain, il me faudra soulever des montagnes.

16

J'abandonne le projet d'épuiser Chloé. Je suis bien punie pour avoir été si machiavélique. Mais bizarrement, Chloé semble décidée à s'épuiser toute seule. Elle insiste pour qu'on regarde un film qui fait très peur, dans lequel un psychopathe sans visage qu'on entend respirer terrorise des jeunes filles – dont chacune est Toute Seule à la Maison – en se cachant dans leur jardin, en respirant d'une façon assassine devant leurs fenêtres, etc.

– Oh là là, c'était flippant, Chloé! je grogne à la fin. Je vais devoir vérifier que toutes les portes et toutes les fenêtres sont fermées à double tour!

– Ne me laisse pas toute seule! gémit Chloé, frissonnante, en se cramponnant à mon bras.

On fait le tour de la maison sur la pointe des pieds pour vérifier les serrures. La cuisine est truffée de terribles dangers. La porte de derrière, bien que fermée à clé et au verrou de haut en bas, me paraît soudain fragile.

– Regarde cette porte! je chuchote, paniquée. Elle

est en carton-pâte ! Quelqu'un pourrait l'enfoncer avec une petite cuillère, alors je ne parle même pas d'une hache !

— Et ensuite, il pourrait monter discrètement à l'étage et nous tuer avec la petite cuillère ! crie Chloé, gagnée par mon hystérie.

— Oh my God ! je me lamente. On va devoir regarder une comédie avant d'aller se coucher !

— Je ne peux pas ! pleurniche Chloé. Je suis trop crevée !

— T'es obligée ! C'était ton idée de regarder ce film !

Je déniche un DVD des Simpson et on regarde deux épisodes, blotties sur le canapé, sous une couverture. C'est hilarant, mais quand on éteint enfin, il y a toujours ce sinistre silence de mort.

— J'entends une horrible respiration ! je hurle, paniquée.

— C'est moi ! braille Chloé. Vite ! Vite ! Filons à l'étage !

On fonce dans ma chambre et on s'y enferme. J'avais prévu que Chloé dorme dans la chambre de Tam, pour ne pas la réveiller en me levant, tôt demain matin, et en commençant à me préparer pour la visite de Brutus. Mais Chloé n'acceptera jamais de dormir dans une autre pièce. J'ai un matelas gonflable qui sert chaque fois qu'elle dort à la maison, alors on le sort, ainsi que le sac de couchage, et après d'héroïques incursions dans la ténébreuse salle de bains, on se couche.

Chloé s'endort immédiatement, allongée sur le dos, la bouche ouverte. Je déteste quand elle dort dans cette position, parce qu'elle fait un raffut épouvantable : elle émet des sortes de crépitements, des sons étranglés, des grognements et des marmonnements. Son matelas est posé juste à côté de mon lit, alors chaque bruit retentit presque directement dans mes oreilles. Et puis ça ne va pas être facile de sortir du lit sans lui marcher dessus.

Il faut que je m'endorme tout de suite. Je suis crevée, mais je n'arrive pas à me laisser aller parce que j'ai mal partout depuis ma chute, et puis je n'arrête pas de penser à Brutus. Je règle mon portable pour qu'il me réveille en vibrant discrètement à six heures et demie et je le mets sous mon oreiller. Par chance, j'ai le sommeil hyper léger. Maintenant, il faut absolument que je me détende.

Un silence absolu règne dans la maison, mais soudain, je remarque un bruit de pas : *criiic, criiic, criiic* ! Oh my God ! Mon sang se glace dans mes veines, mon cœur s'emballe et mes genoux mollissent, même si je suis allongée. Il y a quelqu'un qui monte l'escalier : *criiic, criiic, criiic* ! *Criiic, criiic, criiic, criiic, criiic, criiic, criiic, criiic*... Attendez une seconde ! Combien de marches a-t-il, cet escalier ?

Je me rends compte que le bruit de pas furtifs est, en réalité, celui que fait mon sang en circulant dans mes oreilles. Il faut que j'arrête de paniquer comme ça. Il faut que je dorme pour être belle demain matin, parce que Brutus sera devant ma porte à la Première Heure.

Qu'est-ce que je vais mettre ? Je fais mentalement l'inventaire de ma penderie : tout est bon pour la poubelle. Mais il faut que ma tenue soit parfaite – et appropriée pour un dimanche matin. Je ne dois pas avoir l'air de m'être pomponnée pendant des heures, même si c'est précisément ce que je vais devoir faire.

Le mieux, ce serait une tenue de week-end décontractée : un T-shirt blanc et une jupe en jean. Mais je sais que mon plus beau T-shirt est au sale et que ma jupe en jean traîne sans doute dans un coin, en boule, sous un tas de jeux vidéo et de bazar. Je tire la couverture par-dessus ma tête, je ferme les yeux de toutes mes forces et j'essaie vainement de faire le vide dans mon esprit.

Vingt minutes plus tard, je suis toujours parfaitement réveillée. Est-ce que je dois mettre mon jean noir ou ma robe bleue ? Je suis comment, en vrai, vue de dos dans mon jean noir ? Si Chloé n'était pas là, j'aurais pu me lever, allumer la lumière et essayer une dizaine de tenues.

Vingt minutes de plus s'écoulent, et tout d'un coup, c'est le matin et on frappe à la porte. Je dévale l'escalier et j'ouvre, et voilà Brutus, sauf qu'il ressemble un peu au facteur, et je me rends soudain compte que je suis en petite culotte et en soutif. L'horreur ! Je me réveille en sursaut. C'était juste un rêve.

Chloé s'agite dans son sommeil et dit « Oh non, je

ne pense pas » d'une voix totalement normale et assez adulte. Quelle bécasse ! Dans ses rêves, elle se croit hyper mature alors qu'en réalité, elle est allongée par terre dans ma chambre, les bras serrés autour de mon canard en peluche.

Ça me fait flipper que Chloé dorme aussi profondément pendant que je m'agite nerveusement. Peut-être qu'elle va se réveiller tôt, en pleine forme et prête à recevoir Brutus, tandis que moi, je vais sombrer dans un sommeil de plomb et garder la tête vissée à mon oreiller jusqu'à midi.

J'essaie dix-sept fois de m'endormir, je fais une centaine de microsiestes et quelques cauchemars vraiment affreux. Dans le dernier, je me fais dévorer vivante par un type originaire de Bolton qui a une mauvaise vue et me prend pour une huître.

Brusquement, c'est le matin. Je regarde mon téléphone. Six heures et demie. J'en ai assez d'essayer de dormir. Même si je me sens vidée et malade de fatigue, il faut que je me lève et que je me rende irrésistible. Ce serait affreux que je me rendorme et que je n'entende pas le réveil et que personne ne réponde quand Brutus sonnera à la porte.

C'est une épreuve monumentale de me lever. Pour éviter de piétiner Chloé, je dois me glisser au bout de mon lit et sortir par là. Je n'ai fait que la moitié du chemin quand ma cuisse se met à me tirailler atrocement, me rappelant que je suis toute courbaturée après le ménage, l'enchaînement de hip-hop, le jogging et, bien sûr, ma chute. Une fois que mes deux pieds sont en sûreté sur le plancher (je m'aperçois à présent que j'ai souvent sous-estimé ce petit plaisir de l'existence), je me traîne jusqu'à ma penderie. Et quand je dis que je me traîne, ce n'est pas une façon de parler : on ne peut pas vraiment dire que je marche. Afin de limiter la douleur de mes muscles endoloris, je suis obligée d'avancer avec les jambes écartées, tel un croisement entre un crabe et une table basse.

J'ouvre délicatement la porte de ma penderie. « *IIIIIIIIIIIIIIIIIIHYAAAAARK !* » hurle-t-elle. La salope ! Je vais lui donner de bons coups de tatane, tout à l'heure, quand Chloé sera partie. Pour le moment, elle l'a arrachée au sommeil profond. Chloé se retourne en marmonnant.

– Je ne l'ai jamais tellement aimée… soupire-t-elle.

Puis elle replonge dans le néant délicieux. J'espère qu'elle ne parlait pas de moi. À qui parlait-elle, dans son précieux rêve ? Je ne suis pas seulement jalouse de Chloé parce qu'elle arrive à dormir ; je suis jalouse des gens qu'elle pourrait rencontrer dans ses rêves, dans mon dos. Oh là là ! Si je suis aussi possessive avec ma meilleure copine, comment je vais être avec mon copain, si jamais j'en trouve un un jour ?

Par chance, je ne risque pas de faire des cliquetis avec les cintres de ma penderie, parce que je suis passée par une phase désordonnée récemment et que toutes mes fringues sont en tas au fond. J'en attrape une brassée au hasard et je me dirige vers la porte, sans cesser de marcher avec les jambes écartées, pendant que chacun de mes muscles continue à protester violemment.

Maintenant, je dois ouvrir la porte sans réveiller Chloé. Je lâche le tas de fringues et je tourne la clé le plus doucement possible : en d'autres termes, elle ne fait qu'un soudain *CLIC-CLAAAAC!* tonitruant, assez violent pour vous fendre le cerveau en deux. Chloé ne bouge pas. Je tourne la poignée : *CRIIII-CRI-CRI-CRI-GRINCEUH-REUH-REUH!* J'ouvre lentement, prudemment la porte : *IIIIIIIIIIIHYAAAAAARK OUIIIIIINN!*

– S'il vous plaît, mon Dieu, je murmure, faites que Chloé continue à dormir. Si vous m'accordez ça, je vous promets de ne plus jamais faire de bêtises.

Mais en vérité, je refais une bêtise sur-le-champ. Une idée vraiment sournoise me vient soudain à l'esprit : si je ferme la porte à clé derrière moi, Chloé ne pourra pas venir gâcher mon orgie d'amour matinale avec Brutus, même si elle se réveille. Je pourrais dire à Chloé que j'ai dû aller dans la chambre de Tam parce qu'elle ronflait, et que je l'ai enfermée pour qu'elle soit protégée de l'horrible créature haletante qui nous suit avec sa funeste petite cuillère.

Je retire furtivement la clé de la serrure et, après avoir porté ma montagne de fringues dans la chambre de Tam, je ferme la porte de ma chambre et je la verrouille de l'extérieur. Puis je m'immobilise et je tends l'oreille. Chloé n'a pas bougé d'un pouce. C'est dégueulasse de ma part, mais ce n'est pas vraiment cruel, parce qu'il lui suffit de hurler et là, bien sûr, je planterai ce que je suis en train de faire et j'ouvrirai immédiatement la porte. Même si Brutus se montre particulièrement affectueux.

— *J'ai toujours été fou de toi, Zoé… Tu es une légende ! J'adore ta barbe de croûtes et ton œil au beurre noir : tout le monde va vouloir les mêmes à Hollywood !* va-t-il me dire.

— *Au secooooouuuurs ! Laissez-moi sortir !*

Ça, ce sera Chloé, à l'étage.

— *Excuse-moi*, dirai-je, enchanteresse, *il faut que j'aille m'occuper de mon esclave.*

Je monterai à l'étage, j'ouvrirai la porte et je lui dirai de rester là et de se recoucher, parce qu'un homme est venu prendre les mesures de la cuisine ou quelque chose comme ça.

J'établis mon camp de base dans la chambre de Tam, j'essaie quarante tenues différentes et, au bout du compte, je choisis un jean noir moulant et un haut de style Empire. J'essaie treize rouges à lèvres différents et, à la fin, j'opte pour un mélange de Rose Sauvage et de Carnaval. J'essaie cinq mille boucles d'oreilles différentes, avant de décider de ne pas en porter. Ça ne ferait qu'attirer l'attention sur mes petites oreilles bizarres.

Pour passer le temps en attendant la Première Heure, je m'installe gauchement sur le canapé pour lire le magazine *Heat*, comme si j'étais une invitée chez moi ou quelqu'un qui attend de voir le dentiste. Il n'y a pas un seul bruit à l'étage. J'espère que Chloé va continuer à ronfler jusqu'à midi. La sonnette de l'entrée ne risque pas de la réveiller, parce qu'elle produit un son métallique un peu faiblard et qu'on ne l'entend pas vraiment de ma chambre.

Enfin, vers neuf heures et demie, la sonnette émet un tintement maigrelet. Propulsée du canapé par une explosion d'amour pur, je fonce vers la porte d'entrée et je l'ouvre à la volée, en essayant de dissimuler l'adoration et l'excitation qui émanent de tout mon être, et en espérant que ma barbe de croûtes, mon œil au beurre noir et mon étrange démarche de crabe ne se remarquent pas trop.

Mais mon dieu de l'Amour n'est pas là. Mes yeux avides en sont réduits à se régaler d'un spectacle tout autre : le regard caca d'oie insistant et les cheveux mous gominés de Ringard Ier.

Mon cœur me tombe dans les chaussettes.

– Ah. Matthew.

– Paolo, rectifie-t-il. Tu te souviens ? Brutus m'a demandé de t'apporter ça.

Il est chargé d'un gros carton qui contient les dessins d'enfants, je suppose.

– Il y a eu une urgence et il n'a pas pu venir lui-même. Je peux entrer une minute ? Il faut que je te montre ce qu'il y a à faire. Que je t'explique.

17

— Ouais, bien sûr, entre.

Je m'écarte et Matthew s'engouffre dans la maison. Sur son passage, je sens un effluve de son après-rasage – bien que Matthew soit à des années-lumière de produire le moindre poil de barbe. Dans son cas, ça devrait s'appeler de l'avant-rasage, je suppose. Le parfum n'est pas déplaisant, mais il y en a beaucoup trop pour un dimanche à une heure aussi matinale : c'est comme si je recevais la visite d'une usine de limonade ukrainienne.

— Viens dans la cuisine, je propose. Tu veux un café ?

Oh, mais pourquoi j'ai dit ça ? Je suis complètement dingue, ou quoi ? C'est la petite phrase désinvolte que j'ai répétée toute la nuit pour entraîner Brutus dans mon nid d'amour, et je l'ai servie au dernier mec sur Terre avec qui j'ai envie de boire un café... Mon cerveau fatigué est vraiment trop stupide ! Matthew, lui, je voudrais qu'il s'en aille immédiatement – et même avant d'être arrivé, dans l'idéal.

— Oh, merci, ouais, ce serait super, dit-il.

Dans la cuisine, il s'arrête brusquement et se

retourne pour me regarder. Je prends son haleine en pleine figure, et ce n'est pas une haleine agréable. Elle évoque un peu une odeur de vomi. Si on était les deux dernières personnes qui restent sur la planète, Matthew et moi, je crois que la race humaine serait malheureusement condamnée à l'extinction. Il me dévisage d'une façon assez impolie pendant que je mets de l'eau à bouillir.

– Qu'est-ce qui s'est passé ? demande-t-il. Tu t'es battue ?

– Quoi ? Ah, l'œil au beurre noir ? Ouais, ha ha ! Je me suis battue avec Chloé. Enfin, pas vraiment. Elle m'a donné un coup de coude sans le faire exprès.

– Et là…

Matthew indique la zone du menton sur son visage à lui, attirant mon attention sur une constellation de boutons qui me fait penser à mon cher vieux Norbert, que je me suis fatiguée à cacher sous une épaisse couche de fond de teint.

– Ouais, je suis tombée en faisant un jogging, hier, j'explique. Mes mains, c'est des pizzas au bitume.

Je les lui montre.

– Et mes genoux aussi.

Matthew scrute mes genoux, qui sont bien à l'abri sous leur jean noir moulant. Heureusement que je ne me suis pas blessé les seins ; ça lui aurait donné carte blanche.

– Oh là là ! commente-t-il. C'est affreux à voir !

Pendant une fraction de seconde, ça m'agace qu'il

ait eu le culot d'employer le mot « affreux » concernant mon apparence. Il aurait dû le formuler autrement, d'autant plus qu'il est dans ma cuisine, en train d'attendre un café préparé par mes soins, généreusement arrosé de lait et, comme c'est Matthew, garni d'environ cinq de mes sucres. Il aurait dû dire *C'est pas grave, tu es toujours aussi magnifique.* Non, attendez! Ça, c'est ce que Brutus aurait dit, s'il n'avait pas été trop paresseux pour se ramener.

Je me remets doucement du choc de voir Matthew à la place de Brutus et je commence à être sérieusement en colère contre eux deux.

– Déca? je siffle d'un ton hargneux. Ou pas?

– Ça dépend de la façon dont il a été décaféiné, murmure Matthew en lorgnant mon pot de café d'un air accusateur. S'il a été décaféiné avec du dioxyde de carbone, ça me va, mais certaines entreprises utilisent des produits chimiques.

Je prends le pot et je lis l'étiquette, en faisant de gros efforts pour cacher ma rage. Cet imbécile critique mon café, maintenant!

– Ça dit qu'il a été décaféiné par un procédé naturel, je l'informe sèchement. Moi, en tout cas, je vais en boire.

– Eh bien, ça dépend de ce qu'ils entendent par « naturel », persiste Matthew avec un soupir irrité.

– Matthew! j'éclate. Tu veux un déca ou pas?

– Paolo, rectifie-t-il. Oui, d'accord.

Je remarque qu'il ne dit pas « s'il te plaît » ni

«merci». Ça y est, je suis redevenue une maîtresse d'école à l'ancienne mode – le genre féroce.

– Sept sucres, comme d'habitude ? je m'enquiers avec malice.

– Non, non ! dit Matthew avec hauteur. J'ai arrêté le sucre. Je n'en mettais jamais sept, de toute façon. Ce serait ridicule.

– C'était une blague, je l'informe d'un ton railleur. Bref…

Je pose son café sur la table et, à mon grand affolement, il prend ça pour une invitation à s'asseoir. Il s'affale lourdement, d'une façon qui paraît irrévocable, comme s'il avait l'intention de passer plusieurs décennies dans notre cuisine.

Je m'assieds en face de lui. J'aurais préféré rester debout, pour lui suggérer discrètement par mon attitude qu'il ferait mieux de ne pas rester longtemps, mais je suis tellement crevée que je meurs d'envie de m'allonger ; m'asseoir, à défaut, c'est ce qu'il y a de mieux.

– Alors ? Qu'est-ce que tu as à m'expliquer ? je lui demande.

Matthew ouvre le carton et en sort une énorme pile de dessins d'enfants.

– On veut que tu regardes ces peintures et que tu décides laquelle est la meilleure, explique-t-il avec sa lourdeur et sa gaucherie de tortue.

Je déteste la façon dont il a dit «On veut que tu fasses ceci». Comme si Brutus et lui faisaient partie d'un groupe d'êtres supérieurs installés au sommet d'une montagne divine, qui regardent entre les nuages et trouvent de petites tâches à nous attribuer, à nous autres simplets qui nous activons en contrebas.

— OK, très bien, dis-je sèchement.

Tentant de m'arranger pour que Matthew reparte le plus vite possible, je bois mon café beaucoup trop tôt et je me brûle atrocement la langue.

— On va procéder par élimination, en choisıssant des finalistes, continue-t-il en déplaçant quelques peintures pour les examiner. On veut que tu sélectionnes les cinq meilleurs…

— Ben voui, bien fûr, je l'interromps, agacée que ma langue ébouillantée affecte temporairement ma capacité à prononcer la lettre *s*, parce qu'en temps normal, j'aurais aimé lui parler par sifflements telle une vipère heurtante.

Si du moins les vipères heurtantes émettent bien des sifflements. Je n'ai même pas de connaissances élémentaires en zoologie, je l'avoue.

— Brutuffe me l'a déjà dit, fa. Regarder des deffins d'enfants, fa demande pas d'être Einftein.

— Je sais, je sais… Je suis un peu bête, j'avoue, mais il y a une raison, dit Matthew en écartant les dessins.

Là-dessus, il lève vers moi ses étranges yeux caca d'oie et me jette un long regard torturé. Oh my God! Matthew va me draguer! Un horrible nœud me tord le ventre. Si seulement je n'avais pas épuisé Chloé hier soir! Si elle était assise à côté de moi, en cet instant, jamais il n'oserait me regarder comme ça.

– Je voudrais que tu me donnes un conseil, en vérité, ajoute-t-il timidement en époussetant des miettes imaginaires sur la table de notre cuisine.

– Ouais, quoi ?

J'essaie de paraître le plus repoussante possible : je laisse pendre ma lèvre inférieure dans une sorte de rictus bestial et je tire mes cheveux en arrière pour révéler mes horribles petites oreilles. Il ne pourra sûrement pas draguer une fille qui a des figues écrasées à la place des oreilles.

– Il y a cette fille…

Matthew me dévisage avec désespoir. Ses yeux deviennent tout luisants, comme des bonbons. Je suis prise de nausées. J'essaie frénétiquement de me faire une tête de bouledogue. Je voudrais bien sentir mauvais, par-dessus le marché, mais je me suis tellement parfumée pour Brutus que c'est mission impossible, et il n'y a jamais de pet en stock quand on en aurait besoin.

– Elle ne sait pas encore qu'elle me plaît…, continue Matthew. Ce que je veux savoir, en fait, c'est si je dois lui dire quelque chose.

– Mais, Matthew ! Et Tinkerbell ?

– Trixiebell, me reprend-il, vexé.

Je n'arrive toujours pas à savoir si c'est une petite amie véritable ou une sorte de fantasme qu'il cultive avec soin.

– J'ai dû rompre avec elle, m'annonce-t-il avec fermeté, mais en ayant le bon goût d'ajouter une note de regret. Elle m'empêchait de vivre.

– Mais elle avait tellement de talent !

– Dans tous les couples, il y a quelqu'un qui mène et quelqu'un qui suit, énonce Matthew d'un ton professoral. Et je suis obligé de mener, parce que Jupiter était dans ma sixième maison quand je suis né. À Swindon.

– Oh, mais bien sûr que tu dois mener, Matthew ! C'est évident.

– Paolo, me corrige-t-il sévèrement, bien qu'il ait l'air content de ma flatterie.

– Et alors, elle ne voulait pas suivre ? je demande avec malice.

Matthew semble indigné.

– Non. Elle était assez rebelle, en vérité. Je lui ai dit : « Comment on pourrait former une équipe, si tu as tout le temps un train de retard ? Je suis désolé de te quitter, mais c'est mieux ainsi. »

Il parle comme s'il était sir Alan Sugar[1] en train de virer un apprenti. Je commence à penser que Trixiebell existe vraiment. J'imagine sa joie, maintenant que Matthew l'a larguée.

– J'aime être libre, m'informe-t-il. Trixiebell et moi, on ne se correspondait pas, mais je pense qu'il y a d'autres filles qui pourraient être plus mon type. En fait, il y en a une en particulier.

Tout mon être se tord dans une grimace d'embarras à l'idée que ça puisse être moi.

Cómment je peux faire pour réveiller Chloé ? Ah

---

1. Milliardaire britannique qui est apparu dans la série télévisée *The Apprentice*.

oui, mettre de la musique ! Je saute sur mes pieds et je traverse la pièce d'un bond. L'intérieur de mes cuisses me tiraille toujours, mais j'ai besoin de m'éloigner de Matthew.

– Oh, Matthew, tu es amoureuuuuux ! je crie le plus fort possible dans l'espoir que le son monte vers le plafond et passe à travers pour arriver dans ma chambre, où Chloé est couchée.

Il y a de l'espoir, même si la moquette de ma chambre est très épaisse et a coûté très cher, comme me le rappellent mes parents chaque fois que je fais goutter du vernis à ongles dessus.

Je m'égosille étrangement :

– Il faut qu'on se mette un peu de musique pour fêter ça !

J'allume le lecteur CD et je mets le volume au maximum. Une salve d'opéra retentit, assourdissante – papa est fan de Verdi, en ce moment.

Je vois les lèvres de Matthew remuer, mais je n'entends pas un seul mot. Bien que pratique, c'est aussi légèrement problématique.

– Comment ? j'articule sans bruit.

– Quoi ? fait Matthew en fronçant les sourcils.

– Tu es amoureuuux ! je m'écrie en me demandant si ça paraîtrait bizarre que, pour fêter ça, j'empoigne un balai et que je me mette à taper frénétiquement au plafond avec.

– On peut baisser un peu ?

Matthew se lève. C'est dangereux, ça : je ne veux

pas qu'il se mette à évoluer librement dans notre cuisine, en transpirant comme un perdu. Il pourrait me coincer à côté du four à micro-ondes, et qui sait ce qui se passerait alors ? Je m'empresse de baisser un peu le son. Mais c'est trop tard. Matthew s'approche de moi avec un air mortellement sérieux. Je m'éloigne précipitamment et j'exécute une délirante Danse de l'Amûûûr d'un bout à l'autre de la cuisine.

– Matthew est amoureux-euh ! je hurle en direction du plafond. C'est merveilleux ! C'est fantastique ! Félicitations, mon vieux !

Mes cuisses me tiraillent à chaque pas, mais je dois continuer à bouger. Je sais que c'est dur de toucher une cible qui bouge, et j'espère qu'a fortiori c'est tout aussi dur de l'embrasser. Voir le visage de Matthew se rapprocher de toi avec la bouche en avant, ça doit être comme si tu étais au milieu de la route, tétanisé par la terreur, et que tu regardais une bétonneuse emballée foncer droit sur toi.

– J'ai besoin de te poser une question, insiste Matthew en me suivant partout, sans prêter attention à mon étrange chorégraphie ni à mes cris d'allégresse stridents.

Il faut que je mette fin à ce cauchemar. Je m'immobilise de l'autre côté de la table. Il ne peut pas m'embrasser en se penchant par-dessus parce que, par chance, notre table de cuisine est merveilleusement large. Je n'en avais jamais pris conscience, mais c'est formidable, les tables larges.

Matthew éteint le lecteur CD. Quel culot ! C'est mon lecteur CD ! Comment ose-t-il entrer chez moi et toucher à mes gadgets sans ma permission ?

– Excuse-moi, dit-il, mais ça me cassait les oreilles.

Dans le terrible silence qui suit, je m'aperçois qu'il n'y a pas le moindre bruit dans la chambre d'au-dessus : malgré mes bruyantes gesticulations, Chloé semble toujours profondément endormie, cette vieille truite paresseuse.

Je hausse les épaules.

– Très bien.

Matthew me fixe comme un serpent hypnotisé. Ça vient, maintenant : sa déclaration. Il va me refaire *Orgueil et préjugés* : il incarne le sinistre et repoussant Mr Collins et moi, je suis Lizzy Bennet, et il n'acceptera pas un refus de ma part.

– Le truc, c'est que…

Matthew baisse les yeux et regarde la table pendant une seconde.

– Tu penses… Est-ce que je dois lui dire ce que je ressens ?

– Non ! je piaille avec une certaine emphase. Pas tout de suite ! Observe-la un peu d'abord.

– Mais ça y est, je l'ai observée, réplique Matthew en m'observant avec une ignoble insistance et en trem-blotant comme une casserole de flocons d'avoine qui arrivent à ébullition. Je l'observe depuis des semaines.

– Sa gestuelle, Matthew ! je lui souffle. Sa façon de bouger. Qu'est-ce qu'elle t'indique ?

– Je ne sais pas ! grogne-t-il, dépité. J'ai acheté un livre sur le langage du corps, mais le sien est vraiment dur à interpréter.

J'ai soudain une idée lumineuse.

– Je sais ! On n'a qu'à aller poser la question à Chloé ! Elle est là-haut. Chloé est la spécialiste du langage du corps !

Je sors de la cuisine en sautillant et je me dirige vers l'escalier. Et Matthew me suit, ce crétin ramolli. Je fais volte-face, essayant de conserver ma joie insensée.

– Reste dans la cuisine, toi ! Finis ton café ! Je vais la réveiller et lui demander de descendre te donner des conseils !

– Non ! Attends ! me supplie Matthew. Je ne veux pas la déranger, et puis entre nous, je ne trouve pas Chloé très… tu sais. Pas très *simpatico*.

Dans un dernier élan de légèreté factice, je rétorque :

– Mais si, elle est hyper *simpatico*, menteur ! Retourne attendre dans la cuisine et on aura bientôt résolu ton problème !

Là-dessus, je cours à l'étage.

Je me jette contre la porte de ma chambre. Mais bien sûr, elle est fermée à clé. Oh my God ! *Où est cette foutue clé ?*

18

Dans ma tête, c'est le vide total. La clé ! La clé ! La clé ! Je tâte mes poches : rien. Qu'est-ce que j'ai fait, juste après avoir enfermé Chloé dans ma chambre ? Je suis allée dans la chambre de Tam et j'ai essayé des dizaines de tenues. Je m'y précipite. Le plancher est entièrement recouvert de montagnes de fringues, et la coiffeuse est méconnaissable sous mes piles de maquillage.

J'éparpille les vêtements pour chercher la clé par terre. Je trifouille parmi les rouges à lèvres. Puis je me mets à explorer des endroits franchement délirants : dans le lit, sous le lit, au plafond. C'est rare de retrouver au plafond une clé égarée, mais je suis désespérée, et on ne sait jamais.

Je fonce dans la salle de bains et je cherche sur le rebord de la fenêtre, dans le placard, dans la baignoire, dans la cuvette des WC. Aucune trace de la clé. C'est là que je distingue vaguement un petit cri étouffé qui vient de ma chambre :

– Zoé ?

Zuuuut ! Chloé s'est réveillée.

Je cours à la porte de ma chambre et je crie à travers :

– Salut, Chloé !

J'essaie de paraître clownesque et d'humeur joviale. A-t-elle découvert qu'elle est enfermée, ou est-elle encore au lit, à moitié endormie ?

– Zoé ? appelle-t-elle.

– Zoé !

Ça, c'est Matthew, au pied de l'escalier.

– Ne réveille pas Chloé !

– Trop tard ! lui dis-je. Elle est déjà réveillée !

– Zoé !

Ça, c'est Chloé.

– ... À qui tu parles, là ? Qu'est-ce qui se passe ?

– C'est juste Matthew !

– Qui ? croasse Chloé d'une voix embrumée.

– Paolo ! me corrige Matthew d'un ton plaintif depuis le rez-de-chaussée. Ne la réveille pas, ce n'est pas nécessaire. Dis-lui de se rendormir.

– C'est juste Paolo ! je crie.

– Qui ? C'est qui, Paolo ?

Chloé a l'air de mauvais poil.

– Matthew. Tu te souviens ? Il a changé de nom, il se fait appeler Paolo maintenant, je lui rappelle.

– Arg ! répond Chloé d'une voix affreusement audible. Ce naze !

Là-dessus, je feins une quinte de toux pour noyer les insultes méprisantes de Chloé. Certes, Matthew est bizarre et caca d'oie par bien des aspects, mais ce n'est pas nécessaire de le lui dire en face.

Soudain, catastrophe ! La poignée de la porte cliquette. Visiblement, Chloé s'est levée et essaie d'ouvrir.

– Zoé ! piaille-t-elle, perplexe. La porte est coincée !

– Non, euh… Écoute.

Je baisse la voix et je chuchote :

– Reste tranquille une minute, d'accord ?

Puis je lance à tue-tête :

– Matthew, va faire un autre café ! Pour Chloé !

– J'aime pas le café ! grommelle Chloé. Qu'est-ce qu'elle a, cette porte ?

Elle se remet à tourner et à secouer la poignée.

– Je crois que cette foutue porte est fermée à clé !

– Elle prend du lait et du sucre ? lance Matthew.

– Du lait, pas de sucre !

– Je ne veux pas de café ! tempête Chloé. Zoé, ouvre cette porte ! Pourquoi tu m'as enfermée ?

– Je lui fais des tartines de pain grillé ? s'égosille Matthew depuis le rez-de-chaussée.

– Non ! Juste du café !

Il commence à m'énerver.

– Zoé ! Je t'ai dit que je ne voulais pas de café ! rugit Chloé.

Je commence à l'énerver, et je ne peux pas lui en vouloir. Mais d'un autre côté, elle aussi, elle commence à m'énerver. Je m'approche de l'escalier sur la pointe des pieds et je jette un coup d'œil en bas :

Matthew est reparti dans la cuisine. Je l'entends mettre de l'eau dans la bouilloire. Je retourne en courant devant ma porte.

– C'était juste pour me débarrasser de lui ! je siffle. Je lui ai dit de te faire du café pour qu'il s'en aille et qu'on puisse parler !

– Zoé ! Ouvre la porte ! Pourquoi tu m'as enfermée ?

– Tu ronflais, cette nuit, alors je suis allée dormir dans la chambre de Tam, et je t'ai enfermée pour te protéger contre les tueurs qui rôdaient ! j'explique hâtivement, contente qu'elle ne voie pas ma tête : je suis cramoisie.

– Je ne ronfle pas !

– Mais si !

– Dans tous les cas, ouvre la porte ! C'est tordu !

– Chloé, je ne peux pas ! Je suis désolée ! Écoute, je ne trouve pas la clé.

– Quoi ? tonne Chloé, indignée. Tu as perdu la clé ? Merde alors !

C'est vraiment la cata.

– Je vais la retrouver d'ici une minute. Quand je me serai débarrassée de Matthew. Il me déconcentre.

– Qu'est-ce qu'il fait ici, de toute façon ? grommelle Chloé.

– Il m'a juste… Il m'a apporté des peintures. Pour que je les juge.

– Quoi ? explose Chloé. Des peintures ? Quelles peintures ? Qu'est-ce qui se passe ? J'ai l'impression d'être dans un rêve délirant.

– J'ai décidé de proposer mon aide pour Jailhouse Rock, j'avoue à toute vitesse, honteuse. Et c'est ça qu'ils m'ont demandé de faire. Il y a un concours pour que des enfants créent l'affiche, et j'aide à choisir le gagnant.

Il y a un bref silence de l'autre côté de la porte. Puis j'entends les pas de Matthew dans le couloir, en bas.

– Je le monte ? braille-t-il.

– Naaan ! je m'égosille. Je descends dans une minute ! Attends en bas, Matthew !

– Juste une chose, insiste-t-il. Est-ce que Chloé prend du lait entier, écrémé ou demi-écrémé ?

– Demi-écrémé ! je tempête.

Je l'entends repartir – je suis tellement désespérée que ça me console un peu. Dix secondes sans Matthew, c'est une énorme aubaine.

– Zoé… pourquoi tu ne m'as pas parlé de cette histoire de Jailhouse Rock ?

Chloé a changé de ton : elle ne semble plus paniquée, elle a une voix un peu bizarre, une voix dure.

Je joue les étourdies, en faisant comme si c'était un détail charmant de ma personnalité rigolote et pétillante.

– J'ai oublié ! Quelle idiote !

– Tu mens, dit Chloé.

– C'est vrai, j'avoue aussitôt. Je savais que tu ne voudrais pas participer à Jailhouse Rock, alors je n'en ai pas parlé.

Chloé se remet en colère.

— C'est vraiment n'importe quoi, ce qui se passe. Laisse-moi sortir ! Tu n'as pas perdu la clé ! Tu m'as enfermée parce que tu es devenue dingue !

— Si, j'ai perdu la clé ! Donne-moi juste cinq minutes pour la retrouver ! je la supplie. Cinq ! Je t'assure que je l'ai vraiment perdue ! Je le jure sur la tête de la princesse Diana !

Chloé se tait un moment.

— Tu as intérêt à la retrouver rapidement, dit-elle finalement d'un ton menaçant, sinon je vais ouvrir la fenêtre et appeler à l'aide.

— Ne t'inquiète pas, je reviens dans une minute ! je lui promets, puis je cours au rez-de-chaussée.

Je retrouve Matthew sur le seuil de la cuisine avec un café dans les mains.

— Je le lui monte ? demande-t-il.

— Non ! j'éclate en le lui arrachant.

Quelques gouttes de café débordent et me brûlent la main.

— Elle n'est pas encore habillée ! Je vais le lui apporter moi-même !

Je monte à l'étage avec le café. Matthew reste planté dans le couloir, à me regarder. Peut-être qu'il espère apercevoir Chloé en petite tenue. Heureusement, la porte de ma chambre n'est pas visible du pied de l'escalier. Dès que je suis sortie de son champ de vision, j'entre dans la salle de bains et je pose le café sur le rebord de la fenêtre. Ensuite, je redescends dans la cuisine.

Matthew s'est fait un deuxième café. Il est assis à la table et joue avec une petite cuillère. Oh my God! C'est peut-être Matthew, le sinistre rôdeur nocturne! Peut-être qu'il a l'intention de me tuer séance tenante avec cette petite cuillère! J'espère presque qu'il va le faire. Au moins, ça mettrait fin à mes tourments.

Avec hâte, j'inspecte tout ce qui se trouve sur le rebord de la fenêtre. Aucune trace de la clé. Ensuite, je regarde derrière le grille-pain. Puis dans le tiroir à couteaux. Puis dans le placard à céréales.

– Qu'est-ce que tu cherches? demande Matthew. Je peux t'aider?

– Juste… le paracétamol, je mens. J'ai un peu mal à la tête.

Je ne veux pas que Matthew sache que j'ai enfermé Chloé. Ça lui donnerait une mauvaise image de moi. J'aurais l'air sadique ou incompétente.

– Il y a du paracétamol, là, dit Matthew en montrant du doigt le petit tas de médocs de ma mère, au-dessus du frigo.

– Génial! Bravo!

Je lui fais un grand sourire et je prends le paracétamol. Qu'est-ce que je fais, maintenant? Je prends des cachets alors que je n'ai pas de migraine?

– Zoé!

Ce cri étouffé vient de l'étage. Je cours dans le couloir.

– Je monte dans une minute!

– Zoé ! Aide-moi ! lance Chloé d'une voix plaintive.

Il faut que je trouve cette clé. Je retourne en trombe dans la cuisine. Elle est peut-être dans le frigo !

– Chloé a un problème ? demande Matthew pendant que je cherche la clé dans le beurrier.

– Elle… euh… elle a la migraine…

– Je croyais que c'était toi qui avais la migraine ? Je fais volte-face et je le toise d'un œil accusateur.

– On a toutes les deux la migraine, OK ?

– Ah, fait Matthew. Je vois… Euh… Je peux utiliser tes toilettes ?

Ça me laisse sans voix. Je hoche la tête et je pointe le doigt vers l'étage.

– Deuxième à droite.

Il va aller dans la salle de bains et voir la tasse de café ! Et Chloé va appeler quand elle entendra un bruit de pas sur le palier, c'est sûr. Oh my God ! Je ne vois pas comment ça pourrait être pire…

Je fais la seule chose raisonnable qu'on puisse faire dans ces cas-là : je m'éclipse par la porte de derrière, je cours au bout de l'allée et je me cache dans l'abri de jardin.

19

C'est calme, ici. D'ailleurs, je pense que je vais rester un bon moment – plusieurs années, si nécessaire. Je suis assise sur une caisse retournée. Elle craque. Je fais un bond vers la droite et je me cogne durement la tête contre le mur en bois.

– Hé, Dieu! je crie du fond de mon tourment. Pourquoi tu m'en veux comme ça?

Je reste debout quelques minutes, mais je suis tellement crevée qu'à la fin, je déniche un vieux seau rempli d'ampoules, je le vide par terre, je le retourne et je m'assieds dessus.

Et si je ne retrouvais jamais la clé? Est-ce qu'il faudra que les pompiers viennent enfoncer la porte de ma chambre? Ou bien est-ce qu'ils vont faire sortir Chloé par la fenêtre, grâce à une de ces longues échelles? Je grimace de honte à l'idée que ma stupidité puisse nécessiter une intervention d'urgence. Et si Chloé pétait les plombs, essayait de s'échapper par la fenêtre et faisait une chute mortelle?

Cette affreuse pensée me fait sauter sur mes pieds.

Il faut que je retourne dans la maison et que j'affronte la situation. Il faut que je demande à Matthew d'enfoncer la porte. Il n'y a rien d'autre à faire. Il me méprisera jusqu'à la fin des temps, et Chloé aussi, et mes parents seront furieux à cause des dégâts, mais il n'y a pas d'alternative. Je remonte l'allée en boitillant et, après un énorme soupir frémissant, je rentre dans la maison.

Chloé et Matthew sont assis à la table de la cuisine, comme si tout était parfaitement normal. Matthew boit un café ; Chloé, enveloppée dans ma robe de chambre, sirote du jus d'orange.

— Matthew m'a ouvert, dit-elle en me jetant un regard dédaigneux.

— La clé était sur la table de la cuisine, explique Matthew. Je l'ai remarquée pendant que je faisais du café pour Chloé, et je l'ai remise sur le tableau à clés à côté de la porte de la cuisine.

Matthew avait déplacé la clé ! Et l'avait accrochée sur le tableau à clés ! Où il y a toutes les clés de la maison ! Je n'ai pas eu l'idée de regarder là – parce que je savais que, même dans un accès de folie passagère, jamais je ne l'aurais rangée à sa place.

— Matthew va s'en aller dans une minute, annonce Chloé avec un regard entendu. Il m'a parlé de la fille qui le fait craquer.

Mon sang se fige dans mes veines.

— Mais excuse-moi, continue Chloé, il faut que j'aille prendre un bain… si ça ne te dérange pas ?

— Bien sûr, pas de problème, dis-je en m'adossant contre le lave-vaisselle, à bout de forces. Je pense que je vais aller me recoucher, parce que j'ai très mal dormi.

Pendant une seconde, j'ai peur que Matthew propose de me border et de me lire une histoire pour m'endormir, mais il se contente de finir son café et de s'essuyer la bouche du revers de la main d'une manière qui n'a rien de plaisant, puis il se lève. C'est merveilleux, il s'en va ! C'est le meilleur moment de la journée, jusqu'à présent – même si, je dois l'avouer, il n'y a pas beaucoup de compétition.

En vrai, je ne retourne pas me coucher après le départ de Matthew, parce que je sais que dès que Chloé sera sortie du bain, ça va péter. Alors je m'affale sur le canapé et je regarde la télé. Je suis claquée, et toutes mes blessures me piquent et me lancent à mort, surtout la dernière (la brûlure à la main que je me suis faite en renversant du café). Mon œil au beurre noir est plus noir que jamais. J'ai l'intention d'utiliser ça pour faire culpabiliser Chloé, si elle est trop dure avec moi au sujet du reste.

Enfin, je l'entends sortir de la salle de bains et, quelques minutes plus tard, elle apparaît dans le salon et s'assied dans le fauteuil de mon père (en temps normal, elle se serait vautrée à côté de moi sur le canapé). Elle s'est lavé les cheveux et se les est tirés en arrière, ce qui lui fait une drôle de tête un peu intimidante.

J'éteins la télé. Chloé me regarde fixement et hausse un sourcil moqueur. Mon cœur se serre. Je ne suis vraiment pas en état de me payer une engueulade là.

— C'était quoi, cette histoire ? demande Chloé avec autorité.

— Écoute, je te l'ai expliqué : tu ronflais, alors j'ai…

— Non, je ne parle pas du coup de m'enfermer et tout ça, je parle de Jailhouse Rock. Et de ces dessins.

Les dessins sont toujours sur la table de la cuisine, à attendre que je trouve l'énergie de les examiner.

— Ouais, eh bien, comme je te l'ai dit : j'ai décidé de donner un coup de main pour Jailhouse Rock, dis-je simplement.

Dans un élan de défi, je hausse les épaules.

— … C'est pas un crime. Tout le monde participe. Jess et Fred. Toby et Fergus.

— Pourquoi tu ne me l'as pas dit ?

— Parce que je savais que tu n'aurais que des critiques à la bouche. Et puis de toute façon, je n'ai décidé ça qu'hier.

Chloé réfléchit quelques instants.

— OK, je sais que j'étais contre l'idée qu'on y participe, dit-elle enfin. Mais tu as le droit, toi… je suppose… si tu veux. Mais je ne comprends toujours pas pourquoi tu ne me l'as pas dit.

— Parce que… eh bien… peut-être parce que tu es toujours un peu bizarre dès qu'il s'agit de Brutus.

— Zoé, je te l'ai répété dix fois, je ne suis pas bizarre

à propos de Brutus, réplique-t-elle avec fermeté. Je préfère ne pas le voir, c'est tout, et si tu avais harcelé quelqu'un de textos d'amour, tu comprendrais ce que je ressens.

– OK, dis-je en haussant les épaules. Mais pourquoi tu n'aides pas à faire la promo et tout, toi aussi ? Ça risque d'être vraiment marrant, et tu pourrais… dissiper le malaise.

– Non merci, répond énergiquement Chloé. C'est pas vraiment mon truc. C'est pas ce que j'ai envie de faire en ce moment… Bon, Zoé, il faut que je rentre, maintenant, je suis désolée. Je n'ai même pas commencé mes devoirs d'éco.

– OK.

Peu après, elle s'en va. On ne s'est pas exactement disputées – on n'est même pas en froid, mais disons que l'air s'est légèrement rafraîchi entre nous.

Je passe presque tout le reste de la journée de dimanche à regarder des dessins d'enfants. Le concours tourne autour des prisons – évidemment, puisque Jailhouse Rock est une soirée de soutien à Amnesty International. Pendant les dix premières minutes, les dessins sont adorables. Pendant les vingt minutes suivantes, ils sont plutôt sympathiques. Mais vers onze heures et demie, je commence à fatiguer. À midi, j'ai regardé quatre-vingt-seize dessins représentant des gens enfermés et je ne veux plus jamais voir un seul dessin de prison de toute ma vie.

Toutefois, le quatre-vingt-dix-septième est différent. Ce gamin-là a eu l'idée d'associer la notion de prison au fait que Jailhouse Rock soit un concert de rock. Il (ou elle – le nom est R. Rogers) a dessiné une guitare dont les cordes forment les barreaux d'une cellule, avec un détenu qui regarde dehors.

C'est tellement évident que c'est le meilleur dessin, et de loin, que ça ne vaut presque plus la peine d'en regarder d'autres, mais je sais que je dois en choisir cinq, alors je suis obligée de tous les réexaminer. Je choisis les quatre qui me paraissent être les meilleurs. Ensuite, je prends en pitié ceux que je n'ai pas sélectionnés. Puis je commence à avoir mal à la tête pour de vrai.

Je vais dans la cuisine et je me prépare un sandwich au fromage. Le temps avance au ralenti. Je me demande quand mes parents vont rentrer. J'envoie un texto à papa pour prendre de leurs nouvelles. Ça fait pitié, hein ? Si j'étais une déesse, une fille cool avec un minimum de classe, j'aurais donné une soirée pendant leur absence et cinq cents personnes se seraient incrustées. Notre maison aurait été ravagée et ils auraient parlé de nous aux infos.

En même temps, mes parents m'auraient reniée, alors ça n'aurait peut-être pas été si marrant que ça, en fin de compte. J'aurais pu finir en prison – dans une guitare, peut-être.

Je reçois une réponse de papa. *Déj délicieux dans un excellent pub : rôti de bœuf, etc. Dommage que tu ne*

sois pas là. Retour vers 16 h approx. Bisous, papa &
maman.

Le canapé me fait les yeux doux. Après une dizaine de minutes à feuilleter *Heat*, je pose le magazine à côté de moi et je ferme les yeux. Je me morfonds à l'idée que Brutus et Charlie puissent être ensemble, et parce que Brutus n'a pas pris la peine de passer, ce matin, préférant envoyer Matthew à sa place. De toute évidence, me voir est loin d'être numéro un sur la liste des choses qu'il a envie de faire, alors les trois siècles que j'ai passés à me préparer pour l'époustoufler ont été un pur gâchis. Et puis il y a cette menace qui me pend au nez : Matthew. Ce n'est sans doute qu'une question de temps avant qu'il me fasse sa déclaration.

Je redoute notre entrevue de mercredi, à la réunion de Jailhouse Rock, mais en même temps, il me tarde de revoir Brutus par la même occasion, alors pendant les deux jours qui suivent, j'alterne entre l'appréhension et l'impatience. Au moins, cette attente imposée donne le temps à mon œil au beurre noir de s'estomper et à mes égratignures de cicatriser.

20

Le mercredi soir arrive enfin. Mon œil au beurre noir a pris une teinte jaune d'un goût exquis que j'ai réussi à dissimuler, de même que mes croûtes au menton, sous une grosse couche de fond de teint. À l'idée de voir Brutus, une foule de papillons multicolores éclôt dans mon ventre et exécute une série de pirouettes délirantes. Je m'applique des tonnes de maquillage, puis j'enlève tout et je recommence. Il ne faut pas que j'en fasse trop avec les cosmétiques. Brutus ne s'attend pas à voir un clown.

Un ignoble petit vent d'automne glacial se lève quand je descends High Street, et quelques papiers gras volettent sur le trottoir. La rue semble désolée. Les papillons de mon estomac se transforment brusquement en meute de chiens furieux quand je m'approche du bâtiment où Brutus m'attend. J'arrive à la porte d'entrée, qui est ouverte. Il y a un message punaisé dessus : *Réunion pour Jailhouse à l'étage*. Ce n'est pas l'écriture de Brutus. Elle est plutôt féminine. Ce doit être celle de Charlie.

Je monte l'escalier sur la pointe des pieds, le cœur battant. Des voix sortent par une porte entrouverte au premier étage. J'entre. Brutus lève la tête. Nos regards se croisent. Les chiens qui étaient en train de me dévorer de l'intérieur se transforment en banc de dauphins qui bondissent dans un océan scintillant.

– Salut !

Je souris, puis je m'arrache à la contemplation de Brutus pour faire un sourire poli aux autres.

– Salut, Zoé, dit Brutus, qui a l'air content. Tu connais Charlie et Paolo… euh… Et voici Alex et Harriet. Les gars, je vous présente Zoé.

J'adresse un signe de tête aux deux nouveaux : un blond à lunettes et une fille éblouissante avec une masse de cheveux brun foncé. Si Charlie ne convient pas à Brutus, Harriet devrait faire l'affaire.

– On regardait les dessins qui ont été sélectionnés pour l'affiche, m'informe Brutus. Tu as apporté les tiens ?

J'ouvre mon sac et je sors mes cinq dessins finalistes.

– Je trouve que celui-ci est fabuleux – c'est mon préféré, et de loin.

Je leur montre le chef-d'œuvre de R. Rogers.

Brutus sourit.

– Roy Rogers ! Un célèbre cow-boy des années cinquante. Mon modèle dans la vie.

J'essaie de lui faire un sourire envoûtant, mais j'ai du mal à me concentrer sur ce qu'il dit, parce que tous mes muscles se liquéfient de joie à la vue de ses yeux gris-vert au mouvement incessant et de ses boucles noires en désordre.

Tout le monde regarde mes cinq dessins finalistes, et ensuite, je dois regarder ceux des autres. Celui de R. Rogers les bat à plates coutures. Même si les autres sont un peu attachés à leur propre favori, ils sont obligés d'admettre que le mien est dans une autre catégorie.

– Je pense que Zoé a gagné, annonce Brutus.

Il me fait un sourire qui s'enroule autour de mon cœur tel un foulard en soie.

– Oui, il est génial, c'est clairement le meilleur, renchérit Charlie.

Là-dessus, elle prend le relais, comme si elle voulait diriger les opérations à la place de Brutus :

– On est tous d'accord sur celui-là, alors ? J'ai horreur des réunions qui s'éternisent pour rien – je ne suis pas la candidate idéale pour être membre d'un comité ! Je préfère abréger plutôt que parler pour ne rien dire, pour pouvoir passer aux choses qui comptent vraiment.

Je résiste à la tentation fugitive de lui mettre un coup de poing dans le nez. Alors nous, on parle pour ne rien dire, c'est ça ?

– Ouais, c'est clair, c'est celui-là qui va être notre affiche, confirme Brutus en regardant le dessin de R. Rogers avec admiration. OK, Zoé… euh… si tu restes une minute de plus à la fin, je t'expliquerai ce qu'il y a à faire ensuite.

Il m'adresse un sourire rapide mais délicieux qui change mon sang en champagne.

Brutus veut que je reste après le départ des autres ! Pour me dire ce qu'il faut faire ensuite ! Ce qu'il a à faire ensuite, lui, c'est me prendre dans ses bras et me laisser poser mon petit cœur battant contre sa vigoureuse poitrine. Puis approcher ses adorables lèvres boudeuses des miennes…

– OK, dit-il sèchement – et il se détourne.

Je le supporte tant bien que mal. Certes, j'accepte l'idée qu'il doive regarder d'autres gens à l'occasion, et peut-être même leur parler. Mais c'est d'une cruauté diabolique que la vie soit faite comme ça.

– Parlons de l'organisation du « tractage »… Paolo ? continue Brutus avec un soupir étrangement agité.

Matthew sort un document de sa mallette. Je me détends et j'essaie de respirer tranquillement, bien que mon cœur batte la chamade et que mon sang crépite à l'idée de voir Brutus seul à seule après. Matthew nous rebat les oreilles avec ses idées pour la promotion. Pendant un moment, je n'arrive pas à me concentrer : le bruit de la respiration de Brutus est tellement plus captivant que les jacasseries de Matthew !

Enfin, mes idées s'éclaircissent et je réussis à écouter. Maintenant, on discute de l'organisation du concert lui-même. Brutus s'appuie contre le dossier de sa chaise, se passe la main dans les cheveux (oh, si seulement c'était mon boulot, ça !) et hausse les épaules de façon théâtrale.

– Donc… Rose Quartz. Je n'ai aucune idée de ce qu'elle va me dire la prochaine fois, soupire-t-il. Jusqu'ici, on a eu un « oui », un « non », un autre « oui » et un « peut-être ».

– C'est qu'une emmerdeuse, dit Charlie.

– Mais on a besoin de savoir si on peut la mettre sur notre affiche ou pas ! s'énerve Brutus.

Charlie paraît un peu blessée. Je me demande comment c'est d'être l'assistante de Brutus.

– Oui, mais c'est pas la peine de m'engueuler ! proteste-t-elle, indignée.

– Excuse-moi, ma belle !

Brutus tend le bras au-dessus de la table et lui presse la main. Il lui a touché la main et il l'a appelée « ma belle » ! Mon cœur me tombe dans les chaussettes. Oh my God ! Et si Charlie restait après la réunion, elle aussi ? Je sens qu'elle va me faire un clin d'œil en cachette, comme pour dire *J'ai apprivoisé la Bête, maintenant, Léonie ou je ne sais quoi. Il s'est rendu compte qu'on était faits l'un pour l'autre.*

Me revoilà au supplice. C'est épuisant, comme truc, l'amûûûr. Même si Brutus lui a pressé la main, il l'a relâchée aussitôt après. Mais tout de même, il lui a bien pressé la main ! Qu'est-ce que ça veut dire ? Toby m'a pressé la main des centaines de fois. Il me serre dans ses bras presque tous les jours depuis trois ans. Mais ça n'a aucune connotation sentimentale. Toby est un copain câlin, c'est tout. Est-ce que Brutus est juste un grand tendre, ou est-ce qu'il craque pour Charlie ?

21

Je les observe de près. Charlie a l'air secrètement contente d'elle, mais c'est son expression habituelle. Brutus a l'air stressé et soucieux, mais il est comme ça depuis qu'il a commencé à organiser Jailhouse Rock. Il écoute attentivement Matthew – un record de concentration, parce que la voix de Matthew est à peu près aussi palpitante qu'une bétonneuse en train de brasser des cailloux.

Ils parlent de la sécurité, puis de la vente de billets. Tout dépend de Rose Quartz, selon qu'elle sera disponible ou non.

– Je trouve que ce n'est vraiment pas professionnel de sa part, commente Charlie en secouant la tête.

Brutus hausse les épaules.

– Elle est vraiment cruelle avec toi.

Charlie regarde Brutus avec un air de défi et de compassion mêlés.

– Elle se sert de son charme pour faire tourner les hommes en bourrique. J'aimerais bien que tu me laisses m'occuper d'elle.

– OK ! explose Brutus.

Ce n'est pas une énorme explosion, juste un petit éclat discret, mais pendant une minute, Charlie reste interloquée. Manifestement, ils ont abordé la question à maintes reprises. Il y a une tension entre eux pendant un moment. Peut-être qu'ils ne sont pas ensemble, finalement ! Ou peut-être qu'ils sont ensemble, justement, et qu'on vient d'assister à une scène de ménage.

– C'est toi qui t'occupes d'elle, à partir de maintenant, continue Brutus.

Je guette tout comme un vautour, mais le langage du corps, c'est parfois très difficile à interpréter.

Charlie essaie de montrer qu'elle est contente, mais on voit qu'elle est un peu inquiète et qu'elle cherche une solution improvisée.

– Tu n'as qu'à l'appeler tout de suite, parce que je pense qu'on a tout dit, ici, ajoute Brutus en écartant sa chaise et en ramassant ses papiers. À Los Angeles, c'est le début de l'après-midi, et c'est là qu'elle est en ce moment.

– OK, dit Charlie en s'efforçant d'avoir l'air professionnelle, même s'il est clair qu'elle est nerveuse.

Mais qui ne le serait pas au moment de téléphoner à Rose Quartz ?

– Tu obtiendras sans doute de parler à son assistante, au mieux, poursuit Brutus d'une voix sombre. Ou à une quelconque secrétaire de sa maison de disques. J'ai mis une demi-heure pour arriver jusqu'à la secrétaire de la secrétaire de son agent, la dernière fois.

— Très bien. Je peux appeler de ton bureau ?

— Pas de problème. Je monte dans une minute.

J'ai peur qu'ils fassent la paix au cours d'une série d'étreintes passionnées, une fois qu'ils seront de nouveau seuls dans leur bureau.

Tout le monde ramasse ses affaires. Charlie monte à l'étage au-dessus. Matthew tient à aborder un détail ennuyeux avec Brutus.

— Salut ! disent Harriet et Alex en partant avec leurs listes de choses à faire.

Ils ont l'air heureux. J'entends Alex lancer : « Ça te dit d'aller boire un café ? » pendant qu'ils descendent l'escalier. Merveilleux ! J'espère qu'ils vont tomber follement amoureux. Quand on est soi-même dans cet état insensé, on voudrait que tout le monde le soit aussi.

Brutus se tourne vers moi avec une sorte de soupir.

— Bien. Zoé.

Les pas de Matthew résonnent dans la cage d'escalier. Bizarrement, ça souligne le fait qu'on est seuls tous les deux. Pour moi, en tout cas. Brutus pousse encore un énorme soupir, s'appuie contre le dossier de sa chaise et sourit en me regardant. J'ai l'impression que la pièce est soudain inondée de soleil, bien qu'il fasse nuit dehors.

— Ouf ! lâche Brutus en se levant, en s'étirant et en ouvrant une fenêtre. Gérer les rapports avec les gens, c'est pas mon point fort.

— J'ai trouvé que tu gérais tout ça vachement bien,

moi, dis-je en tâchant de lâcher ça l'air de rien, avec légèreté et désinvolture, et de ne pas trop montrer que je le vénère.

Dans la pièce d'au-dessus, on entend faiblement la voix de Charlie, qui commence sa conversation téléphonique outre-Atlantique.

— Tout repose sur Rose Quartz, dit Brutus avec angoisse. Je déteste les stars !

— Mais peut-être qu'elle a vécu des coups durs dernièrement, dis-je. D'après *Heat*, sa tante a un cancer du sein. Et puis ça doit être hyper difficile d'avoir des paparazzis qui te suivent partout.

Brutus réfléchit.

— Tu sais : qui te prennent en photo quand tu as l'air inquiète et qui vendent ces clichés à tous les magazines, je continue.

— Hmmmm, fait-il, pensif. Eh bien espérons qu'elle ne va pas craquer, parce qu'on a besoin qu'elle reste à l'affiche.

Il prend le dessin de R. Rogers, celui qui a gagné le concours, et l'examine.

— Bravo d'avoir trouvé ça. Tu as vu ce visage qui regarde entre les barreaux ? C'est génial…

Voilà l'occasion de m'approcher de Brutus. Je sens une légère odeur qui émane de lui ; ce n'est pas de l'après-rasage ni rien, juste une petite note de pluie d'été et d'agrumes. Je pense que c'est l'odeur de sa peau. Mon cœur se met à battre la chamade.

— Regarde ces sourcils, murmure-t-il en passant les

doigts sur le visage peint. Cette tristesse… Il l'a saisie à la perfection.

Je ne regarde pas le dessin. Je regarde les mains de Brutus.

Je crois que le moment où j'ai craqué pour lui, pendant notre séjour à Newquay cet été, c'est quand j'ai regardé ses mains, le soir où Tam a dû être transportée à l'hôpital. Il a des mains carrées, robustes, magnifiques. Je brûlais déjà de les toucher, à l'époque, et je ressens exactement la même chose maintenant. J'ai les jambes qui tremblent.

– Regarde la façon dont il a placé le mot *Amnesty*, comme si c'était la marque de la guitare, ajoute Brutus avec un sourire appréciateur. C'est vraiment malin ! Il faut qu'on passe dans son école demain matin pour le féliciter. C'est un élève de la classe de la mère de Charlie, apparemment.

Décidément, Charlie est partout. Son oncle est le patron de Major Events et Matthew m'a dit que la raison pour laquelle Rose Quartz est prête à être en tête d'affiche de Jailhouse Rock, c'est que l'oncle de Charlie a été le colocataire de son manager il y a vingt ans, à la fac. C'est fou, ce que Charlie a comme relations.

– Et le palmier de l'arrière-plan adoucit l'ensemble, continue Brutus, rêveur.

Je voudrais rester là à parler du dessin toute la nuit, même si ce n'est pas exactement ça que je regarde. Mais finalement, Brutus pousse un soupir satisfait et me le tend.

– OK, Zoé, ce que j'aimerais que tu fasses, maintenant, c'est que tu portes ça chez l'imprimeur demain matin, si tu veux bien. Dépose-le en allant au lycée. Je dois partir à l'aube pour essayer de trouver de nouveaux sponsors. Mais l'imprimeur est tout près de chez toi. Gutenberg Printers, tu vois où c'est ?

Je hoche la tête.

– Pete va ajouter le texte et nous envoyer un tirage d'essai à valider, et ensuite on les fera imprimer. J'espère les avoir en milieu de semaine prochaine.

Brutus a l'air nerveux.

– Il faut que je convainque Rose Quartz de s'engager définitivement d'ici vendredi.

Soudain, Charlie appelle depuis l'étage au-dessus :

– Brutus ! Tu peux venir une minute ? J'ai Nancy Schmidt au téléphone.

Ça détourne aussitôt son attention. Notre moment ensemble, qui était un peu intime et presque tendre, est terminé.

– Faut que j'y aille, jette Brutus avec empressement, en haussant les épaules. Merci encore !

Et hop, il est parti. Je range le dessin dans mon sac et je descends.

Dans la rue, le vent s'est levé. Je suis contente qu'il fasse nuit. Je marche vers l'arrêt de bus en savourant les gifles du vent – mon cœur plane comme un cerf-volant. J'ai envie de rire et de pleurer en même temps. Au coin de Wordsworth Street, je tombe sur Jess et Fred. Ils sont en train de se disputer, mais ils rigolent, alors ça ne doit pas être trop grave.

— Salut, Zoé! lance Jess avec un sourire. Ça va?

— Qu'est-ce qui vous arrive, les gars?

— Fred me fait un caca nerveux parce qu'il doit aller chez le dentiste! dit-elle.

— Oh là là... J'aimerais bien qu'un rendez-vous chez le dentiste soit mon seul souci. Les hommes sont tellement froussards! Mon père est exactement pareil.

— Et toi, alors, qu'est-ce que tu fabriques? demande Fred. J'espère que tu as de vrais problèmes, toi, qu'on puisse vite oublier la délicate question des dentistes...

— Je sors tout juste d'une réunion pour Jailhouse Rock. On va faire imprimer l'affiche avec le nom de Rose Quartz à l'honneur, mais on ne sait pas si elle viendra le jour J!

— Ah, tu participes à Jailhouse Rock? commente Jess. Génial! Comment va ce pauvre Brutus? Il stressait vachement à cause de la conception de l'affiche, la dernière fois que je l'ai vu.

— Oh, le problème de l'affiche est réglé. D'ailleurs, j'ai le dessin gagnant dans mon sac en ce moment même.

— Ooooooh, fais voir! exige Jess.

J'ouvre mon cartable et je sors le dessin.

— On a organisé un concours parmi les écoles primaires, j'explique. Vous savez comme ça peut être

génial, les dessins de gamins. Je trouve celui-là absolument…

Mais avant que je puisse me lancer dans ma tirade
d'éloges au sujet du dessin de R. Rogers, une violente
bourrasque me l'arrache des mains et il s'envole dans
les airs, loin de nous, file au-dessus des toits et disparaît dans l'obscurité.

22

– Oh la vache ! je hurle. Attrapez-le ! Attrapez-le ! Attrapez-le !

Je pars en courant à toutes jambes dans la rue – on a une certaine distance à parcourir avant d'arriver au croisement d'une rue qui puisse nous mener dans la bonne direction. Fred file devant moi, bien que ce ne soit pas un grand sportif : ses bras et ses jambes ballottent dans tous les sens. J'entends Jess souffler derrière moi.

– Purée ! Ça crève ! halète-t-elle. Je viens juste de manger des lasagnes avec des frites !

On court dans la rue jusqu'à l'avenue parallèle : aucune trace du dessin. Des cannettes et des paquets de chips volettent. On fonce d'un bout à l'autre de l'avenue, en regardant dans tous les jardins qui donnent dessus, dans la faible lumière des lampadaires. On regarde dans les branches des arbres, qui dansent et craquent et se courbent dans le vent violent. Rien.

– Il a peut-être volé jusqu'à Byron Road, dit Fred

en levant les yeux vers le tumultueux ciel nocturne. Venez !

– Non ! Fred, attends ! je hoquette. Ça ne sert à rien ! Il a disparu ! Il peut être à des kilomètres, maintenant !

On reste plantés sous un lampadaire, haletants, le temps de reprendre notre souffle. Le vent secoue les cheveux de Jess et tiraille la capuche de Fred. Je sens l'angoisse qui monte. Je vais me mettre à pleurer. J'ai perdu le dessin gagnant ! Brutus va être furieux. Je vais me faire virer de la campagne. Ça sera la fin de tous mes espoirs. Il va me détester jusqu'à la fin de mes jours.

– Qu'est-ce que je peux faire ? je gémis. C'est une catastrophe !

– Il doit être quelque part ! dit Jess. Quelqu'un va le trouver ! Demande à la radio locale de passer une annonce pour que tout le monde le cherche, demain.

Pile à ce moment-là, il se met à pleuvoir.

– Oh non, non, non ! je grogne. La pluie va le bousiller, de toute façon. Et puis je ne peux pas le dire aux gens de la radio ! Je ne supporterais pas que tout le monde soit au courant ! Personne ne doit le savoir ! Surtout pas Brutus !

– Oh, Brutus ne t'en voudra sans doute pas, raisonne Jess. C'est un accident.

– Mais il est d'assez mauvais poil en ce moment, objecte Fred d'un air dubitatif.

J'ai les larmes aux yeux à l'idée de décevoir Brutus.

— Il n'y a qu'une seule chose à faire, soupire Jess. Tu vas devoir avouer, c'est tout.

— Non, non… Il faut aborder le problème autrement, ma grande ! rétorque Fred en affectant une voix de professeur pédant. La solution, pour Zoé, c'est de faire une copie de remplacement. Un faux.

— Un… Un faux ? je bredouille.

— Oui, oui, tu sais à quoi ressemble l'original, non ?

— Oui. D'accord. C'est un type enfermé qui regarde à travers les barreaux de sa prison, qui sont aussi les cordes d'une guitare.

— Alors copie-le, répète Fred. Je voudrais bien t'aider, mais c'est difficile de copier quelque chose qu'on n'a jamais vu. Même si j'ai réussi à faire passer ce Michel-Ange pour un vrai, l'an dernier.

— Ça ne devrait pas être trop difficile, réfléchit Jess. Les dessins d'enfants sont toujours un peu… enfantins, non ? C'est pas comme si c'était vraiment un Michel-Ange ou quelque chose dans le genre.

On se quitte. Jess et Fred me promettent de guetter le dessin. Je les entends reprendre leur dispute à propos du dentiste en s'éloignant tranquillement dans la rue. Je leur envie vraiment leur relation. Ils sont dingues l'un de l'autre, mais c'est aussi de très bons potes. Je parie qu'ils seront toujours ensemble à quatre-vingt-dix ans.

Si seulement j'avais un gentil copain pour m'aider et me soutenir durant cette épreuve ! Je pleure un petit coup en rentrant chez moi, histoire de passer le temps, et parce que j'ai perdu le précieux dessin et que je n'ai aucun moyen de m'en sortir : Brutus va me mépriser.

– Où étais-tu toute la soirée ? veut savoir maman quand j'entre dans le salon.

Je m'affale à côté de papa sur le canapé et je lâche une nouvelle salve de larmes. Il me met le bras autour des épaules. Maman éteint la télé et soudain, le silence s'installe, ponctué seulement par mes sanglots rauques.

Entre deux hoquets, je raconte à mes parents que j'ai perdu le dessin. Ils semblent soucieux.

– Tu devrais leur téléphoner immédiatement et leur dire ce qui s'est passé, conseille maman.

– Non ! Non ! je crie. Je ne peux pas ! Je vais devoir fabriquer un faux pour le remplacer !

– Bien pensé, mon grand, dit papa.

– Jeremy ! tempête maman. Tu n'encourages pas Zoé à tricher, tout de même ?

Papa hausse les épaules.

– Peut-être que ça vaut le coup d'essayer… Il s'agit d'un dessin d'enfant, après tout, alors il était forcément un peu grossier. Et puis tu ne devrais pas jouer les offusquées : à la fac, tu as imité l'écriture de tes parents pour écrire une lettre à ton prof disant que tu avais dû retourner dans ta famille pour un enterrement, tu te rappelles ? Quand on a fait notre petit week-end romantique à Southworld ?

Maman devient rouge écrevisse et, bien qu'intriguée par leur escapade interdite, je ne veux pas en savoir plus. Avec un cri de dégoût, je me décolle du canapé, je cours à l'étage et je me réfugie dans ma chambre. Bruce, mon nounours, me fait de l'œil depuis mon oreiller.

– Pas tout de suite, Bruce, je soupire. D'abord, je dois faire la copie d'un chef-d'œuvre.

Par chance, les pots de peinture de mon enfance sont intacts et il y a du papier à dessin épais sous mon lit. Je souffle dessus pour enlever la poussière et je le coupe au bon format : A3. Ça, au moins, ce sera pareil.

Je trouve les pinceaux, je les rince dans mon lavabo et je m'installe à mon bureau. Je ferme les yeux et j'essaie de visualiser le dessin gagnant. Mais tout ce que je vois, c'est les mains de Brutus.

Tout ce que j'ai remarqué quand on se tenait côte à côte, tout à l'heure, c'est la légère chaleur qui émanait de son corps et baignait tout mon côté gauche, la forme adorablement carrée de ses mains et le parfum d'agrumes de sa peau. Je n'ai prêté aucune attention au dessin.

Cela dit, je l'avais regardé avant, bien sûr ; et dimanche, quand j'ai établi ma liste de cinq finalistes, je n'arrêtais pas d'y revenir pour le comparer aux autres. Mais c'était il y a trois jours, ça. Même si je me souviens assez bien du dessin dans son ensemble, impossible de me rappeler tous les détails.

Le premier dessin que je fais est beaucoup trop petit, sans doute parce que je crève de trouille. Le deuxième évoque les pâtés baveux que ferait un bébé de deux ans. Le troisième penche vers la gauche d'une façon déstabilisante. J'en suis à la moitié du quatrième essai quand je commence à avoir atrocement faim.

Je descends au rez-de-chaussée. Papa et maman sont en train de préparer leur chocolat chaud du soir.

– Je crève de faim, j'annonce.

– Il y a du poulet et de la salade dans le réfrigérateur, dit maman.

– Tu as fini ton chef-d'œuvre, mon grand ? demande papa.

– C'est difficile. Je ne sais pas comment ils font quand ils essaient de copier Michel-Ange et tout ça. Je vais peut-être devoir avouer, finalement.

J'ai adressé la dernière phrase à maman, pour la calmer un peu.

Je retourne dans ma chambre et je me remets à ma copie. À une heure et demie précise, je décide d'arrêter. J'ai le tournis, à force, et je ne me rappelle même pas à quoi ressemblait le dessin d'origine. Mon dernier essai, si nul soit-il, va devoir faire l'affaire. Je le déposerai chez l'imprimeur demain matin en allant au lycée. Je n'ai plus qu'à espérer que personne ne s'apercevra que ce n'est pas l'original.

23

Au lycée, le lendemain, je suis mal à l'aise, préoccupée. Je n'ose pas dire à Chloé que j'ai fait une copie du dessin, alors je flippe toute seule dans mon coin. Chloé repart à fond les ballons sur l'opération Déesses.

– Je pense qu'on devrait s'arrêter chez Baxter en rentrant, ce soir, dit-elle. On pourrait aller se faire maquiller au rayon beauté.

Ça fait des années que j'essaie de la rendre plus créative avec le maquillage. C'est un moment historique.

– Super idée !

Je lui tapote l'épaule comme un général félicitant son caporal le plus héroïque. Il faut que je me concentre là-dessus, que je m'arrache à mes angoisses au sujet du dessin.

– Génial ! Mais on ferait mieux de leur téléphoner d'abord pour prendre rendez-vous.

– Fais-le, toi ! dit Chloé. Je suis nulle au téléphone.

Je commence à sortir mon portable de mon sac, puis je m'arrête.

— Non, fais-le toi-même, Chloé ! C'est un vrai handicap pour toi, cette phobie du téléphone. Je ne passerai plus tes coups de fil à ta place.

Les yeux de Chloé lancent des éclairs, mais elle sait qu'elle est en terrain glissant.

— C'est pas spécialement pour moi, ce coup de fil-là, réplique-t-elle. C'est pour nous deux.

— Oui mais ces cinq dernières années, chaque fois qu'il a fallu téléphoner à des inconnus, j'ai dû me dévouer pour nous deux, alors à partir de maintenant, c'est ton tour.

Avec un grand sourire, je lui tends mon téléphone.

Chloé le prend à contrecœur et l'allume.

— OK... Oh ! Tu as un texto !

Une lueur d'étonnement s'allume dans ses yeux.

— Ça vient de quelqu'un qui s'appelle Harry !

Je lui reprends le téléphone des mains.

— C'est qui, Harry ? demande-t-elle.

— Chais pas.

C'était débile de répondre ça. Comme si je pouvais recevoir un texto d'un inconnu total.

Je lis le message. *Zoé, tu peux passer au bureau après le lycée ?* Je l'efface prestement.

— C'est quelqu'un qui veut le nouveau numéro de portable de Tam, je mens – et malencontreusement, mes joues prennent feu. Elle a changé d'opérateur.

– OK, dit Chloé. Bon, allons-y.

– Où ça ?

J'ai les joues en ébullition, et le cerveau aussi. Le message de Brutus a effacé toutes les autres informations de ma mémoire vive.

– Je devais téléphoner chez Baxter pour prendre rendez-vous, tu te rappelles ?

Chloé tend la main pour reprendre mon téléphone.

– Ah oui, dis-je, perdue. Bien sûr.

Je lui tends mon portable et, tout en paniquant secrètement, je la regarde appeler les renseignements pour avoir le numéro de chez Baxter, puis rougir et bafouiller jusqu'à ce qu'on lui passe le rayon beauté, puis prendre rendez-vous pour nous deux après le lycée, pile au moment où je suis censée passer voir Brutus à son bureau. Me voilà en surbooking.

– Allez ! Allez ! Vite ! je presse Chloé en la bousculant dans High Street à quatre heures dix.

– Pourquoi t'es si pressée ? grommelle Chloé.

– Je meurs d'impatience de voir ton nouveau look, dis-je avec un sourire traître. Et je viens de me rappeler que je dois voir le doctiste, après.

J'ai besoin d'une excuse pour me débarrasser de Chloé, ensuite, si je veux aller voir Brutus toute seule.

– Le doctiste ?

– Le dentiste, le dentiste.

On arrive chez Baxter et on gagne le rayon beauté.

Une femme aux sourcils très hauts et au nez de pimbêche nous regarde avec dédain.

– On a rendez-vous, dis-je. Pour un relookage… euh… un maquillage. Truc.

On lui donne nos noms et elle consulte des papiers.

– Qui veut passer la première ? demande Mrs Pimbêche.

– Chloé d'abord ! j'insiste en la poussant devant moi. Pendant que tu te fais maquiller, Chloé, j'ai juste deux ou trois trucs à acheter pour ma mère.

– T'en va pas ! gémit Chloé avec angoisse. Quoi, comme trucs ?

– J'en ai pour une minute ! je mens, et je m'échappe par le rayon sacs à main.

Par chance, Baxter est un grand magasin à l'ancienne, alors je suis bientôt invisible depuis le rayon beauté. Je fonce dans High Street et je cours jusqu'à chez Major Events. Au bout de quelques instants, je suis dans le bureau de Brutus. Malheureusement, Charlie aussi. Il est assis à sa table ; elle est debout devant le meuble à tiroirs. Tous deux me regardent d'une façon qui ne me dit rien qui vaille. Mon cœur fait un bond dans ma poitrine et passe en mode course-poursuite en voiture.

– Zoé, commence Brutus, l'air effaré, tu as déposé le dessin chez l'imprimeur ce matin ?

Je rougis.

– Oui.

– Eh bien, Pete nous a envoyé une maquette de l'affiche cet après-midi…

Brutus pousse un tirage vers moi sur le bureau. Je le regarde. C'est mon ignoble copie sans âme du dessin gagnant. Elle est pitoyable et franchement pas bonne. Pete a ajouté tout le texte : la date, la salle, les chanteurs vedettes et l'endroit où acheter les places.

– Je voulais juste te demander, avant de lui téléphoner, si c'est bien le dessin que tu as déposé chez lui.

Brutus me regarde dans les yeux et, malheureusement, son regard n'a rien de romantique. Il évoque plutôt la façon dont une fouine fixerait un lapin quelques secondes avant de lui arracher la tête. De toute évidence, il voit bien que ce n'est pas le dessin d'origine, même s'il ne sait pas trop si c'est Pete ou moi qui a merdé.

– Ouais, j'admets d'une toute petite voix éraillée. C'est ça que j'ai déposé chez lui.

– Mais ce n'est pas le dessin de ce gamin, dit Brutus. La guitare n'est plus pareille, il manque les étoiles… Je crois que Pete l'a trafiqué ou je ne sais quoi.

– Et il n'y a plus le mot *Amnesty* sur la guitare, ajoute Charlie.

Tout d'un coup, j'ai peur. Si Brutus accuse Pete d'avoir trafiqué le dessin de l'affiche et que ça provoque une dispute entre eux… Je frémis. Je ne vais pas pouvoir m'en tirer comme ça. Et ce pauvre Brutus n'a pas de temps à perdre.

Il me regarde, perplexe et stressé. Il n'a pas l'air furieux – pas encore. Mais maintenant, il va s'apercevoir qu'en fait, je suis une imbécile. Des larmes imbéciles me montent aux yeux. L'agacement se mue en inquiétude sur le visage de Brutus.

– Qu'est-ce qui se passe ?

– Le vent… l'a emp-emporté, je bredouille.

– Quoi ?!

– J'ai rencontré Jess et Fred, en rentrant, j'explique, pendant qu'une larme roule sur ma joue. Et j'ai voulu le leur montrer, alors je l'ai sorti, mais le vent me l'a arraché des mains et l'a emporté vers le ciel, et il est parti au-dessus des toits, et on l'a cherché et cherché pendant des heures, mais on ne l'a trouvé nulle part. Il faisait nuit. Je suis tellement désolée. Je suis vraiment affreusement désolée.

Je fouille mes poches à la recherche d'un mouchoir. Brutus se lève et contourne son bureau pour me rejoindre. Il me passe un bras autour des épaules.

– Ne pleure pas, Zoé, dit-il doucement.

Si je n'étais pas aussi bouleversée, j'aurais chéri ce moment. La délicieuse odeur d'agrumes de Brutus m'enveloppe et je sens son souffle sur ma joue. Mais ensuite, Charlie aussi s'approche de moi, avec un mouchoir, et tente vaguement de s'incruster dans notre étreinte – elle me prend le bras et le presse. Comment ose-t-elle faire intrusion dans notre moment de tendresse ? Je me mouche et je me détache des deux autres.

– Excusez-moi. Ça va. C'est juste que je suis tellement stressée à cause du dessin… Je suis restée debout toute la nuit pour essayer d'en faire une copie, mais… je n'ai pas réussi.

– Tu aurais dû me prévenir, Zoé, dit Brutus avec douceur. Ça nous aurait fait économiser une journée. Pete a perdu du temps avec ce dessin-là.

– Il ne convient pas, intervient Charlie.

Si seulement une météorite pouvait atterrir dans le bureau, en cet instant, et la pulvériser en nous laissant indemnes, Brutus et moi ! Mais il n'y a jamais de météorite dans les parages quand on en voudrait une.

– Il a perdu sa passion et son émotion, tu vois, continue-t-elle en examinant mon dessin avec une grimace.

– Parce que tu essayais trop de faire la même chose, tempère Brutus. C'est le travail de quelqu'un qui essaie de peindre comme quelqu'un d'autre. Il aurait mieux valu que tu fasses quelque chose de personnel.

– Non, je rétorque. Parce que je suis nulle en dessin.

En fait, c'est pas vrai. Le dessin, c'est ma matière préférée. Mais je suis dans une phase d'autoflagellation.

– On peut prendre un autre dessin d'enfant, suggère Charlie.

– Non, répond Brutus. On a déjà dit à Ruby qu'elle avait gagné. J'ai téléphoné à son école aujourd'hui pour la féliciter. C'est drôle : pour une raison qui m'échappe, j'étais persuadé que c'était un garçon qui avait fait ce dessin. Ça montre bien que je suis un horrible macho !

Il se rassied sur sa chaise et fouille dans ses papiers en grognant désespérément.

– Oh là là ! je hoquette.

Je commence à comprendre ce que ça va signifier pour la petite fille concernée. J'étais tellement obsédée par mon problème à moi que je n'ai pas du tout pensé à l'artiste. Elle aussi, elle va me détester jusqu'à la fin des temps.

– La solution, annonce Brutus, c'est d'aller voir Ruby et de lui demander de le refaire.

– Mais oui, excellent ! s'extasie Charlie.

Elle pose la main sur l'épaule de Brutus. Il ne réagit pas.

– Tu es un génie, mon petit Brutounet.

Mon petit Brutounet ! Comment ose-t-elle dénaturer son magnifique surnom ? C'est pas un elfe, bon sang ! Je me demande fugitivement si elle sait que son vrai nom, c'est Harry. *Harry.* Mmmm. Mais je parie qu'elle le sait. C'est le genre de fille qui vous demande votre signe astrologique si vous êtes à côté d'elle dans la queue pour monter dans le bus.

– Et ce sera ta mission, Zoé, termine Brutus.

Il trouve un papier et me le donne.

– Voilà l'adresse de Ruby. Passe chez elle, félicite-la, bien sûr, et explique-lui la situation.

– Présente-lui des excuses, aussi, ajoute Charlie d'un ton autoritaire.

Une météorite, ce serait trop sympa pour cette fille. Quand je serai une déesse, je vais devoir organiser son enlèvement par des extraterrestres. Elle sera arrachée de la planète Terre par des trucs verts avec des tentacules gluants.

– Zoé saura quoi dire, intervient Brutus, légèrement agacé.

Il veut que Charlie la boucle ! Ça me réconforte un tout petit peu.

– Dis-lui qu'on a besoin d'un autre dessin tout de suite. L'idéal, ce serait qu'elle te le fasse ce soir. Ça peut être une bonne chose qu'elle travaille dans l'urgence. Pour saisir l'intensité, l'émotion, tu vois.

– Tu veux que j'essaie d'obtenir un nouveau dessin de cette petite fille aujourd'hui ? je lui demande en regardant ma montre.

Il est déjà cinq heures moins dix.

– Ouais, vas-y, fonce ! m'encourage Brutus avec un grand sourire. Je suis sûr que tu es capable de faire des miracles. Téléphone-moi quand tu l'auras.

Je quitte le bureau de Major Events et je regarde le bout de papier. Ruby habite à l'autre bout de la ville. Je vais devoir prendre le 114. Je suis presque arrivée à l'arrêt de bus quand je me rappelle, l'estomac noué, que Chloé est toujours chez Baxter, au rayon beauté, en train de se faire transformer en déesse top canon, et que je dois en passer par là avant d'aller trouver Ruby et de lui gâcher sa soirée.

Je fais demi-tour et je retourne au pas de course dans High Street. J'entre chez Baxter. Chloé, assise, me tourne le dos. L'esthéticienne applique les dernières touches de son nouveau look.

– Ton amie est là, dit-elle à Chloé.

Et elle m'invite à admirer son travail :

– Regarde cette métamorphose !

Chloé se tourne vers moi…

RAAAH ! On dirait une poupée de film d'horreur ! Elle a une tête de folle !

La gorge nouée, je lâche :

– Incroyable !

C'est un mot bien commode.

24

Une demi-heure plus tard, on ressemble toutes les deux à d'horribles poupées au regard fixe qui sortent tout droit de *X-Files*, et pour ne rien arranger, on nous a poussées à acheter des produits atrocement chers pour pouvoir reproduire toutes seules chez nous ce look ignoble.

– La seule chose qu'on aurait dû acheter, c'est du démaquillant, je grommelle quand on s'examine dans le miroir des toilettes, où on s'est réfugiées. On aurait pu enlever tout ça immédiatement.

– Comment une esthéticienne peut-elle être aussi nulle dans son boulot ? ajoute Chloé en fronçant des sourcils arqués qui sont beaucoup trop foncés pour sa peau de rousse et qui lui donnent un air étonné franchement perturbant.

– Tu sais ce qu'on a appris, aujourd'hui ? je déclare, songeuse. Qu'on doit se charger de notre maquillage nous-mêmes. On est immondes. On dirait des travestis. Je vais coller une trouille bleue à Ruby, maintenant.

– Ruby ? demande Chloé, perplexe. Qui c'est, ça, Ruby ?

Il est temps que je lui raconte l'affaire du dessin perdu. Je lui explique tout sans mentionner Brutus, mais en disant que « l'équipe » de Major Events est super fâchée contre moi.

– Je peux venir avec toi chez Ruby, si tu veux, propose Chloé. Pour te soutenir.

Je soupire.

– Non merci, ma choute. C'est moi qui ai merdé, c'est à moi de réparer les dégâts. Et Ruby risque d'avoir doublement peur si on est deux à débarquer chez elle.

– Surtout avec des têtes pareilles ! glousse Chloé en faisant une grimace sinistre sous ses tonnes de maquillage. Tu es sûre que tu ne veux pas que je vienne ?

– Oui, c'est un truc que je dois faire toute seule. Il s'agit juste de voir une petite fille, après tout. Rentre chez toi et dresse une liste d'idées nouvelles pour l'opération Déesses – des idées qui nécessitent un canapé et un gâteau, de préférence.

Avant toute chose, on prend des photos de nous avec notre maquillage catastrophique, puis on se sépare. Je monte dans le bus qui va m'emmener dans le quartier où habite Ruby. J'ai sérieusement le trac. Comment dire à une petite fille qu'on a perdu son dessin primé dans un concours ? Surtout quand on est tellement maquillée qu'on ressemble à la méchante belle-mère d'un conte de fées ?

Je trouve facilement la maison de Ruby, parce qu'un des copains de Toby habite dans la rue voisine et que je suis allée à une fête chez lui, un jour. Je suis super tendue quand je m'avance dans l'allée et que je sonne à la porte.

On m'ouvre, et une femme souriante apparaît sur le seuil. Elle a des taches de rousseur et elle est petite et ronde. Elle est en uniforme d'infirmière. C'est la mère de Ruby, je suppose.

– Mrs Rogers ? je demande en tâchant de paraître professionnelle et détendue, même si je sais bien que j'ai l'air d'un monstre de Halloween avec mon maquillage.

Elle hoche la tête.

– Je m'appelle Zoé Morris, dis-je. Je suis là pour parler du concours de dessin que Ruby a gagné.

Perplexe, Mrs Rogers fronce les sourcils.

– Quel concours de dessin ?

Je suis étonnée que la mère de Ruby n'en sache rien.

– Oh, vous n'êtes pas au courant ? Oui, il y a eu un concours pour dessiner l'affiche du concert en faveur d'Amnesty qui aura lieu en décembre – vous savez, Jailhouse Rock. Vous en avez peut-être entendu parler ?

Mrs Rogers secoue la tête.

– Non, je ne pense pas, non, désolée.

Il va vraiment falloir que Brutus fasse un peu plus de pub.

– Entre, euh… ?

– Zoé.

– Zoé. Pardonne-moi. J'ai eu une dure journée.

– Vous êtes infirmière ? Je trouve que les gens qui font ce métier sont formidables, je commente, toujours pour me la jouer professionnelle et détendue. J'aurais adoré être infirmière, mais je supporte pas la vue du... de quoi que ce soit, à vrai dire.

Mrs Rogers sourit.

– Je suis sage-femme, en fait, dit-elle – et elle m'entraîne dans le salon.

Une petite fille brune aux cheveux courts regarde *Les Simpson*, assise en tailleur sur la moquette. Un homme à lunettes un peu décati travaille devant un ordinateur, dans un coin.

– Éteins la télévision, Ruby, ordonne la mère de la petite fille.

Le père pivote sur son fauteuil à roulettes et m'adresse un sourire incertain. Quand le bruit de la télé s'arrête, un grand silence s'installe.

– Je te présente Zoé, continue Mrs Rogers. Elle est venue parler du concours de dessin.

Ruby rougit violemment.

– ... Zoé me dit que tu as gagné. C'est vrai, Ruby ?

Ruby s'agite sur la moquette, gênée. Elle a le visage cramoisi. Je compatis vraiment, mais je suis également stupéfaite. Si j'avais gagné un concours de dessin, je foncerais annoncer la nouvelle à mes parents sans leur laisser le temps de reprendre leur souffle.

— Ouais, confirme Ruby en haussant les épaules. Bizarre !

— Pourquoi ne nous l'as-tu pas dit, chérie ? C'est formidable ! s'exclame sa mère.

Ruby se tortille et tripote ses lacets.

— Il n'y a aucune raison d'avoir honte, bon sang ! s'esclaffe Mrs Rogers. Zoé dit qu'il va être reproduit sur une affiche. N'est-ce pas, Zoé ?

— Oui, j'atteste avec un grand sourire, en essayant de chasser de ma mémoire l'affreux souvenir du chef-d'œuvre de Ruby s'envolant au-dessus des toits et disparaissant dans la nuit.

La famille Rogers ne connaît que les bonnes nouvelles, pour le moment.

— Mais c'est merveilleux ! N'est-ce pas, chéri ? s'extasie la mère de Ruby en se tournant vers son mari.

— Excellent, approuve le père. Bravo, Ruby.

Ruby regarde fixement la moquette sans rien dire. Elle me semble drôlement timide.

— Tu veux boire quelque chose, Zoé ? me demande sa mère. Je m'apprêtais à faire du thé.

— Oh, euh… merci beaucoup, je bredouille, mais je dois d'abord vous expliquer quelque chose… C'est un peu compliqué.

Une ombre passe sur le visage de Mrs Rogers.

— On devrait peut-être s'asseoir, suggère-t-elle en s'installant dans un fauteuil avec un air inquiet.

— Ce n'est rien de grave, je leur assure. Enfin, personne n'est blessé, je veux dire…

Je commence à paniquer bêtement. Comment quelqu'un aurait-il pu être blessé à cause d'une feuille de papier?

— Le truc, c'est que…, je continue péniblement. On a été éblouis par le dessin de Ruby, mais malheureusement, il a été, euh… abîmé.

— Abîmé? répète Mrs Rogers, qui semble agacée que l'œuvre de sa petite chérie ait été si cruellement négligée. Comment est-ce possible?

Ruby, elle, continue à fixer la moquette.

— Eh bien, en fait, il a été perdu, plutôt qu'abîmé, j'avoue, honteuse. Le vent soufflait très fort, hier, vous vous souvenez? Je portais le dessin de Ruby chez l'imprimeur, quand j'ai rencontré des amis. Le dessin était tellement génial que j'ai voulu le leur montrer… Je l'ai sorti de mon sac, et le vent me l'a arraché, genre, et l'a emporté. Il s'est envolé au-dessus des toits.

— Oh là là! s'exclame Mrs Rogers. Ce que c'est dommage!

Là-dessus, Ruby lève la tête, et curieusement, son visage se détend un peu, comme si elle était soulagée.

— Si vous voulez prendre le dessin de quelqu'un d'autre, ça ne me dérange pas, dit-elle. Celui de Yasmine était génial. Il était même mille fois mieux que le mien, d'ailleurs.

— Non, Ruby, j'insiste. C'est toi, la gagnante. On veut prendre ton dessin à toi. Il suffit que tu nous le refasses.

Ruby pâlit.

– Et comme on a des délais terriblement serrés, je poursuis à toute vitesse, on espérait que tu pourrais le faire tout de suite… ?

Mrs Rogers paraît d'abord irritée, mais au bout d'un instant, son visage se détend.

– Allez, Ruby, dit-elle. Lève-toi ! Tu as tout juste le temps de faire ce dessin pour Zoé avant le dîner. Chéri, tu n'as qu'à venir me donner un coup de main dans la cuisine. Cours chercher tes peintures, Ruby.

Ruby file à l'étage et Mrs Rogers dégage de la place sur la table.

– Je suis vraiment désolée pour ce contretemps, dis-je.

Mrs Rogers s'efforce de ne pas paraître excédée.

– Ce n'est rien, Zoé, ne t'inquiète pas. Ça aurait pu arriver à n'importe qui. Et c'est un formidable honneur pour Ruby d'avoir gagné ce concours. Allez, Brian ! Éteins ce maudit ordinateur et viens me donner un coup de main pour le dîner !

Le père de Ruby abandonne son poste de travail et la petite fille revient avec ses peintures. Sa mère étale des journaux sur la table, puis ses parents partent dans la cuisine. Ruby dispose des tubes de peinture, ses pinceaux et une nouvelle feuille de papier A3, puis s'assied. Je m'assieds en face d'elle. Elle se contente de regarder la feuille sans bouger, le visage dénué d'expression. Je suis vraiment perplexe.

– Qu'est-ce qui se passe, Ruby ? je chuchote.

Elle lève vers moi des yeux pleins de larmes. Sa lèvre inférieure tremblote. Pauvre petite gamine ! Qu'est-ce qui lui arrive, bon sang ?

— Je ne peux pas le faire ! gémit-elle tout bas.

Deux grosses larmes débordent de ses yeux et coulent sur ses joues.

— Mais si, tu peux ! je siffle. Allons, Ruby !

— Non, renifle-t-elle. C'est pas moi qui l'avais fait, au départ. J'ai triché. *Ne le dis pas à mes parents !*

25

Je ne peux pas le croire.

– Quoi ? Ruby, ne pleure pas. Explique-moi tout !

– Je n'y arrivais pas, chuchote Ruby. J'étais en panne. Joe était à la maison, la semaine dernière, alors il m'a aidée. Enfin, il l'a carrément fait à ma place, à vrai dire. Moi, j'ai juste fait les étoiles et quelques détails du même genre.

– Qui c'est, Joe ?

Je projette déjà de traquer ce Joe et de le ligoter à une chaise jusqu'à ce qu'il ait reproduit le dessin gagnant.

– Mon frère. Il est parti faire une école d'art.

– Purée ! Joe Rogers ! Bien sûr !

Je vois qui c'est, ce Joe. Il était dans notre lycée, dans la même classe que Brutus, mais c'était un mec discret et je n'ai jamais eu l'occasion de faire sa connaissance. Il passait tout son temps à faire des sculptures et des trucs comme ça, ce n'était pas exactement un gros fêtard.

– Tu es la sœur de Joe ! Il est tellement doué !

– Ben oui, c'est pour ça que le dessin a gagné le concours. Je n'aurais jamais imaginé pouvoir gagner ! Je n'avais pas d'idées, c'est tout, alors j'ai supplié Joe de m'aider. Je… Je n'y arrivais pas, alors Joe l'a fait pour moi !

Le visage de Ruby est déformé par le remords.

– Et ce qui se passe maintenant, c'est ma punition pour avoir triché !

Deux autres grosses larmes roulent sur son visage.

– Allons, Ruby, je murmure, il faut vraiment que tu arrêtes de pleurer, parce que si tes parents reviennent, ils verront bien qu'il y a un problème.

Je repère une boîte de mouchoirs sur la table basse et je lui en tends un. Elle s'essuie les yeux et se mouche.

– Bien, maintenant, est-ce que tu te rappelles à quoi ressemblait le dessin ? je lui demande.

Ruby hausse les épaules.

– Non, dit-elle d'une voix sombre.

Je suis frustrée. J'ai le sentiment que Ruby n'essaie même pas. Mais moi aussi, j'ai trouvé ça très dur d'essayer de reproduire le dessin perdu, alors comment Ruby pourrait-elle y arriver ? En plus, elle n'est pas dans le bon état d'esprit.

– Je ne peux pas faire semblant d'être Joe qui fait semblant d'être moi, se lamente-t-elle, désespérée.

– Non, bien sûr que non. Prenons le temps de réfléchir une minute. Il y a forcément un moyen de s'en sortir.

On se creuse la tête en silence. Ruby se contente de

fixer tristement la feuille blanche. Moi, je cherche frénétiquement une solution.

— Le concert est en faveur d'Amnesty, n'est-ce pas ? je commence.

Ruby fronce un peu les sourcils.

— Tu sais ce que c'est, Amnesty, non ?

Elle hausse les épaules.

— Dans certains pays, on peut se retrouver en prison pour une simple remarque — pour ses convictions, j'explique. Même si on n'a pas commis de crime. Ici, on a de la chance, on peut dire pratiquement tout ce qu'on veut. Mais dans certains pays, on n'ose même pas critiquer le Premier ministre de peur d'être arrêté.

— Mon père critique le Premier ministre tout le temps, observe Ruby.

— Eh bien imagine comment ce serait si d'horribles types venaient en pleine nuit pour embarquer ton père...

Ruby fait une grimace tragique.

— C'est de ça qu'ils s'occupent, chez Amnesty. Ils aident et soutiennent ces gens qui sont en prison sans raison.

— Ça me revient, maintenant, dit Ruby. Mrs Jenkins nous l'avait expliqué.

— Alors imagine ce que tu ressentirais si tu étais en prison, je la presse. Ton dessin n'est pas obligé d'être comme l'autre. N'importe quoi conviendra, du moment que c'est de toi.

Ruby pousse un gros soupir et prend son pinceau. Hésitante, elle commence à peindre. Elle peint de gros barreaux de prison, et la feuille devient une fenêtre.

– Génial ! Génial ! je l'encourage.

Là-dessus, sa mère entre avec une tasse de thé pour moi.

– Bravo, Ruby ! lance-t-elle, radieuse.

Ouf ! Heureusement qu'elle n'est pas arrivée quelques instants plus tôt !

Ruby cale un peu, après avoir fait les barreaux. Elle examine la peinture avec des yeux ronds.

– Ça irait, ça ?

– Euh… Je pense qu'il faut ajouter quelques petites choses, dis-je avec douceur.

Pour le moment, on a des barreaux de prison : OK, c'est un début, mais c'est pas franchement suffisant pour avoir remporté un prix. Je n'ai aucun mal à imaginer les autres gamins ayant participé au concours regarder ce dessin et le critiquer en disant que le leur était bien mieux.

– Je sais ! jette soudain Ruby.

Elle ne va pas jusqu'à sourire, mais sa grimace désolée disparaît. Elle se met à peindre de petites notes de musique flottantes qui passent entre les barreaux de la prison.

– Génial ! Fabuleux ! je m'exclame.

Dix minutes plus tard, c'est fini. Ça ne ressemble en rien au dessin d'origine, mais c'est simple et franchement original. Les barreaux de prison sont noirs et sinistres, et les notes de musique qui flottent sont de toutes les couleurs, comme une volée d'oiseaux tropicaux.

— Tu sais, Ruby, je pense que si tu avais participé au concours avec ce dessin, tu aurais gagné de toute façon, dis-je.

— Promets-moi de ne jamais dire à personne que j'ai triché !

— Je te le promets. Je pense que tu as été bien assez punie !

Ruby sourit enfin. Dès que le dessin est sec, je m'en vais. Le père de Ruby a trouvé une grande enveloppe pour le protéger, et je le tiens bien serré contre moi. Le vent est retombé, maintenant, mais je suis quand même hyper prudente.

En chemin, j'appelle Brutus sur son portable. Je tombe sur la messagerie. J'essaie d'avoir une voix merveilleuse, mais je suis tellement à plat qu'on dirait les marmonnements d'une malade mentale.

— Salut, Brutus, c'est Zoé. Euh… tu m'as demandé de t'appeler quand le dessin serait terminé. Il n'a rien à voir avec le premier, mais je le trouve chouette. Je le déposerai au bureau demain matin en allant au lycée.

Enfin, j'arrive chez moi. Papa est en train de concocter un de ses chefs-d'œuvre culinaires. Je lui donne quelques explications :

— Désolée d'être un peu en retard, papa, j'ai dû

aller chez une petite fille pour lui faire faire de la peinture.

— Sur ta figure, si je comprends bien, répond papa du tac au tac en me dévisageant d'un air amusé.

Mince ! Le maquillage ! Je laisse tomber mon sac par terre, je pose soigneusement le dessin sur la table et je cours à l'étage. La porte de la salle de bains est fermée à clé. Je secoue la poignée.

— Quoi ! râle maman. Je suis dans mon bain ! J'ai eu une journée épouvantable !

Tout mon matériel pour se démaquiller est sur mon étagère de la salle de bains. Je vais dans ma chambre et je m'examine dans mon petit miroir. Le maquillage me fait une tête de femme d'affaires célibataire d'une quarantaine d'années. Le genre de nana qui fait trop d'efforts et qui n'a jamais eu de mec.

On sonne à la porte. Je me tétanise. J'entends papa aller ouvrir et parler à quelqu'un. Puis il crie depuis le pied de l'escalier :

— Zoé ! Il y a quelqu'un de chez Jailhouse Rock qui est là ! C'est au sujet d'une peinture ou je ne sais quoi !

Mon cœur fait un énorme bond dans ma poitrine. C'est Brutus ! Oh my God ! Il ne faut pas qu'il me voie comme ça !

— OK, OK, je descends dans une seconde ! je lance

Je retourne toute ma chambre frénétiquement à la recherche d'un truc qui puisse enlever le maquillage. N'importe quoi. Pendant un instant, je suis tentée de m'essuyer la figure avec Bruce, mon nounours, mais je ne pense pas que ça donnerait le résultat voulu. L'esthéticienne de chez Baxter a utilisé du mascara ultra-résistant à l'eau et tout. Au moins, si je fonds en larmes, il n'y aura pas d'ignobles traces baveuses. Et cette soirée est tellement stressante que je vais certainement être obligée de pleurer un petit coup, à un moment donné.

L'idée que Brutus me voie avec ce maquillage immonde suffirait à susciter un déluge de larmes d'humiliation. Je les sens déjà monter, et je ne l'ai même pas encore vu.

Avec un énorme soupir, je me prépare à le voir. Je vais lui dire que je joue dans une pièce comique et que je faisais des essais de maquillage en vue du spectacle.

— Zoé ! appelle encore papa.

— J'arrive !

Je sors de ma chambre et je débarque en haut de l'escalier. Mais ce n'est pas Brutus qui est planté à côté de papa et me regarde d'en bas. C'est cette infernale chipie de première catégorie qui fourre son nez partout, Charlie.

26

— Salut, Zoé ! lance-t-elle. Je suis venue chercher le dessin. Je voulais t'éviter d'avoir à passer le déposer demain.

Je descends, tâchant de dissimuler ma fureur. Elle gâche ma chance de voir Brutus demain. OK, je ne l'aurais peut-être pas vu de toute façon, et ça n'aurait été que pour une seconde, mais quand même…

— Cet idiot de Brutus a laissé son portable au bureau, ajoute Charlie en me suivant dans la cuisine.

Papa sort dans le jardin pour aller cueillir des herbes aromatiques ou je ne sais quoi. Parfois, il a la grande délicatesse de s'éclipser quand j'ai des copains qui passent à la maison. Maman, elle, c'est plutôt le genre à s'incruster et à écouter aux portes.

— J'ai entendu ton message arriver, continue Charlie, alors je l'ai écouté au cas où ce serait quelque chose d'important.

— Tu écoutes souvent ses messages ? je lui demande d'un ton badin, comme si je ne faisais que la taquiner alors que je meurs d'envie de tirer les fleurs de maman

de leur vase sur le rebord de la fenêtre et d'en enfoncer les tiges puantes et dégoulinantes dans les narines
de Charlie. Vous devez être drôlement proches. Tu as
réussi à apprivoiser la Bête, alors ?

Je prends l'enveloppe contenant le dessin et je
me retourne, en faisant de mon mieux pour réussir
un regard moqueur. Charlie affiche un odieux sourire énigmatique et satisfait. Toutes mes sonnettes
d'alarme se mettent à carillonner tellement fort qu'on
dirait le Vatican à Pâques.

— Je crois bien, oui, dit-elle avec un rictus.

J'essaie de dissimuler mon désespoir.

— Tu le crois, c'est tout ? Tu n'en es pas sûre ? Il ne
t'a pas soulevée dans ses bras virils en disant : « Charlie, tu es merveilleuse, il faut que je parle à ton père
sur-le-champ » ?

— Si, presque, assure Charlie. J'ai réussi à joindre
le manager de Rose Quartz et j'ai insisté pour qu'elle
nous communique sa décision, et par je ne sais quel
miracle… j'ai réussi à les convaincre !

Charlie fait comme si c'était grâce à elle, tout ça,
mais je sais que s'ils ont pu avoir Rose Quartz, c'est
parce que l'oncle de Charlie est le directeur de Major
Events et qu'il a fait ses études avec le manager de
Rose.

— Bref, devine quoi : Rose Quartz s'est engagée !
Elle est de la partie !

— C'est génial, suis-je obligée d'admettre. Brutus
doit être soulagé.

– Il était tellement soulagé, chuchote Charlie, qu'il m'a prise dans ses bras et m'a dit qu'il ne savait pas ce qu'il ferait sans moi !

Mon cœur se brise en mille petits morceaux qui tombent en cliquetant sur le sol en marbre de mon âme. Je suis affreusement tentée de lui dire que Brutus m'a prise dans ses bras, moi aussi, sur le terrain de sport du lycée, un jour où il était d'humeur joueuse – qu'il n'y a pratiquement pas une seule fille de cette ville qu'il n'ait pas prise dans ses bras, surtout l'année dernière, quand il était prêt à enlacer tout ce qui bouge.

Je parviens à me retenir, malgré tout, parce qu'il est essentiel que je n'apparaisse pas comme une rivale. Et puis le souvenir du jour où Brutus m'a prise dans ses bras m'est particulièrement douloureux, parce qu'à l'époque, je le détestais, j'ai détesté chaque seconde que j'ai passée dans ses bras, et quand il m'a hissée sur son épaule pour me faire tournicoter, j'étais morte de honte et furibonde et je voulais désespérément qu'il arrête.

Rien que d'y repenser, j'ai le tournis.

– Eh bien n'oublie pas de m'inviter au mariage, dis-je, parce que j'ai un faible pour les chapeaux délirants.

– Oh, Zoé ! ricane Charlie. Ne sois pas idiote !

Elle me presse le bras pour me signifier qu'en fait, je suis précisément le genre d'idiote qu'elle apprécie.

– Bref, conclut-elle, je pense que je n'aurai pas

besoin de toi pour savoir ce qu'il pense de moi, finalement ! C'est génial, hein ?

Là-dessus, papa revient dans la cuisine avec une poignée de fines herbes. Je lui présente Charlie. Il prend toujours bien soin de ne pas mater mes copines mignonnes et de ne pas faire de commentaires déplacés, mais il fait un sourire particulier quand on lui présente une fille vraiment canon et il semble incapable de s'en empêcher, même si maman est dans le coin. Je vois ce fameux sourire apparaître, maintenant.

– Oh, un fin cuisinier ! lance Charlie avec un sourire séducteur. C'est formidable ! Je regrette de ne pas vivre ici !

Je réprime le désir de l'attaquer avec le pilon à viande. Non contente de me piquer l'homme de mes rêves, Brutus, il faut encore qu'elle drague mon père !

– Oh, je ne te plairais pas, comme père, lui assure papa en s'échappant précipitamment vers l'évier. Zoé te racontera toutes mes manies répugnantes.

– Sûrement pas ! j'interviens vivement. Bref, voilà le dessin…

– Fais-moi voir ça, m'ordonne Charlie.

Je le sors de l'enveloppe. Elle change d'expression. Le regard brillant qu'elle avait après sa petite séance de drague disparaît. Elle fait la grimace. Elle arrive à se débrouiller pour que ce soit une grimace insupportablement mignonne, mais c'est quand même un soulagement après les ignobles regards de braise qu'elle a jetés à mon père.

– C'est complètement différent ! s'étrangle-t-elle. Oh là là, c'est… c'est pas du tout la même image. Qu'est-ce que c'est que ce dessin, Zoé ?

– C'est le fruit des dernières réflexions de l'artiste gagnant au sujet de Jailhouse Rock, dis-je avec fermeté. Il était impossible de recréer l'autre image, et on trouve celui-ci encore meilleur, de toute façon. Beaucoup plus simple.

Je la fusille crânement du regard. Charlie a un air dubitatif.

– Je ne l'aime vraiment pas autant, dit-elle en me jetant un coup d'œil agacé, comme si j'avais sérieusement déconné.

– Bon, mais tout ce qui compte, c'est l'avis de Brutus, non ? je rétorque d'un ton acide et mielleux qui fait sursauter Charlie.

Jusqu'à présent, visiblement, elle me considérait comme une de ces nazes insipides et toutes pareilles qui traînent désespérément dans son sillage, telles des barques minuscules dans l'ombre de sa grandiose splendeur de paquebot de luxe.

Maintenant, elle me regarde attentivement, comme si elle songeait pour la première fois qu'en fait, je pourrais bien lui tenir tête et lui opposer un peu de résistance. Pas dans le domaine des amours, bien sûr, mais sur d'autres petits détails qui, avec un peu de chance, pourraient se révéler agaçants.

– Tu as raison, naturellement, dit-elle en se ressaisissant.

Elle remet le dessin dans son enveloppe et m'adresse un grand sourire hypocrite.

– Merci beaucoup d'avoir fait ça.

Je hausse les épaules et je soutiens son regard sans ciller.

– Pas de problème.

– Super, ton nouveau look, au fait, dit-elle en examinant mon maquillage. Ça fait un peu film noir des années quarante.

– C'est pour un spectacle, je réponds vivement. Chloé et moi, on tourne un film, on joue les vilaines sœurs de Cendrillon pour rigoler.

– Oh, Zoé ! minaude Charlie avec un sourire affecté. Tu es loin d'être assez moche pour ce rôle, même avec ce maquillage de vampire !

– Bon, eh bien merci pour le compliment... À l'avenir, je ferai plus d'efforts pour être moche.

– Tu peux essayer un million d'années, tu ne seras jamais moche ! pépie Charlie d'un ton condescendant.

Elle se tourne vers mon père et bat des cils pour son bénéfice.

– J'ai été vraiment ravie de vous rencontrer, Mr...

Elle hésite. Elle a oublié notre nom de famille ! Elle lui tend la main.

– Oliver, dit papa. Je ne peux pas te serrer la main, les miennes sont mouillées. Bonne chance pour le concert. Je ne pense pas y aller. Mes goûts les plus récents, en matière de rock, ce sont les Sex Pistols.

J'aurais préféré qu'il ne prononce pas le mot «sex»
et qu'il ne prétende pas s'appeler Oliver (c'est une
blague familiale à propos de Jamie Oliver, la grande
référence de papa), mais je suis contente qu'il n'ait
pas serré la main de Charlie.

Je la raccompagne à la porte. Sur le seuil, elle se
retourne et, contre toute attente, m'empoigne et
m'embrasse sur les deux joues.

– Merci mille fois! lance-t-elle. Tu es géniale!

M'ayant fermement remise à ma place (de domestique), elle s'éloigne à grandes enjambées dans
l'allée. Je remarque qu'elle se tient très droite. Elle
marche la tête haute – mais après tout, Brutus vient
de la prendre dans ses bras, alors qui n'en ferait
pas autant? Je m'aperçois que j'ai une vilaine posture avachie qui évoque un sac de patates. Je ne
devrais pas la regarder partir, d'ailleurs. D'une
minute à l'autre, elle risque de se retourner et de me
faire signe. Vite, je commence à refermer la porte,
mais hop! elle se retourne et me fait signe à la
seconde où je jette un coup d'œil dans l'embrasure.
Je n'ai pas pu me retenir. Je suis vraiment une truffe.
En m'empressant de la saluer à mon tour, je me
cogne méchamment la main contre l'encadrement
de la porte.

«Jeu, set et match : Charlie», me dis-je en retournant à pas lourds dans la cuisine, abattue, la tête
enfoncée dans les épaules comme une créature grotesque d'un des films de la saga *Harry Potter*.

– Alors ? demande papa quand je rentre dans la cuisine. C'était qui, cette bimbo idiote ?

Je n'en reviens pas.

– Tu ne l'as pas trouvée canon ?

– Oh, canon en théorie, mais un homme qui a toute sa tête n'y toucherait pas, même avec des pincettes.

Je n'ai jamais trop su ce que c'était que ces pincettes, mais ce verdict me fait plaisir, si stupéfiant soit-il. J'espère que Brutus partage l'avis de papa devant l'overdose de charisme de Charlie, mais franchement, je doute qu'il ait le recul nécessaire. Papa aime les femmes qui le traitent à la dure (maman), mais je suis sûre que Brutus a besoin d'être chouchouté un maximum, lui. Et puis le fait que Charlie ait enfin obtenu que Rose Quartz s'engage à participer au concert doit ajouter une énorme étoile d'or à sa galaxie de charmes déjà bien constellée.

– Je vais faire mes devoirs, dis-je d'un ton morne.

Papa n'a pas besoin de savoir que j'ai deux jours de devoirs à faire et que ce matin, j'ai imité sa signature pour expliquer que les devoirs de la veille au soir ont été interrompus par des « problèmes digestifs ». Ce cher papa ! Le fait qu'il ignore tout de ma vie compliquée le rend encore plus adorable, bizarrement.

Il paraît que les femmes malheureuses se consolent en mangeant, et j'attends mon dîner hyper calorique avec une impatience qui est légèrement inquiétante – ça n'augure rien de bon pour l'opération Déesses.

27

— Bon, on a compris la leçon d'hier, dit Chloé tandis qu'on flâne dans High Street après les cours, le lendemain.

Je ne sais pas trop à quoi elle fait référence : ma journée d'hier a été tellement chargée que je suis incapable de tout garder à l'esprit en même temps.

— Quelle leçon ?

— Quand cette sorcière du rayon beauté nous a dessiné une nouvelle tête en s'inspirant d'un film d'horreur avec Bette Davis ! soupire Chloé. En plus, elle nous a forcées à acheter plein de trucs chers.

Je soupire à mon tour.

— Ouais… d'autant qu'on est censées faire des économies pour nos fabuleuses robes de déesses.

— Comment on peut faire pour rassembler le fric à temps ? grommelle Chloé. Je suis complètement fauchée.

— On pourrait peut-être en emprunter, dis-je, songeuse. Tam me doit quelques services – peut-être qu'elle peut grignoter une petite partie de son emprunt étudiant.

Mais en fait, je sais que je n'ai aucune chance. Tam est plus du genre à emprunter qu'à prêter – d'ailleurs, je ne serais pas étonnée qu'elle m'appelle ce matin pour me demander de la sortir d'un désastre financier. Ce ne serait pas la première fois.

– Il y a toujours le baby-sitting…, suggère Chloé d'une voix sombre, bien qu'elle n'en fasse jamais, tout simplement parce qu'elle a peur des enfants.

On tourne dans Market Street, et là, catastrophe ! Brutus arrive en sens inverse, chargé d'une pile d'enveloppes qui semblent importantes. Mon cœur saute de ma bouche, fait deux fois le tour de la place du marché et va se poser sur son épaule droite, mais Brutus n'a pas l'air de s'en apercevoir.

– Hé ! s'écrie-t-il avec un sourire. Zoé ! Chloé ! Comment ça va, Chloé ? Ça fait une paye.

– Ça va bien, dit Chloé, un peu mal à l'aise. Et toi ?

– Oh, je deviens dingue, bien sûr, mais Rose Quartz est revenue dans le paysage, raconte Brutus.

– Pour cette soirée Jailhouse Rock, là ? demande Chloé. Cool ! C'est une vraie légende, cette nana.

– C'est aussi une emmerdeuse, soupire Brutus. Mais c'est pas grave. Je suppose qu'elle a le droit de faire sa star.

– En tout cas, je meurs d'impatience de la voir, ajoute Chloé.

Brutus se tourne vers moi.

– Zoé… l'affiche ! Je la trouve encore mieux que la précédente. C'est plus simple. Bravo ! Elle est chez l'imprimeur, en ce moment, on devrait pouvoir commencer à « tracter » ce week-end. Tu es libre ?

– Euh… oui, je pense.

– Super. Bon, je te fais signe. Faut que je file à la poste avant que ça ferme.

Il nous salue d'un geste et s'en va. Je m'attends à ce que Chloé me balance une remarque grinçante, mais elle me fait un sourire malicieux. Ça alors.

– Si seulement Brutus nous payait pour distribuer les tracts ! J'entrerais tout de suite dans l'équipe.

Ça ne semble pas l'avoir dérangée du tout d'être tombée sur lui. C'est moi qui ai implosé secrètement et qui ne suis plus qu'un tas de plumes carbonisées, à présent. Je vais devoir avouer l'état de mon cœur à Chloé un de ces jours, surtout maintenant que ça ne la perturbe clairement plus de voir Brutus. De toute façon, comme il est en train de tomber sous le charme de Charlie, manifestement, on est dans le même bateau, Chloé et moi : celui des perdantes. On devrait peut-être fonder un club de grincheuses et se faire le malin plaisir de dire du mal de Charlie. Mais je dois d'abord accepter l'idée que Brutus et Charlie soient.. ensemble, vraiment ? Ça me fait un mal de chien.

Par chance, cette semaine coïncide avec une période calme du côté de Jailhouse Rock. Il n'y a pas de réunion : on attend tous que les affiches et les tracts soient prêts – l'imprimeur a pris du retard.

J'ai bien besoin de ces quelques jours pour tâcher de faire le point sur ce que je ressens pour Brutus. Il est clair que Charlie et lui sont ensemble, ou sur le point de l'être. J'ai désespérément besoin de l'oublier pour pouvoir supporter les semaines à venir sans trop souffrir. Je le verrai de temps en temps, c'est inévitable.

J'essaie tous les trucs habituels. Je l'imagine aux toilettes ; il me fait penser à un roi sur son trône. Je cherche «Comment se remettre d'un échec amoureux» sur Internet. Je trouve des tonnes de trucs comme *Ce mec ne veut pas sortir avec toi ? Oublie-le*. Mais Brutus voulait sortir avec moi : il m'a proposé un rencard, cet été, et je l'ai rejeté de la façon la plus odieuse qu'on puisse imaginer. *Jette ton dévolu sur quelqu'un d'autre* – voilà une autre des brillantes suggestions de la toile. Je regarde les deux premiers films de *Pirates des Caraïbes*, ce joyeux festival de super canons. Mais bien que ce soit un plaisir délicieux de reluquer Johnny Depp et Orlando Bloom, ils ne font pas voltiger les dauphins de mon océan intérieur comme Brutus.

Fais une liste de ses défauts, conseille-t-on encore sur Internet. Je sors un crayon à papier et j'écris : *Il se prenait pour le tombeur de ces dames et il draguait tout ce qui bouge*. Le problème, c'est que j'ai instinctivement conjugué ça au passé. Brutus était comme ça.

Tam m'a dit que lorsqu'elle était au lycée, c'était un célèbre dragueur en série. Mais il a vraiment l'air d'avoir changé ces derniers mois.

J'essaie de trouver quelque chose à ajouter sur la liste. Son nez est un peu tordu. La belle affaire ! Naturellement, son nez est tordu de telle façon que tous les nez droits paraissent nuls à côté.

La meilleure méthode pour l'oublier, la seule chose qui puisse marcher, c'est de l'imaginer avec Charlie. Blotti sur son canapé, chez elle, en train de regarder la télé... Sous un lampadaire, en train de l'embrasser pour lui dire au revoir... En train de lui passer la main dans les cheveux... Je me force à faire défiler dans ma tête d'interminables films imaginaires de lui et de Charlie vivant des moments torrides, et au moins, ça me prépare à ce que je soupçonne fortement d'être la réalité de la situation. J'ai rejeté Brutus quand il voulait sortir avec moi, et maintenant, je suis obligée de le regarder séduire quelqu'un d'autre.

Charlie nous tient tous au courant de l'avancée des préparatifs pour Jailhouse Rock. Elle envoie des textos avec les dernières infos sur Rose Quartz. La chanteuse a fait quelques bêtises à Los Angeles ; elle s'est cassé la figure devant une boîte de nuit de Hollywood et a accusé le trottoir ; elle a assisté à une première vêtue d'une toile d'araignée émaillée de gouttes de pluie ; elle a montré sa petite culotte aux paparazzis en sortant d'un taxi. Je suppose que c'est bon signe : au moins, elle porte encore une petite culotte. C'est toujours un peu inquiétant quand les célébrités abandonnent le port de sous-vêtements.

Même si je passe des heures à admirer les tenues des stars, l'une de mes principales missions est de gagner assez d'argent pour m'en acheter une à moi. Je décide de tenter ma chance avec maman. Elle est de bonne humeur parce qu'elle a détecté une fausse demande d'indemnisation dans le Lincolnshire (c'est son boulot, au fait, pas un passe-temps tordu). Je lui prépare une tasse d'Earl Grey et, pour ajouter une note de distinction, je la lui apporte avec un biscuit Duchy, la marque du prince Charles.

Je lui adresse un sourire persuasif.

— Maman... Si je fais le ménage dans toute la maison, tu voudras bien me donner cinquante livres ? Après tout, tu as dit que j'avais fait du bon boulot dans la cuisine le week-end dernier.

Maman hausse un sourcil et croque délicatement dans son royal biscuit croustillant au citron.

— Pourquoi je te paierais autant alors que Magda le fait tous les mardis pour quarante livres ? rétorque-t-elle.

— Mais je suis ta fille, moi ! je gémis.

Maman trempe son biscuit dans son thé.

— C'est une leçon que nous devons tous apprendre, dit-elle. On ne peut pas lutter contre les prix du marché.

Deux heures plus tard, je coince papa dans son

227

bureau. J'enroule mes bras autour de ses épaules (il est assis devant son ordi) et j'essaie de l'étouffer sous ma tendresse.

— Papa… tu pourrais me donner mon cadeau de Noël en avance ?

— Je flaire une arnaque, dit papa, cruel. Et ce serait quoi, ce cadeau, de toute façon ?

— Une robe, lui dis-je d'un ton rêveur. La robe idéale…

— Tu as déjà cinq mille robes, réplique-t-il en riant. Si tu la veux tellement, va donc gagner de l'argent. Tiens, à propos, il y a eu un appel pour toi tout à l'heure, de la part de Jackie Norman.

Oh non ! Les affreux jumeaux Norman ! Je préférerais presque ne plus jamais revoir Brutus de toute ma vie plutôt que d'avoir à garder les jumeaux Norman une fois de plus. Chloé venait avec moi, pendant un moment, mais après le fiasco de la dernière fois, quand les jumeaux nous ont fait pipi dessus depuis l'étage, on a juré que Plus Jamais Ça. Je soupire. Je sais que je dois rappeler Jackie Norman, au moins. Ce serait malpoli de ne pas le faire.

Je compose le numéro tant redouté. Un des jumeaux décroche.

— AWÔ ! AWÔ ! hurle la créature.

— Est-ce que je peux parler à Mrs Norman, s'il te plaît ? je demande.

— F'EST QUI ? vocifère-t-on à l'autre bout

— Zoé Morris.

– F'est ZOWÉÉÉÉÉ !

C'est suivi d'un silence bref, mais appréciable. Puis Mrs Norman prend le combiné.

– Ah, Zoé, dit-elle, nous ne t'avons jamais payée pour la dernière fois que tu as fait du baby-sitting pour nous… il y a longtemps… Je crois que c'était cet été… Alors nous te devons quinze livres. Il faut que tu passes les chercher.

– Ah oui ! Merci. Je ferai un saut chez vous à l'occasion.

Curieusement, elle ne me demande pas de garder ses monstres. Je me tire donc indemne d'un coup de fil que je redoutais à mort.

Quinze livres, c'est pas grand-chose, mais c'est un début. Il me faut cette robe. Au moins, si Brutus doit sortir avec Charlie, à partir de maintenant, je pourrai l'éblouir une fraction de seconde, pour qu'il se rende bien compte de ce qu'il rate. Alors il me faut absolument cette robe.

Cinq minutes plus tard, le téléphone résonne.

– Salut, fait une voix monotone que je connais bien. C'est Paolo. Super nouvelle ! Les tracts sont arrivés, tu les distribues avec moi demain.

Super nouvelle, en effet. Distribuer des tracts avec Matthew. Je meurs d'impatience.

28

Je retrouve Matthew près de l'église catholique. Il est chargé d'une pile de tracts.

– Salut, Matthew !

Je lui fais un sourire bref, qui montre clairement qu'on ne se verrait pas si ce n'était pas pour effectuer notre mission. C'est du boulot, pas un rencard, et ce n'est certainement pas le moment de me demander si je veux sortir avec lui, après s'être manifestement dégonflé dimanche matin.

– Paolo, me corrige-t-il.

– Paolo, bien sûr. Excuse-moi, Matthew, dis-je en souriant.

Je le taquine un peu.

– Salut, dit-il de sa voix de robot en fronçant légèrement les sourcils. Prête à swinguer ?

– C'est pas franchement comme ça que je me verrais swinguer, mais bon... Montre un peu les papiers à distribuer.

Ils sont comme l'affiche, en plus petit. Le dessin de Ruby rend super bien, et le nom magique de Rose

Quartz est inscrit tout en haut en lettres roses pailletées.

– Génial !

On part dans Longville Street et on fait chacun un côté. Au bout de la rue, on s'arrête pendant que Matthew sort d'autres tracts de son sac en bandoulière. Pour le moment, tout s'est déroulé sans encombre.

– Brutus doit être soulagé, maintenant qu'on a le matériel pour la promo et que Rose Quartz a confirmé sa venue, dis-je pour faire la conversation pendant que Matthew se bagarre avec les boucles de son sac.

Il acquiesce solennellement.

– Oh oui. Brutus a tout pour être heureux, maintenant, c'est clair !

La façon dont il a tourné ça est pour le moins étrange, mais je détecte quelque chose de déplaisant là-dessous.

– Il a… tout pour être heureux ? je répète d'une voix faible en scrutant son visage blafard en quête d'autres indices.

– Je ne peux rien dire, j'ai juré de garder le secret, mais c'est vrai que les demoiselles ont tendance à me faire leurs confidences.

Il me fait un clin d'œil bizarre.

– Qu'est-ce que tu veux dire ? je demande d'un ton suppliant. Quelles demoiselles ?

– Eh bien, tu sais qu'il y a des mecs avec lesquels

les filles se sentent spontanément à l'aise, reprend Matthew en me tendant une pile de tracts. Des mecs qui sont… un peu comme un meilleur ami homo, sauf qu'ils ne sont pas homo.

– Je sais.

Et pour que Matthew comprenne bien qu'il n'y a PAS DE POSTE DISPONIBLE, en ce qui me concerne, j'ajoute fermement :

– J'ai Toby.

– Eh bien moi, je suis un peu comme ça, poursuit Matthew. Les filles me racontent leurs secrets.

On part vers Newton Road. Je ne le lâche pas.

– Qui t'a raconté ses secrets ? Charlie ?

Matthew affiche un hideux sourire cachottier et coule un regard reptilien vers moi.

– Hmmmm, vous comprenez vite aujourd'hui, miss Zoé.

Il parle comme Cary Grant dans un film des années cinquante : avec un accent pas tout à fait britannique, mais pas tout à fait américain non plus. Malheureusement, Matthew n'a rien du physique de Cary Grant, il ressemble plus à un oryctérope, sauf qu'il n'a pas leurs adorables oreilles sémillantes.

– Tu as peut-être pensé que j'avais un petit… euh, un petit faible pour Charlie quand je t'ai parlé d'elle, dimanche dernier.

Quoi ? Il a capté mon attention, là. Je suis tout ouïe. C'est moi, maintenant, l'oryctérope.

Matthew me parlait de Charlie, dimanche ! Il

232

n'était pas du tout en train de me faire des avances ! Quoique énormément soulagée de ne pas être l'élue de son cœur, je suis aussi un peu vexée et agacée que ce soit Charlie. Quel cliché !

— Tu m'as donné le bon conseil, continue Matthew de sa voix traînante. Tu m'as dit de ne rien dire et d'observer le langage de son corps. Je l'ai observé avant-hier et elle s'est mise à me parler de Brutus, et c'est là que j'ai compris… eh bien, qu'en fait elle ne me plaisait pas tant que ça.

— Qu'est-ce qu'elle a dit sur Brutus ? j'insiste pendant qu'on dépose un tract de façon synchronisée au 105 et au 107 Newton Road.

On est dans une rangée de maisons victoriennes toutes collées les unes aux autres, alors on peut continuer notre conversation pendant qu'on s'avance dans les allées voisines.

— Oh, divers petits secrets…

Il sourit au goudron de l'allée. J'ai mal au cœur. Je soupçonnais sérieusement Charlie et Brutus d'être ensemble ou sur le point de l'être, mais peut-être que maintenant, je vais devoir l'accepter pour de bon : Matthew peut m'en donner la confirmation.

— Ne me dis pas que c'est la dernière conquête de Brutus ?

J'essaie de paraître dédaigneuse et indifférente, comme s'il avait une nouvelle copine chaque semaine, mais un grappin me serre le cœur à l'idée que Brutus ait mis le grappin sur Charlie.

Matthew s'arrête net au milieu de l'allée du 109.

– Comment tu le sais ? demande-t-il.

– Oh… c'est évident.

Je hausse les épaules et je fourre un tract dans la boîte à lettres, pendant que tout mon être s'écroule sans bruit, réduit à un tas de poussière. C'est fini pour moi : Brutus et Charlie sont ensemble. Pour l'essentiel, je suis morte, même si je reste en vie, curieusement. Mes jambes continuent à me porter dans les allées, ma voix continue à discuter, et même à discuter avec entrain, mais mes yeux sont aussi morts que ceux d'un zombie et mon cerveau est devenu une obscure bouillie. Maintenant que j'y pense, je serais la partenaire idéale pour Matthew, à présent.

– Elle est incroyable, dis-je en pensant à part moi qu'elle est incroyablement bête.

– Toutes les filles auraient une leçon à tirer de Charlie, déclare solennellement Matthew.

Je songe que j'aimerais bien la lui enfoncer dans la gorge, sa leçon, à cette fille.

– Ne le prends pas mal, Zoé, mais je trouve que tu devrais t'inspirer un peu de Charlie.

– Ah ? Et comment, au juste ? je m'enquiers avec hauteur, enragée par sa pesante maladresse.

– Eh bien, en tout, à vrai dire : sa façon de bouger…

Je forme aussitôt le projet d'observer sa façon de bouger quand elle est poursuivie par un rhinocéros ; je vais organiser ça, pas de problème.

– … sa façon de s'habiller, son parfum… sa façon de traiter les mecs.

– De quelle façon elle traite les mecs ? je demande, piquée et sans doute repoussante.

– Elle leur donne l'impression d'être des rois, soupire Matthew. Elle m'a même dit que si Brutus n'était pas là, elle aurait adoré sortir avec moi.

La monstruosité du mensonge de Charlie me coupe le sifflet, mais ça m'impressionne qu'elle travaille avec tant d'énergie à ce que tout le monde l'aime – même Matthew.

– J'espère que ça ne te gêne pas que je te dise ça, Zoé, insiste ce balourd en s'arrêtant une seconde pour me dévisager d'un air morose par-dessus une haie mal entretenue, mais je pense vraiment que Charlie aurait des choses à t'apprendre.

– Bien sûr que non, ça ne me gêne pas ! je piaille, prête à l'assassiner d'ici trente secondes. Je suis à fond pour le développement personnel, comme tu le sais ! C'est mon grand projet avec Chloé cet automne ! Si tu te souviens bien, j'ai été ton coach, pendant un moment !

– Oui.

Matthew semble soudain se rappeler comment on s'est rencontrés : il a répondu à notre petite annonce quand Chloé et moi avons fait semblant d'être des coachs pour une raison trop gênante pour être mentionnée ici.

– Tu te trompais à propos du marron, cela dit,

235

m'annonce-t-il d'un ton de reproche. Charlie a rectifié le tir.

— C'est pour ça que tu portes cette couleur ? C'est quoi, comme couleur, d'ailleurs : crapaud mouillé ou boue gelée ?

— C'est taupe, répond fièrement Matthew. Charlie m'a dit qu'avec le taupe, on ne peut pas se tromper.

— Écoute, Matthew, dis-je en m'arrêtant un instant, je suis ravie que tu aies trouvé une nouvelle styliste personnelle – et clairement, c'est une pro –, mais je suis désolée, je suis obligée de te rappeler que tu n'as jamais payé ta note et que tu me dois trente livres.

Il m'a peut-être brisé le cœur et détruit l'ego sans le savoir, mais bon sang, il va le payer, cet imbécile.

29

Matthew proteste mollement pendant quelques minutes. Au fond, je sais que ce n'est pas vraiment sa faute. Après tout, je ne lui ai jamais envoyé de facture, mais il ne le sait pas. Je lui fais croire que j'en ai envoyé une, et à la fin, à ma grande surprise, il me tend les trente livres.

Après avoir distribué six milliards de tracts supplémentaires, on se sépare. Je retourne au centre-ville et je me balade un moment, furax à l'idée que Charlie puisse avoir « des choses à m'apprendre », comme l'a dit Matthew avec toute la finesse qui le caractérise. Comment ose-t-il me juger inférieure à cette bimbo hypocrite ? Comment ose-t-elle draguer Brutus ? Comment Brutus ose-t-il se laisser séduire par cette fille ? Je les déteste tous !

Ce sentiment de haine me plaît assez. Visiblement, il s'accompagne d'un regain d'énergie en sus. Alors comme ça, Brutus et Charlie sont ensemble ? Qu'est-ce que j'en ai à faire ? Tout ce qui compte pour moi, maintenant, c'est ma sublime robe. Je serai à tomber par terre quand je vais débarquer à la soirée Jailhouse Rock et Brutus va sentir son cœur se fendre en deux. Mais ce sera trop tard ! Ha ha ! Bien fait pour lui !

La robe est toujours là, elle m'attend. Je dis à la vendeuse que je peux encore ajouter trente livres à la cagnotte, et je lui tends les billets que Matthew vient de me donner. Ensuite, je réessaie la robe. Je suis mieux sans Chloé pour l'essayer, parce qu'une meilleure amie filiforme, c'est très bien la plupart du temps, mais pas forcément quand on est dans une cabine d'essayage ensemble.

En retenant mon souffle (je n'ai pas encore perdu beaucoup de poids), je vois que la robe a toujours son effet magique. La fille qui la porte me ressemble, mais c'est une version améliorée de moi, une version cinq étoiles : j'ai une peau radieuse, et la robe transforme les bourrelets que j'ai un peu partout en courbes élégantes.

– Je pourrai payer le reste d'ici deux jours, je promets à la vendeuse en lui rendant la robe.

Je décide de rentrer chez moi à pied, même si j'ai déjà battu le pavé pendant deux heures avec Matthew. J'achète une bouteille d'eau chez le marchand de journaux, mais je snobe les barres de chocolat. Tu parles que Charlie pourrait m'apprendre des choses ! C'est moi qui vais lui apprendre des choses.

Au coin de la rue, près du cybercafé, je tombe sur Jess et Fred. Ils me sautent dessus.

— On a vu l'affiche ! s'exclame Jess, enthousiaste. Elle est magnifique !

— Tu es géniale ! ajoute Fred. On veut que tu t'occupes de l'affiche de notre première tournée mondiale !

Je souris.

— D'accord, d'accord. Mais je dois vous prévenir que mon tarif est de cinq mille livres de l'heure.

Jess écarte cette question d'un geste de dédain.

— Bien sûr, bien sûr. Je préfère que tu abordes tous ces détails sordides avec notre agent, s'il te plaît.

— C'est qui, votre agent ?

— Grenouille et Bonnet de Nuit, répond Fred.

— Laitue et Limace, ajoute Jess.

— Chiens et Loups, reprend Fred.

Ça évoque plutôt des noms de pubs que des noms d'agents, bien sûr.

— Georges et le Dragon, dit encore Jess. Georges s'occupe de la partie charme et diplomatie, et le Dragon négocie les contrats.

— Dans ce cas, vous pouvez dire au Dragon que je vais le contacter demain matin, je les informe.

C'est génial de papoter avec Jess et Fred. Ils sont tellement revigorants !

— Bon, et plus sérieusement quelles sont les dernières nouvelles à propos de votre brillante carrière ? je m'enquiers.

— Eh bien, Brutus a accepté notre sketch pour Jailhouse Rock, m'annonce Jess.

– Ça parle de quoi ? Faites-moi voir !

Fred feint la panique.

– Non, non ! Pas dans High Street ! Ça pourrait semer la pagaille !

– En fait, on ne veut rien révéler à personne à l'avance, Zoé, ne m'en veux pas... C'est juste qu'on est un peu superstitieux. On veut que ça reste un secret jusqu'au grand soir.

– Bien sûr, bien sûr, je comprends.

– Mais d'un autre côté... on est tous les deux morts de trac !

Jess a l'air angoissée.

– C'est flippant, renchérit Fred. Si c'était pas pour Amnesty, on se sauverait en Amérique du Sud.

– Plunkett est une salle tellement gigantesque, ajoute Jess en frissonnant. Elle doit pouvoir accueillir, oh...

– ... sept milliards de personnes.

Fred secoue la tête, terrifié.

– Et on n'a pas assez d'expérience ! gémit Jess.

– Vous avez joué devant tout le lycée. Et puis il y a eu ce spectacle comique que vous avez fait avant les vacances... sur les Jeux olympiques... C'était hilarant.

– Oui, mais c'était devant les copains. Il faudrait qu'on donne une ou deux représentations devant des étrangers.

– Mais je croyais que tu voulais que ça reste secret ?

– Oh, je ne parle pas de jouer le sketch pour Jailhouse Rock : on en ferait un autre, n'importe lequel, pour des gens qu'on ne connaît pas. Juste pour gagner un peu d'expérience avec un public d'inconnus. On a des tonnes de sketchs. On en écrit sans arrêt.

– On vient d'en écrire deux nouveaux, là, en discutant avec toi, m'annonce Fred d'un ton dégagé.

Je leur promets de leur organiser un spectacle sur-le-champ si je rencontre des inconnus qui ont besoin de se détendre. Après quelques autres boutades de plus, on se quitte.

C'était génial de bavarder avec eux, mais je suis drôlement contente de ne pas avoir à monter sur la scène de la salle Plunkett. Tout ce que j'ai à faire, c'est être sublime au milieu des spectateurs. Et c'est sûr que je vais être sublime ! Je ne sais pas d'où me vient toute cette énergie bouillonnante ; sans doute de mon orgueil blessé et de mon cœur brisé. Mais c'est mieux que de me morfondre et de pleurer pendant sept heures, blottie contre Bruce le nounours. (Ma réaction normale dans ces cas-là.)

Je me balade avec un air de *Tyrannosaurus rex* – ou peut-être devrais-je dire de *Tyrannosaura regina*. Je me sens libérée, en fait. Alors comme ça, Brutus est avec quelqu'un d'autre ? Et alors ? J'ai l'impression que je viens de sortir de prison, en quelque sorte.

En rentrant chez moi, je m'arrête chez les Norman. Jackie ouvre la porte.

– Ah, Zoé, oui… on te devait quinze livres. En fait,

je t'ai fait attendre tellement longtemps... Disons que ça fait vingt livres.

Je proteste poliment une minute, puis j'accepte avec profusion de remerciements.

— Zoé, tu ne pourrais pas garder les enfants le 25, par hasard ? demande soudain Jackie, comme si ça venait de lui revenir à l'esprit (mais je comprends maintenant que c'était un coup monté). On peut décider de fixer le tarif à vingt livres, si tu veux, ajoute-t-elle.

À la seule idée de revoir les jumeaux, mon instinct est de faire une grimace horrifiée, de reprendre l'allée en sens inverse et de m'enfuir en courant. Mais ensuite, il se passe quelque chose de bizarre. Je sens monter une bouffée de révolte.

Stupéfaite, je m'entends répondre :

— Oui, d'accord.

J'ai l'impression d'être devenue courageuse depuis deux heures. Pas question de me laisser intimider par deux petits mioches de rien du tout, si déchaînés soient-ils.

— Oh, Zoé, tu peux vraiment ?

Jackie avance une main piteuse vers moi et m'agrippe la manche avec gratitude, tel un mendiant touchant une princesse. En termes purement financiers, les rôles sont inversés, bien sûr, mais j'ai tous les atouts en main : je ne suis pas obligée de passer une seule seconde avec ses odieux rejetons, tandis qu'elle, elle les a sur les bras pour l'éternité.

Je les entends hurler quelque part à l'étage.

– Notre jeune fille au pair polonaise s'en va, dit Jackie d'un ton de regret, avec un air coupable. Sa mère est malade. Elle doit rentrer à Cracovie.

Il y a quelqu'un qui ment – ou bien la jeune fille polonaise, ou bien Jackie : on sait toutes les deux que la raison pour laquelle la jeune fille s'enfuit, ce n'est pas sa mère malade. C'est le comportement monstrueux des jumeaux.

– Je ne savais pas que vous aviez une jeune fille au pair, dis-je.

– Eh oui. Elle n'est restée avec nous que quelques semaines, soupire Jackie. Nous espérions qu'elle resterait jusqu'au printemps prochain, mais…

À l'étage, il y a un tel vacarme qu'une galaxie entière doit se faire désintégrer.

Est-ce que je suis dingue d'être prête à m'exposer une fois de plus, volontairement, à ces monstres miniatures ? Non. Je vais les dresser. Je serai l'héroïne d'une sorte d'épopée semée d'embûches : *Le Seigneur des Jumeaux*. On se met rapidement d'accord sur les détails de ma prochaine visite, puis je prends congé. Je range les vingt livres dans une poche spéciale de mon portefeuille, dotée d'une fermeture Éclair : la cagnotte pour la sublime robe rose.

Une fois chez moi, je débarque dans la cuisine, portée par une force explosive. Maman examine le contenu du frigo d'un air morose.

– Les aliment gras, pour moi, c'est fini, je l'informe.

Des salades, des fruits, des protéines, des fruits secs et des graines.

Maman a l'air étonnée.

– Excuse-moi, dis-je. Naturellement, j'aurais dû commencer par dire «Bonsoir, maman. Tu as passé une bonne journée?».

Maman ferme la porte du frigo et s'approche de moi avec méfiance, en me dévisageant d'un œil soucieux.

– Tu n'as pas… pris de drogue, j'espère, Zoé?

– Certainement pas! je tempête. C'est toi, la droguée de la maison, tu te souviens? Tous ces cachets contre l'indigestion… Et le stock de paracétamol au-dessus du frigo…

Maman prend un air coupable.

– Une salade au poulet, ça t'irait, alors? demande-t-elle.

– Parfait! Je veux retrouver la ligne. Je file faire mes devoirs, pour le moment, d'accord?

Maman hoche la tête. Je monte vite dans ma chambre.

Je m'attendais à fondre en larmes, une fois là-haut. Je viens d'avoir la confirmation que Brutus et Charlie sont ensemble. Par-dessus le marché, Matthew m'a insultée. Mon univers s'est écroulé et réduit en cendres. Mais bizarrement, je ne me suis jamais sentie aussi loin des larmes. J'ai toujours cette étrange énergie qui m'a envahie tout à l'heure. J'ouvre ma penderie et je jette un regard noir à mes fringues.

– Tremblez ! leur dis-je en manière d'avertissement. Tremblez de tout votre être !

Je prends mon appareil photo numérique.

Deux heures plus tard, soixante-quinze pour cent de ma garde-robe est en vente sur eBay.

30

Le lendemain midi, en grignotant ma salade au thon, j'annonce à Chloé :

— J'ai trié mes fringues et j'ai mis des tas de trucs à vendre sur eBay. Et puis je me suis fait rembourser quelques dettes. Bientôt, j'aurai fini de payer cette robe et je l'aurai sur le dos.

— Mon père m'a donné de l'argent pour la mienne, avoue Chloé avec un air un peu coupable.

— Ouah ! Le pot !

— Mais je vais bientôt trier mes fringues, moi aussi, ajoute-t-elle d'un ton songeur en creusant sa pomme de terre en robe de chambre. C'est vrai que je dois me débarrasser de certains trucs.

— Mais non, tu n'es pas obligée, si tu ne veux pas.

J'ai toujours cette énergie bizarre qui m'est venue quand je distribuais des tracts avec Matthew.

— Mais quand tu as examiné le contenu de ma penderie, tu as dit que je devrais balancer...

Perplexe, Chloé ne termine pas sa phrase.

— Tu n'es pas obligée de te débarrasser de quoi que ce soit si tu n'en as pas envie, ma puce ! je lui assure. Le T-shirt Hammy, les tortues… garde tout. Tu auras une petite fille, un jour, elle pourra hériter de ces vêtements de collection.

Chloé semble soulagée.

— Je pense que je vais les garder, oui. Ça ne peut pas faire de mal. On n'est pas obligées de faire des choses que… hum, qu'on avait décidé de faire.

— On peut changer d'avis !

Je suis tout sourire. C'est pas une grande découverte scientifique, mais ça me fait un peu l'effet d'une révélation. Je me sens mieux, maintenant. La seule ombre à l'horizon, c'est que je dois garder les jumeaux Norman. J'ai accepté parce que j'étais d'une humeur héroïque, bizarrement, mais je suis toujours hantée par les souvenirs des précédentes humiliations que ces horribles petits garçons m'ont infligées.

Plus tard, je tombe sur Jess et Fred dans le bâtiment des sciences. Ils se disputent à propos d'un paquet de chips.

— Salut, les jeunes ! Comment ça va ?

— Oh, c'est l'horreur, me dit Jess. On n'arrête pas de changer d'avis au sujet du sketch pour Jailhouse Rock. Fred trouve tout le temps de nouvelles idées.

Fred baisse la tête pour faire semblant d'avoir honte.

– Pardon. Je suis désolé d'être brillant. Je suis sur liste d'attente pour une lobotomie partielle, mais en attendant, tu vas devoir endurer mon génie.

– En plus, on n'a pas eu l'occasion de s'entraîner devant quelqu'un, grommelle Jess en chiffonnant le paquet de chips. On ne veut pas jouer devant nos amis, parce qu'on sait qu'ils ne seront pas objectifs, ils vont juste dire « Mes chéris, vous étiez formıdables ! ». Mais on n'aura pas de retours vraiment utiles.

Je hausse les épaules.

– Bon, bon. Et à part ça, la vie, ça va ? Vous ne vous êtes pas fait agresser ou je ne sais quoi ? Vous n'avez pas d'opérations prévues ?

Ils ont une superbe carrière devant eux, et ils ont leur couple : je les envie tellement ! Si je sortais avec Brutus, je serais au septième ciel et je ne me plaindrais jamais de choses sans gravité – jamais. En songeant que les bras de Brutus, en ce moment même, sont peut-être enroulés autour de Charlie, je souffre atrocement pendant une demi-seconde. Jess me scrute.

– Zoé, qu'est-ce qui ne va pas ?

Je chasse vite mon affreuse hallucination.

– Oh, rien. C'est juste… que je flippe…

Je fouille mes barrettes de mémoire en quête d'une raison de flipper.

– … à cause de mon prochain baby-sitting ! Je dois garder deux gamins monstrueux. Les jumeaux Norman. Ils sont horribles. La dernière fois que j'y suis allée, ils ont tout cassé dans la maison et j'ai fait une dépression nerveuse.

— Ils ont quel âge ? demande Jess.

— Euh… trois ans ? Quatre ? Chais pas trop. L'âge d'être en maternelle.

— En maternelle ? Mais c'est tout petit, ça ! On va te donner un coup de main, Zoé. Pas vrai, Fred ?

Fred hausse les épaules, méfiant.

— C'est quand ? continue Jess.

— Samedi prochain.

— On sera là ! m'assure-t-elle en me pressant la main. On sera plus nombreux qu'eux, comme ça ! On va les terroriser !

— Et on leur dira que s'ils ne sont pas sages, on leur jouera notre sketch pour les calmer, ajoute Fred.

Jess se tourne vers lui. Manifestement, une idée germe dans sa tête.

— On pourrait leur jouer un sketch de toute façon ! dit-elle en l'empoignant brusquement. Pourquoi pas ? Les trucs sur les animaux qui devaient faire partie d'un spectacle pour enfants !

— J'imaginais plutôt un groupe… tous les enfants d'une garderie, genre, dit Fred, songeur. Pas un public de deux personnes.

— Ça fera trois, avec Zoé ! insiste Jess. Ça nous permettra de tester des trucs et c'est moins effrayant qu'une classe entière ! On va le faire, Parsons – tu peux te plaindre, mais à tes risques et périls !

Fred fait une grimace docile.

– Si tu n'acceptes pas, c'est fini entre nous ! Je me remets avec Ben Jones !

Jess lui balance cette menace en riant, mais on voit qu'elle est sérieuse, même si elle n'est jamais sortie avec Ben Jones. Malgré tout, Fred semble comprendre qu'il ne faut pas lui rire au nez.

– OK, dit-il. Ça marche. Notre agent te contactera pour parler des tarifs.

Jess et Fred acceptent de préparer quelque chose de gentil et qui soit adapté aux enfants, puis se lancent dans une discussion animée pour décider lequel de leurs sketchs sur des animaux conviendrait le mieux.

– Dans ma prochaine vie, je veux être un parasite, dit Fred.

– T'en es déjà un ! réplique Jess. Tu me dois dix livres, tu te souviens ?

Dans ma prochaine vie, moi, je serai une déesse. Mais elle a déjà commencé, ma prochaine vie. Bizarrement, c'est pour éblouir Brutus que je voulais devenir une déesse, et au moment où j'ai découvert qu'il n'était pas disponible, je suis devenue une sorte de déesse de toute façon.

En rentrant chez moi, je réfléchis à la façon dont les choses ont changé. OK, Charlie et Brutus sortent ensemble, et ça me fait hyper mal. Mais au lieu d'être dégoûtée, de déprimer et de prendre ça au tragique, je suis en colère. Je crois que c'est parce que Matthew me l'a servi avec toutes ces remarques insultantes en guise de garniture : que Charlie aurait des choses à m'apprendre et qu'elle est formidable.

Qu'elle aille au diable, cette foutue Charlie ! Je n'ai pas besoin de modèle. Je ne lui ressemblerai jamais, et je m'en réjouis. Brutus peut flirter avec elle toute la journée, si c'est ça qu'il veut. Je le détestais, l'année dernière – je suis certaine de pouvoir faire renaître ces anciens sentiments si ça se révèle nécessaire. Je crois que je traverse une grosse crise de dépit, mais je le vis bien. En fait, c'est assez grisant.

– Ça m'est égal si je ne trouve jamais de mec, dis-je à Chloé le lendemain.

Je me sens encore plus déterminée et plus libérée que la veille. Je me suis plu à imaginer l'avenir commun de Charlie et Brutus. Ils ont déjà trois gamins braillards, elle a perdu ses attraits et lui, il a pris du bide et il passe son temps vautré devant la télé. Moi, pendant ce temps, je suis devenue une styliste de haut vol avec des bureaux à New York, Londres et Paris et un bel assistant dénommé Luis Quango, qui emmène mes limiers courir dans Central Park tous les matins. Brutus lit régulièrement des articles sur moi dans la presse et à chaque fois, il verse une larme de regret.

– Moi aussi, ça m'est égal, répond vivement Chloé. Je l'ai dit dès la rentrée, quand on a décidé de devenir top canon et tout ça. J'ai dit qu'on faisait pas ça pour les garçons. Les garçons, on ne les voit même plus.

— Et ça peut continuer comme ça, j'ajoute fermement.

Je n'aurai pas besoin de dire à Chloé que je suis folle de Brutus. C'est un énorme soulagement. Je ne m'étais pas rendu compte que je redoutais à ce point de tout lui déballer. C'est peut-être pour ça que j'ai cette étrange énergie bourdonnante, ces jours-ci.

Toutefois, j'ai d'autres démons à affronter le soir du 25. La dernière fois que j'ai gardé les jumeaux Norman, ça s'est terminé en désastre. Ils ont été tellement ignobles que je me suis juré de ne plus jamais les garder. Mais est-ce que je vais me laisser impressionner par deux petits pisseux ? Sûrement pas. Je me prépare avec grand soin pour la soirée : je m'habille en rouge et noir pour paraître cruelle et je me dessine des sourcils très effrayants.

— Ils ne dorment pas, malheureusement, chuchote Jackie Norman d'une voix coupable en m'ouvrant la porte.

Les jumeaux font une arrivée fracassante au rez-de-chaussée ; ils sont en pyjama, mais aussi loin du pays des rêves que des mammifères peuvent l'être.

— Zoooooooowé ! Zowéééééééééé ! hurlent-ils.

Ils m'attrapent les jambes. En général, à ce moment-là, ils plongent sous ma jupe dans le but de voir une petite culotte, mais je ne suis pas si bête.

Je porte un jean moulant noir. Ils tirent sur ma cein-ture en rugissant de leur façon habituelle.

— Arrêtez ça, les garçons ! tempête inutilement leur mère. Je suis désolée, Zoé. C'est juste parce qu'ils sont tout excités de te voir.

« N'importe quoi », je rétorque mentalement. Si les jumeaux sont odieux, c'est parce que les Nor-man sont des parents nuls. Mais j'ai un plan ingé-nieux.

Une fois que leurs parents sont sortis, les jumeaux me rejoignent sur le canapé. La télé est à plein volume, comme d'habitude. Les jumeaux donnent des coups de boule aux coussins du canapé, et à moi si je me trouve sur leur chemin. J'éteins la télé et, dans le silence revenu, je deviens Kali, la déesse à plusieurs têtes.

— Descendez de ce canapé et asseyez-vous par terre ! Sans bouger ! J'ai un truc fabuleux à vous dire !

Les jumeaux se précipitent sur la moquette, mais ils continuent à se bagarrer. Je reste à distance.

— Si vous ne restez pas tranquilles, je ne vous dirai pas le Truc Fabuleux ! j'insiste en croisant les doigts.

Au bout d'un moment, ils arrêtent de gesticuler et ils m'écoutent.

— Si vous allez vous mettre au lit tout de suite et que vous y restez, sans faire de bruit, nous recevrons la visite de deux créatures extraordinaires, je leur annonce. Sinon, je téléphone aux créatures et je leur dis de ne pas venir. Vous devez être dans votre lit avant que j'aie fini de compter jusqu'à dix : un, deux, trois…

Les jumeaux se lèvent d'un bond.

– … quatre, cinq, six…

Ils courent à l'étage.

– … sept, huit, neuf…

– On est au lit ! hurlent-ils.

J'espère qu'ils ne vont pas faire pipi dans leurs lits, maintenant. J'ai déjà fait les frais de leur manie d'uriner n'importe où, par le passé

Je prends mon téléphone et j'appelle Jess.

– Donne-nous dix minutes, lui dis-je. Pour le moment, ça se présente bien.

31

À l'heure convenue, on sonne à la porte.

— Ne bougez pas ! je lance aux jumeaux. Restez sagement au lit, sinon je leur dis de s'en aller !

Les jumeaux restent dans leurs lits, les joues rouges et les yeux pétillants d'excitation.

Je cours au rez-de-chaussée et j'ouvre la porte. Fred est chargé d'un coffret en métal qui ressemble à une boîte à outils, et Jess d'un sac à dos. Ils se sont tous les deux maquillés en poissons : ils ont la figure couverte d'écailles grises. J'éclate de rire.

— Il faut juste qu'on enfile nos costumes, chuchote Jess.

— D'accord, dis-je. Quand vous serez prêts, montez directement. C'est la deuxième porte à droite.

Je retourne à l'étage en courant. Les jumeaux sont toujours dans leurs lits. Ils ont des yeux immenses – pendant un moment, ils sont presque mignons.

— Les Créatures Extraordinaires sont arrivées ! dis-je tout bas. Pas un mot ! Pas un bruit ! Restez allongés sans bouger, ou je leur dis de s'en aller !

Bientôt, on entend Jess et Fred monter l'escalier, accompagnés par des bruits d'eau. Ils frappent à la porte des jumeaux.

– Entrez ! je lance.

Jess et Fred apparaissent, leurs corps voilés par un filet bleu qui ondule. Ils nagent un moment à travers la chambre, en tournant la tête à gauche et à droite, ils ouvrent et ferment la bouche comme des poissons. Éblouis, les jumeaux les regardent avec des yeux ronds. Je ne les ai jamais vus aussi calmes.

– Où sommes-nous, Sheila ? demande Fred au bout de quelques minutes. Je ne reconnais pas cette partie de l'océan. J'aurais dû écouter mes harengs et acheter un GPS !

Ils jouent une petite saynète sur les aspirations des poissons : tout ce qu'ils aimeraient faire s'ils avaient des mains.

– Ah, si seulement j'avais des mains ! se lamente le poisson-Fred. Je pourrais faire mes lacets tout seul !

C'est un peu puéril, mais les jumeaux hurlent de rire, et Jess et Fred s'en tiennent à quelque chose de court et mignonnet, comme convenu.

– Encore ! Encore ! s'égosillent les jumeaux quand Jess et Fred saluent.

– Non, dis-je avec fermeté. C'est tout. *Finito*. *The end*. Les Créatures Extraordinaires reviendront la prochaine fois, mais seulement si vous restez tous les deux au lit et que vous faites dodo, maintenant. Si j'entends le moindre bruit, les Créatures Extraordinaires ne reviendront plus jamais vous rendre visite, et moi non plus. Compris ?

Les jumeaux acquiescent solennellement.

– OK, dis-je. Allongez-vous, maintenant. Bonne nuit, faites de beaux rêves.

Les jumeaux s'allongent et ferment les yeux. Je n'arrive pas à le croire. Mon plan a marché – pour le moment, en tout cas.

On descend sur la pointe des pieds. Jess et Fred ouvrent leur boîte à outils, révélant un extraordinaire assortiment de maquillage de scène. Ils s'enlèvent leurs têtes de poisson avec de la crème et du coton. Je les félicite pour leur excellent spectacle.

– Je ne vous remercierai jamais assez, les gars. Vous ne pouvez pas imaginer quels monstres sont ces gamins, d'habitude.

– On a envie de donner des spectacles dans des écoles, me dit Jess. Alors c'est génial, pour nous, de faire ça ; ça nous permet de tester des trucs.

– Et ça ne vous gênerait vraiment pas de revenir à l'occasion ?

– Pas de problème ! m'assure Jess.

Fred nous tourne le dos. Tout d'un coup, il fait volte-face et on le découvre affublé d'une moustache grise.

– On ne parle pas dans la bibliothèque ! gronde-t-il d'une voix éraillée de vieux professeur.

– C'est notre grande fierté, ce coffret de maquillage

avec des tas de barbes, de moustaches et tout ça, me confie Jess.

– Oh là là, c'est fabuleux ! je m'enthousiasme en admirant les rangées bien ordonnées de postiches. Oh la vache, ce que j'aimerais jouer avec !

– Eh bien tu peux, si tu veux, me dit Jess. On doit partir, maintenant, parce qu'on a promis à Mackenzie de passer la voir pendant la répétition de son groupe – c'est juste au bout de la rue. Ce serait génial si on pouvait laisser tout notre matériel ici et le reprendre en rentrant, d'ici deux heures.

– Bien sûr ! je m'écrie. Oh ouaouh ! Ce serait trop cool ! Je peux vraiment essayer des trucs et m'amuser avec ?

Je suis comme une petite fille devant une malle de déguisements.

– Ouais, bien sûr.

Jess me montre comment mettre et enlever les postiches. Ensuite, Fred et elle partent retrouver Mackenzie.

Il n'y a toujours pas de bruit à l'étage. Je décide de ne pas commencer à délirer avec le maquillage avant d'être absolument sûre que les jumeaux dorment profondément. S'ils descendent et me trouvent affublée d'une moustache rousse, ils ne retourneront jamais se coucher. Je m'assieds et je regarde un peu la télé avec le volume au minimum pour pouvoir entendre le moindre petit bruit venant de la chambre des jumeaux. Il n'y a pas le moindre petit bruit. J'attends, j'attends encore et je me fais un café. Il y a toujours un silence total à l'étage. Le numéro des poissons a fait des miracles, semble-t-il.

Soudain, mon portable vibre. C'est un texto de Chloé : *Je suis près de chez les Norman. Je peux passer te voir ?* Je réponds par l'affirmative. Je suis surprise. Chloé m'a répété sèchement plusieurs fois qu'elle ne remettrait plus jamais les pieds dans l'antre infernal des jumeaux.

Je repense à la dernière fois qu'on s'est retrouvées ici ensemble, il y a plusieurs mois. Moi, j'étais là pour faire du baby-sitting, bien sûr, mais Chloé avait accepté une invitation de Brutus, qui l'avait emmenée dans une soirée de terminales, même si elle n'était pas en terminale. En fait, il nous avait plus ou moins invitées toutes les deux, mais je le détestais, à l'époque, et Chloé craquait pour lui, alors elle y était allée seule. Je la revois quand elle a débarqué ici ensuite, en pleurant toutes les larmes de son corps. Elle était dans tous ses états parce que Brutus était sorti avec une autre fille pendant la soirée, ou un truc du genre. Il y avait un orage, ce soir-là, et j'étais en train de regarder *Les Hauts de Hurlevent* en DVD. L'ambiance était assez lugubre.

Plus tard, Brutus et ses potes sont arrivés pour essayer de la calmer, et Chloé et lui se sont engueulés, et ils ont réveillé les jumeaux, et les parents des jumeaux sont rentrés plus tôt que prévu au milieu du chaos, et...

Je frémis en me rappelant tout ça et je suis émer-
veillée que les choses soient si différentes ce soir :
silence radio à l'étage, un petit texto serein de
Chloé... pas de soucis.

Chloé arrive. Elle n'a pas le cœur brisé, elle ne
pleure pas et elle n'a absolument rien de lugubre.
Elle me serre dans ses bras.

– Je me suis rendu compte que c'était un peu
méchant de te laisser toute seule avec les jumeaux
Norman, dit-elle. Je suis venue pour te soutenir. Jess
et Fred sont déjà là ?

– Menteuse ! je m'exclame, amusée. Tu es venue
parce que tu veux voir le spectacle. Eh bien tu
arrives trop tard. C'est fini, Fred et Jess sont partis.
Et les jumeaux sont profondément endormis. Alors
c'est tragique, mais tu as tout raté. Viens boire un
chocolat chaud... T'en fais pas, c'est la version de
quarante calories.

On va dans la cuisine. Chloé regarde autour d'elle
et secoue la tête en soupirant.

– Oh là là, dit-elle avec un sourire piteux. Je me
souviens de la dernière fois qu'on était ici. J'étais
dans un tel état, tu te rappelles ? Et puis il y a Brutus
qui est passé et tout... Et les jumeaux qui ont pissé
sur tout le monde depuis le haut de l'escalier !

– Ouais, j'étais justement en train d'y penser.

– J'étais tellement mal à cause de Brutus !

Chloé secoue la tête.

– C'est fou que j'aie pu souffrir autant à cause

des garçons. D'abord Brutus, puis Brendan. Heureusement que je ne craque pour personne en ce moment !

– Même pas Dave Cheng ?

Dave Cheng est dans l'équipe de rugby de Brutus, et on l'a vu à Newquay.

– Oh, je lui donne dix sur dix pour son physique, mais c'est tout, dit Chloé. Je me sens tellement mieux maintenant que je ne craque plus pour personne… pas toi ?

– Carrément, dis-je – et je le pense vraiment.

Depuis cet affreux moment où j'ai distribué des tracts avec Matthew, j'ai botté en touche ma passion pour Brutus. OK, je me suis payé des séances de thérapie par la haine : j'ai passé des heures à rêvasser que Brutus était malheureux dans son mariage avec Charlie, qu'il s'était empâté et qu'il avait des regrets, et qu'il suivait ma brillante carrière de loin avec nostalgie, la larme à l'œil… mais j'ai l'impression que ça a marché.

Le mieux de tout, c'est que je ne l'ai jamais dit à Chloé. Elle ne saura jamais par quels tourments je suis passée.

– Les garçons, déclare Chloé, sont la cause de toutes les angoisses existentielles du monde.

– C'est vrai, j'acquiesce en remuant le chocolat. On est bien mieux sans eux. Je vais entrer au couvent à la fin de l'année prochaine. À condition que les habits de nonne soient de Vivienne Westwood.

– C'est quoi, cette boîte ? demande Chloé en désignant le matériel de maquillage de Jess et Fred.

Je lui montre les rangées bien ordonnées de postiches et elle fait ce petit truc rigolo que j'adore : elle tape dans ses mains et sautille sur place.

– On essaye ? s'écrie-t-elle. Cette barbe rousse est parfaite pour moi !

32

Une fois qu'on a terminé nos chocolats chauds, la transformation peut commencer. On emporte le coffret à l'étage, dans la chambre des parents, pour pouvoir utiliser la coiffeuse de Jackie Norman. Elle a un superbe assortiment de miroirs, mais elle est tout le temps débraillée. Voilà ce que ça vous fait d'avoir des gamins, je suppose.

Chloé choisit une barbe et une moustache rousses, et trouve des lunettes en écaille.

— Che suis un professeur originaire de Berlin! dit elle en essayant d'imiter une voix de vieil Allemand. Ch'étudie le comportement zexouel des tortoues!

Je tapote ma barbe et ma moustache grises en broussaille pour les coller à leur place, puis je me blanchis et je m'ébouriffe les sourcils pour qu'ils soient assortis.

— Et moi, je vis dans une caverne en Mongolie-Extérieure, j'annonce. Je suis Zébi, le charmeur de serpents.

— C'est pas ce que m'ont dit les serpents ! glousse Chloé. Ils m'ont dit que tu étais insupportable !

— Je vais me vieillir à mort, je déclare.

Je déniche une perruque avec un crâne dégarni entouré de touffes de cheveux blancs. Je me tire les cheveux en arrière, j'enfile la perruque et je dévisage avec des yeux ronds l'étrange vieillard qui me renvoie mon regard. Je fais toute une série de grimaces immondes et fabuleusement comiques.

— Purée, ce que c'est agréable de chercher à être affreuse au lieu de passer son temps à essayer d'être cool et glamour ! je soupire, ravie, en ajustant ma petite couronne de cheveux blancs.

Je découvre dans le coffret à maquillage un tiroir secret qui contient des verrues. Je m'en mets trois : une sur le nez et deux sur le menton.

— Ouais, approuve Chloé, occupée à se noircir les dents. Rien que la semaine dernière, je rêvais de mettre de l'argent de côté pour me faire blanchir les dents. Mais maintenant, j'ai compris mon erreur : vise un peu ça !

Elle me fait un sourire enchanteur, révélant deux grands trous noirs.

- Le noir, c'est le nouveau blanc, pas vrai ?

Je me dessine des grosses poches sous les yeux et des pattes-d'oies qui s'étirent sur tout le visage.

— Voyons ce que Mr Norman peut nous proposer comme fringues classe…, dis-je d'un ton songeur en me levant pour aller ouvrir la penderie encastrée.

— À quelle heure ils sont censés rentrer ? demande nerveusement Chloé en jetant un coup d'œil à sa montre.

— T'inquiète pas, ils ont dit qu'ils ne seraient pas de retour avant onze heures du soir, et il est même pas neuf heures, là. On a tout notre temps.

Je choisis un pantalon d'homme et je l'enfile. Comme il est beaucoup trop grand au niveau de la taille, je décide de m'équiper d'un énorme bide. Le lit est garni de coussins, alors j'en glisse un contre mon ventre. La veste de Mr Norman me va assez bien : il n'est pas très grand. Chloé fouille dans ses tenues de sport et revêt son short et son maillot de foot.

On s'examine dans le miroir en pied : un étrange professeur allemand à lunettes et barbe rousse, prêt à sortir faire son jogging, et un vieux débris au crâne chauve, avec des verrues et un énorme bide.

— Enfin le nouveau look de nos rêves ! je croasse d'une voix de vieillard lubrique.

On se tord de rire, et les deux types du miroir se marrent aussi.

— Vous savez, Erik, dis-je en passant le bras autour des épaules de Chloé, il paraît qu'il y a deux filles très jolies qui habitent près d'ici. Elles s'appellent Zoé et Chloé.

— *Ja !* acquiesce Erik. Ponne idée, Zébi. Che pense qu'on defrait leur proposer un rentez-fous.

— Ce ne sont pas des filles, ce sont des déesses ! je

m'exclame avec enthousiasme, en me frottant les mains d'une manière obscène. Cette Chloé… quelle beauté ! En plus, elle parle l'arabe ! Et elle a des dents si blanches qu'elles me donnent la migraine !

– Et Zoé ! renchérit le professeur Erik. Ze n'est pas une fille, z'est un ange ! Elle a une perzonnalité tellement affirmée ! Quand elle dit «Non», ça feut tire «Non» !

– Et côté anatomie, elles zont tellement pien faites ! ajoute Zébi, devenant mystérieusement germanique, lui aussi, malgré ses années passées dans une caverne de Mongolie. Il paraît qu'elles font quarante-cinq kilomètres de course à pied tous les chours !

– *Ja !* l'approuve le professeur Erik. Quarante-cinq kilomètres de montée, en plus !

Là-dessus, quelqu'un sonne à la porte. On se fige.

– C'est eux ! s'affole Chloé. Ils sont revenus plus tôt que prévu !

– Ils ne sonneraient pas à la porte ! Ils ont leur clé !

Paniquée, j'ai le cœur qui bat à tout rompre.

– À moins qu'ils les aient perdues ! souffle Chloé avec de grands yeux terrifiés derrière ses lunettes en écaille.

On sort de la chambre des Norman sur la pointe des pieds et on regarde dans le couloir, au pied de l'escalier. On entend des voix, dehors : celles d'un garçon et d'une fille.

Brusquement, ça me revient :

– Ah, ça doit être Jess et Fred. Ils sont venus récupérer leur maquillage. Viens, on va leur montrer notre nouveau look de stars. Ils vont être morts de rire !

On court au rez-de-chaussée et on ouvre la porte à la volée. Mais ce n'est pas Fred et Jess. C'est Brutus et Charlie.

Une décharge électrique me secoue tout entière. Je suis stupéfaite. Brutus n'aurait pas pu choisir de pire moment pour arriver. Qu'est-ce que je peux bien lui dire, avec mon crâne chauve, mes verrues et mes pauvres petites touffes d'ancêtre ? Et ça rend les choses mille fois pires que Charlie soit là.

Ils nous dévisagent d'un air ébahi. Puis le visage de Brutus se fend d'un sourire. Charlie se plaque une main sur la bouche et ricane, comme si c'était gênant qu'elle rie.

– Zoé ? demande Brutus. Euh… et ça, ça doit être Chloé ? Ou bien est-ce que c'est le fameux Dan ?

– Dan a dû s'en aller, dis-je en m'efforçant tant bien que mal d'afficher la prestance d'une déesse. Il n'acceptait pas mon identité secrète. Il est temps que je vous présente mon avatar : Zébi le charmeur de serpents !

Brutus me regarde avec des yeux ronds. Il éclate de rire, secoue la tête d'un air incrédule et se remet à rire. Il a un adorable rire sonore et masculin, mais je préférerais qu'il n'ait pas été provoqué par moi.

– Ça a un rapport avec le film dont tu m'as parlé ?

demande Charlie en haussant les sourcils d'une manière qui suggère que notre apparence, quoique vaguement amusante, est surtout bizarre et de mauvais goût.

— L'histoire du film, c'était une blague, je précise vivement.

— Entrez, dit Chloé.

Catastrophe !

Et elle ajoute :

— Vous voulez un café ?

Je voudrais qu'ils s'en aillent tout de suite, mais maintenant, ils sont obligés de rester assez longtemps pour boire une boisson chaude !

— Merci, mais on ne peut pas rester, répond Charlie d'un ton ferme. On sort fêter notre anniversaire.

Une comète flamboyante me crame les intestins. Leur anniversaire ? Qu'est-ce que c'est que cet anniversaire ? Ça fait une semaine qu'ils sont ensemble, ou un truc du genre ?

— Votre anniversaire ?

Par chance, Chloé a encore un peu de souffle. Moi, je n'ai plus d'air dans les poumons ; c'est comme si je venais de recevoir un coup de poing dans le ventre.

— Ça fait cinq ans que Major Events existe ! annonce Charlie.

— Vélizitations, dis-je en prenant la voix de Zébi. Pendant un moment, ch'ai cru que fous fous étiez mariés. Zi ze n'est pas le cas, zeriez-vous t'accord pour être ma zeptième femme ?

Je tends la main pour caresser l'épaule de Charlie. C'est le seul moyen que j'ai trouvé pour reprendre contenance et me venger d'elle.

— Eurk ! Arrête, Zoé ! piaille Charlie. C'est répugnant ! Vieux pervers !

Elle se tortille pour se dégager. J'ai grand plaisir à la faire flipper, alors je continue.

— Tans mon pays, je croasse, nous avons plussieurs épouses. Moi, ch'en ai six, une pour chaque chour de la zemaine. Fous foulez être la zeptième ? Fous être cholie fille, mais très maigre !

Je prends le bras de Charlie et j'appuie dessus. Brutus est mort de rire. Charlie me repousse.

— Arrête, Zoé, c'est n'importe quoi et ça me dégoûte !

— C'est pas n'importe quoi, corrige Brutus avec un sourire, c'est hilarant !

— Zi fous m'épousez, je continue, sur un petit nuage, en reluquant Charlie d'une façon immonde, fous defrez prendre du poids. Fous defrez mancher des zantwichs à la graisse d'oie au petit décheuner et des pieds de porc au dîner.

— Je ne t'épouserai pas, espèce de tordue ! s'énerve Charlie. Arrête de jouer les pervers !

Elle semble totalement incapable de jouer le jeu.

— Vous préférez peut-être épousser Erik ? je lui demande en faisant approcher Chloé. Erik aussi aime pien les cholies demoiselles !

Chloé glousse, révélant ses dents noircies.

— Brutus, il faut qu'on y aille, marmonne Charlie en regardant sa montre.

Elle ne nous regarde plus.

— Je sais, je sais, soupire Brutus. Mais j'apprécie ce petit numéro.

Il sort une enveloppe de sa poche.

— Je passais pour te donner des places gratuites, m'explique-t-il. Ton père m'a dit que tu faisais du baby-sitting, et j'ai rencontré Charlie en chemin, alors...

— Incroyable, comme coïncidence, hein ? On a décidé d'aller boire un verre, ajoute vivement Charlie. J'adore les choses qui s'improvisent toutes seules ! On n'organise rien, ça se décide sur le moment, on a l'inspiration et hop... ouaouh ! C'est l'éclate !

Elle jette un regard coquet à Brutus. Je réfléchis à toute vitesse. Ainsi, ils n'avaient pas prévu de se voir ce soir... Ils se sont rencontrés par hasard. S'ils étaient ensemble, n'auraient-ils pas pris rendez-vous ? N'auraient-ils pas passé la journée à s'échanger des textos toutes les heures ?

Brutus ouvre l'enveloppe, et quand je vois ses belles mains vigoureuses, mon cœur manque cesser de battre et mes verrues palpitent.

— Il y a six billets là-dedans, dit-il, alors tu peux venir avec des amis... ou peut-être avec tes épouses ?

Avec une lueur pétillante dans ses yeux gris-vert, il me tend l'enveloppe. Je l'ouvre et j'admire les billets.

— *Wunderbar* ! je chevrote, toujours dans mon personnage. Merzi, monsieur.

— J'en veux un ! pépie Chloé en m'arrachant les billets.

Je la repousse d'un coup d'épaule.

— Alors, vous allez où pour la plus cool des soirées improvisées comme ça, hop là, sur un coup de tête ? je m'enquiers, laissant tomber la voix de Zébi pour m'abandonner à ma jalousie effrénée, que je déguise en curiosité détachée garnie d'une bonne pincée de raillerie.

— On va peut-être aller au Red Lion : c'est le pub préféré de Brutus. Pas vrai, mon petit Brutounet ? fait Charlie avec un sourire orgueilleux. Il y a un concert là-bas ce soir.

— OK, alors amusez-fous bien, cheunes gens ! je croasse en revenant à mon personnage.

— Bon baby-sitting ! lance Charlie, parvenant à donner l'impression que c'est un truc à la fois puéril et ringard.

Là-dessus, elle empoigne Brutus par le bras et l'entraîne de force dans l'allée pour retourner dans la rue. Il a d'abord un air étonné, puis il exagère la surprise en faisait mine de se faire arrêter, puis il hausse les épaules et secoue la tête.

— Au revoir, Zébi ! Au revoir, Erik ! crie-t-il.

Quelques instants après, ils disparaissent au coin de la rue.

— Ouah ! commente Chloé tandis qu'on ferme la

porte. C'était poilant, hein ? Et je viens de m'apercevoir d'un truc vraiment incroyable : ça ne me fait plus rien du tout de voir Brutus. Ça ne me dérange pas qu'il ait une copine, et ils avaient l'air plutôt bien ensemble, tu ne trouves pas ?

Il y a un miroir, au mur. En apercevant mon ignoble tête chauve et couverte de verrues, j'imagine le ravissant visage de Charlie à côté. Le contraste est accablant.

33

– Oh nooooooooooooooon !

Tant que Brutus était là, j'ai réussi à garder contenance et même à plaisanter. Mais maintenant, je
craque : je me mets tout bonnement à hurler. Chloé
me regarde avec stupeur, bouche bée.

– Zoé ! Qu'est-ce qu'il y a ?

Je pars en trombe vers la cuisine, avec les oreilles
qui sifflent et le cœur battant. J'ouvre les robinets et
je me plante devant l'évier, furieuse, *furieuse*. J'arrache ma moustache. Ça me pique à mort. J'enlève
ma perruque de chauve et je me peigne rageusement
avec les doigts. Je me lave la figure avec du savon.
C'est pas du tout la bonne technique pour se démaquiller, mais je suis dans un état second. Je ne sais pas
ce que je fais. Brutus m'a vue à un moment où j'étais
absolument immonde. Chloé me scrute derrière ses
lunettes de professeur en écaille.

– Je crois que tu n'es pas censée faire comme ça
pour enlever ton maquillage, Zoé. Sers-toi de la
crème.

– Je sais ! Je sais ! je braille.

Je suis dans tous mes états.

Chloé, franchement perplexe, me regarde avec des yeux ronds.

– Qu'est-ce qui se passe, Zoé ?

– Rien ! je rugis.

Je n'arrive pas à me contrôler. Pendant des jours, j'ai cru que j'avais oublié Brutus et que j'appréciais ma liberté, mais quand je l'ai vu avec Charlie, comme ça, tout d'un coup – à un moment où j'étais au comble de la laideur –, ma passion délirante est revenue, pire que jamais.

– Zoé ! Assieds-toi, me dit Chloé, inquiète. Dis-moi ce qui se passe.

Je m'assieds à la table de la cuisine, je glisse une main dans mes cheveux et je tire dessus, très fort, jusqu'à ce que les racines me brûlent. Il y a un silence. Chloé attend. Le moment de lui avouer toute la vérité est enfin arrivé.

– Peut-être que tu ne craques plus pour Brutus, dis-je finalement d'une voix étrangement enrouée qui semble venir d'une autre galaxie, et peut-être que ça ne te dérange pas qu'il ait une copine, mais moi… moi, si. Je suis désolée, Chloé, mais moi, ça me dérange à mort.

Les yeux de Chloé s'écarquillent de stupeur.

– Quoi ? s'étrangle-t-elle. Tu veux dire que tu… ?

Je hoche la tête.

– Zoé, je suis perdue, là. Il faut que tu me racontes

toute l'histoire depuis le début. Je n'arrive pas à y croire.

Je hausse les épaules, découragée.

— Qu'est-ce que je peux te dire ?

— Mais je croyais que tu détestais Brutus ?

— Non, dis-je dans un énorme soupir qui semble libérer une émotion refoulée depuis longtemps. Je ne le déteste plus, maintenant. Je me suis rendu compte qu'il est génial.

— Qu'est-ce qui t'a fait changer d'avis ?

— Quand on était à Newquay et que Tam a eu l'appendicite. Il a su quoi faire. Il a tout organisé. Tam aurait pu mourir s'il n'avait pas compris que c'était grave.

— Et tu es amoureuse de lui depuis ce moment-là ?

- Oui. En gros.

— Mais, Zoé, pourquoi tu ne me l'as pas dit ?

Je grimace, gênée.

— Il y a tant de raisons… Je pensais que tu avais encore un tout petit peu de sentiments pour lui.

— Mais je t'ai dit et répété que je n'en avais plus !

— Oui, mais… tu sais bien que parfois, on ne se dit pas toute la vérité, toi et moi, parce qu'on n'a pas envie de blesser l'autre.

— Mais, Zoé ! Tu m'as posé la question à peu près cent fois !

Chloé s'affaisse au fond de sa chaise et secoue la tête. Elle enlève enfin ses lunettes en écaille, mais

275

elle a toujours sa barbe et sa moustache. Ça donne un côté surréaliste à notre conversation.

— Ah, c'est pour ça que tu n'arrêtais pas de m'interroger à ce sujet ! Je comprends, maintenant ! Toutes les cinq minutes, tu revenais à mes sentiments pour Brutus !

— Pas toutes les cinq minutes ! je grommelle. Je ne voulais pas empiéter sur ton territoire, c'est tout. Je ne savais pas trop comment tu réagirais.

Chloé me regarde longuement. Ses yeux s'embuent. Ça fait un peu bizarre, avec sa barbe et tout.

— Tu es vraiment la meilleure copine du monde, dit-elle. Mais tu n'as pas besoin de me protéger à ce point-là, tu sais. C'est toi qui as besoin d'un peu de soutien, en ce moment précis.

— Je peux supporter qu'il soit avec Charlie, je déclare. S'ils sont ensemble, je lui souhaite bien du bonheur, c'est juste qu'il est encore plus bête que je ne le pensais.

— Je ne l'ai rencontrée qu'une seule fois, au Dolphin Café…, commence Chloé d'une voix hésitante. Tu ne l'aimes pas, en fait ?

— C'est une grosse crâneuse, dis-je avec amertume. Elle est tellement prétentieuse, c'est dingue. Mais je n'arrive plus à m'y retrouver, dans cette histoire. Je ne sais pas. Si elle était hyper sympa, en plus d'être belle, peut-être que je trouverais ça moins dur… Peut-être que ce serait plus facile à accepter.

— Mais on ne sait même pas s'ils sont ensemble !

— C'est ce que tu as supposé, pourtant.

— Je me basais sur son comportement à elle. Mais maintenant que j'y pense, Brutus n'avait pas vraiment l'attitude d'un mec qui est avec sa dernière conquête.

— Tu dis ça pour me consoler.

— Non, Zoé, j'essaie juste de me rappeler précisément leur façon d'être… Elle n'arrêtait pas de la ramener à propos de « notre anniversaire », mais c'était seulement celui de Major Events.

— Qui est la boîte de son oncle, j'ajoute.

— Ah oui ?

Chloé bondit sur cette information intéressante.

— Alors ce pauvre Brutus est un peu mal barré, non ? C'est difficile de lui dire non, du coup.

— Bon…

Je commence à me ressaisir. Je suis tellement soulagée de l'avoir dit à Chloé ! En plus, elle réagit super bien.

— … S'il ne dit pas non à Charlie parce que c'est la nièce du patron, je vais le traiter avec tout le mépris qu'il mérite.

— Bien dit ! m'approuve Chloé. Courage, ma grande ! Une déesse, ça ne passe pas son temps à se morfondre et à se recroqueviller sur ses peines de cœur. Ça déploie ses ailes sur une colonne de feu et ça change les gens en limaces !

Je me sens mieux. On monte à l'étage pour se démaquiller correctement, avec de la crème et tout.

Ma lèvre supérieure me fait hyper mal, maintenant que j'ai arraché ma moustache, et je sais qu'elle sera encore rouge demain. Mais mon œil au beurre noir a pratiquement disparu et ma barbe de croûtes cicatrise rapidement. Il y a de la place pour quelque chose de nouveau dans mon catalogue. Quelque chose de mignon.

– Ce qu'il faut qu'on fasse, dit Chloé avec fermeté, c'est qu'on enquête pour savoir ce qui se trame entre Brutus et Charlie. Discrètement.

– Et s'ils sont ensemble, je déclare, je déploierai mes ailes sur une colonne de feu et je changerai Charlie en… C'était quoi, déjà ?

– En limace géante.

– En cafard.

– Et s'ils ne sont pas ensemble, Zoé ?

Chloé me regarde dans le miroir de la salle de bains en haussant les sourcils avec malice.

– Tu fonces et tu le chopes avec les deux mains ! répond-elle pour moi.

À cette idée, des picotements géants me remontent le long de la colonne vertébrale et explosent à la base de mon cou. Mais comment faire pour choper Brutus, maintenant qu'il m'a vue chauve et couverte de verrues ? Je suis sûre qu'on ne peut pas être attiré par quelqu'un qu'on a vu avec une dégaine pareille !

34

Les quelques jours qui suivent sont tendus, lourds d'attente : la soirée Jailhouse Rock est imminente, maintenant, et on est tous sur des charbons ardents. Des rumeurs en tout genre circulent, surtout à propos de Rose Quartz. Je dévore tous les détails sur Internet et dans les magazines.

Rose est claquée ; elle est enceinte ; elle est amoureuse d'un clochard ; elle va arrêter les tournées ; elle a vu une apparition d'Elvis ; elle a mis le feu à ses cheveux dans un centre commercial ; elle a fait don de toutes ses chaussures à une organisation humanitaire ; elle a acheté un troupeau de chèvres qui se baladent en liberté dans sa maison sur la plage de Malibu... Pendant quarante-huit heures d'angoisse, elle est même en cure de désintox.

Je distribue toujours des tracts avec Matthew. Comme il a pris une année sabbatique avant de commencer la fac, il passe le plus clair de son temps au bureau de Major Events pendant que je trime pour le lycée, alors, bien qu'étant incurablement caca d'oie et coincé, il a toujours les dernières infos.

– Brutus s'arrache les cheveux, me confie-t-il au milieu de la crise à propos de la cure de désintox. Ils essaient de trouver un remplaçant au cas où Rose nous laisserait tomber, mais c'est compliqué parce que si Rose ne nous laisse *pas* tomber, ils n'auront besoin de personne, et ce serait un peu insultant de dire : « On vous veut si elle n'est pas disponible, mais sinon, on n'aura pas besoin de vous. »

– Oh là là, quel cauchemar ! je râle. Est-ce que Charlie arrive à empêcher Brutus de péter les plombs ?

– Ouais, bien sûr, répond Matthew de sa voix monotone, avec admiration. Quoique si j'étais Brutus, je n'arriverais pas à contrôler ma libido.

L'image terrifiante d'un Matthew libidineux va rester gravée dans ma mémoire pendant plusieurs décennies.

– Elle est vraiment extraordinaire, hein ?

Il soupire. Je ne fais pas l'effort d'acquiescer ou de lui signaler qu'en réalité, c'est une abrutie de première.

– C'est… eh bien, c'est une déesse, ajoute-t-il dans un souffle.

Une lance chauffée au rouge me traverse le cœur. Comment ose-t-il penser que Charlie est une déesse ? Il est aveugle, ou quoi ? Je ne vais pas dire du mal d'elle : ça me ferait passer pour une chipie mesquine. Mais tout d'un coup, j'ai des doutes sur l'opération Déesses.

Si Charlie est une déesse, je ne veux pas en être

une. Ça me fait frémir, la façon dont cet ignoble baveux a dit : « C'est une déesse. » Soudain, tout ce projet s'écroule. C'est un énorme soulagement ; j'ai l'impression de tomber vers le haut et de m'envoler au-dessus des nuages. Un peu comme si j'étais une déesse – c'est l'ironie de la chose. Mais je n'en suis pas une : je suis tout simplement redevenue moi-même, une lycéenne avec quelques kilos en trop et une énorme pustule sur le menton.

Même si j'abandonne toute tentative de devenir divine, je veux quand même être superbe. Aujourd'hui, on va enfin chercher nos robes, Chloé et moi. J'ai accompli un nouveau miracle de baby-sitting chez les Norman, il y a quelques jours, avec l'aide du Cabaret pour Tout-Petits de Jess et Fred, et mes finances sont désormais florissantes. Du moment que je ne croise pas un lépreux qui fait la manche dans High Street au cours des cinq prochaines minutes, la robe rose est à moi.

On s'apprête à entrer dans la boutique quand on tombe sur Charlie. Elle se promène bras dessus bras dessous avec un jeune homme assez ringard et BC BG qui porte des lunettes et un imperméable. Mais bras dessus bras dessous, avec Charlie, ça ne veut pas dire grand-chose : elle s'est baladée bras dessus bras dessous sur ce même trottoir avec moi, oui, moi, alors qu'elle me connaissait à peine.

– Oh, salut, Zoé ! lance-t-elle avec un sourire. Et salut, euh... Claire !

– Chloé, dit Chloé.

– Chloé, oui, excuse-moi. Oh là là, je n'ai vraiment aucune mémoire !

Elle bat des cils et secoue orgueilleusement ses cheveux comme pour indiquer qu'il n'y a que les pauvres taches sans intérêt qui arrivent à se souvenir des prénoms correctement.

– Je vous présente George, continue-t-elle.

On dit bonjour au dénommé George. Il a l'air un peu désorienté, peut-être parce qu'en fait il s'appelle Gary, mais peut-être aussi parce que c'est la dernière victime du programme d'amitié express de Charlie et que ça peut en déconcerter plus d'un.

– En tout cas, c'est une super nouvelle, pas vrai, les gars ? s'écrie Charlie avec un grand sourire.

– De quelle nouvelle tu parles ? je demande.

– Vous n'êtes pas au courant ?

Avec son rictus méprisant, le ton qu'elle a employé suggère qu'on est une espèce d'hommes des cavernes baveux en voie d'extinction, Chloé et moi.

– Rose a fini sa cure de désintox, elle arrive demain. Je viens de publier un communiqué de presse et maintenant, je file au Dolphin Café donner une longue interview à *La Gazette*.

Elle adresse un sourire adorateur à George. Ah ! C'est un journaliste.

Elle se penche vers nous et nous fait un clin d'œil bizarre.

– Ne le répétez pas, mais entre vous et moi, je pense

que si mon petit Brutounet a réussi à embarquer Rose Quartz dans l'aventure, c'est parce qu'il a fait semblant d'être fou amoureux d'elle !

Si Charlie trouve ça intelligent de dire ce genre de chose en présence d'un journaliste, elle est encore plus tarée que je ne le pensais. Là-dessus, Dieu merci, elle part en entraînant George – le cauchemar est terminé.

– Il y a donc une super nouvelle, manifestement, dit Chloé quand on se détourne pour entrer dans la boutique. À part Charlie, qui est clairement une croqueuse d'hommes de la plus haute catégorie, ta seule rivale semble être une star légendaire récompensée par trois Grammy Awards et dont le dernier album a été vendu à plus de deux millions d'exemplaires !

– Super, pas de problème, je réponds. Avec ma robe magique sur le dos, tout est possible. Et s'il n'est pas disponible, je m'en fiche ! Je peux toujours sortir avec un des princes…

– Lequel te plaît ? demande Chloé avec malice.

Je hausse les épaules.

– Franchement, ça m'est égal. Mais je n'aurais rien contre un vieil Italien qui a un château au bord de la Méditerranée.

– C'est un peu comme si on était dans *Cendrillon*, non ? glousse Chloé. Je suis un de ses laiderons de sœurs.

– Tu n'es pas du tout un laideron ! Ce rôle-là, c'est Tam qui s'en charge. Il n'y a pas plus moche.

On essaie nos robes une dernière fois, pour être totalement sûres que c'est les bonnes. Bizarrement, j'ai l'impression que j'ai perdu un peu de poids – sans même essayer. Battre le pavé avec Matthew a peut-être été atroce sur le coup, mais on dirait que ça a eu un avantage inattendu. La robe est plus sublime que jamais, parce que maintenant, ça ne tire plus à mort sur les coutures quand je l'ai sur moi. Bien que loin d'être mince, je ne suis plus boudinée : je suis plutôt bien roulée.

– Attends un peu que Brutus te voie là-dedans ! chuchote Chloé. Il va tomber à la renverse ! Tu as l'allure d'une star de cinéma !

Je regarde mon reflet.

Je sais que je n'ai pas l'allure d'une star de cinéma, mais au moins, je suis le mieux que je puisse être. Cette robe est magique. Elle a une coupe incroyablement flatteuse. Je n'en reviens pas de la différence que ça peut faire, les bons vêtements. Cette robe me fait un peu l'effet d'une armure : avec, je me sens protégée, à l'abri. Je suis en passe de devenir ridiculement, superstitieusement attachée à un vêtement.

Quant à Chloé, elle est métamorphosée dans sa petite robe noire toute simple. Ses cheveux brillent comme le feu, sa peau blanche est immaculée et ses yeux verts scintillent.

– Voilà, c'est comme ça que tu devais être : fabuleuse ! je déclare, rayonnante.

Chloé tourne sur elle-même et s'examine vue de dos.

— C'est drôle, je crois que j'aime vraiment bien le noir, finalement…, commente-t-elle, songeuse.

Je pousse un énorme soupir de soulagement. Voilà des mois que j'essaie de lui faire comprendre l'intérêt du noir, mais ça s'est fait tout seul, en fin de compte. Cela dit, je serais un peu triste et déçue si elle ne portait plus jamais de vêtements décorés de tortues orange. C'est drôle, les surprises que la vie te réserve : ta façon de penser change de manière inattendue, et tout d'un coup, tu te sens libérée d'idées qui te plombaient depuis une éternité.

J'ai un peu le même sentiment à propos de Brutus, maintenant. D'une certaine façon, quand je porte la robe magique, j'ai l'impression que rien ne peut m'atteindre – que je peux supporter n'importe quoi, même de voir Brutus et Charlie s'embrasser. Mystérieusement, je suis enfin arrivée au sommet d'une montagne où je vais pouvoir me reposer.

35

Le grand jour arrive enfin. Les tracts ont tous été distribués, les billets sont tous vendus, et le petit passage de Rose Quartz en cure de désintox a fait des miracles pour notre médiatisation. La possibilité que la soirée Jailhouse Rock soit annulée à cause de Rose a captivé même la presse nationale.

Pendant que je me mets du rouge à lèvres (Bouquet Ardent), un chien aboie dans mon sac à main. Il va falloir que je remplace cette sonnerie par quelque chose de plus classe – une horde de loups, peut-être.

Depuis une demi-heure, avec Chloé, on n'arrête pas de s'envoyer des textos pour se raconter tous les détails palpitants de notre préparation. Chloé a fait tomber son mascara dans les toilettes ; moi, j'ai flippé à cause d'une araignée qui se baladait sur le miroir de la salle de bains. Est-ce que c'est de mauvais augure, faut-il y voir le signe que l'univers est contre nous ?

J'attrape mon téléphone, impatiente de découvrir la dernière catastrophe de Chloé... mais c'est un texto de Brutus. Mon cœur saute comme un maboul ; pourtant, je lui ai dit sévèrement que notre organisme ne s'intéresse plus à Mr Hawkins, à présent. Je n'ai pas vu Brutus depuis la soirée douloureuse et ridicule où il est passé chez les Norman et où je me suis payé la honte dans l'entrée, déguisée en plouc hideux avec des verrues et une barbe.

Zoé, passe dans les coulisses vers 7 h si tu veux rencontrer Rose. Amène Chloé aussi. À tout à l'heure.

Waouh ! Dans mes rêves les plus fous, je n'avais jamais imaginé rencontrer Rose, carrément. Cette fois, mon cœur saute comme un maboul avec ma bénédiction. Je me jette un coup d'œil nerveux dans le miroir. La robe rose me va à ravir ; je dois admettre qu'elle est sublime, alors, même si je suis sûre d'être tétanisée devant Rose, au moins je serai regardable. Je me demande ce qu'elle portera, elle – quelque chose d'éblouissant, sans aucun doute, parce qu'elle est célèbre pour sa fabuleuse garde-robe.

J'appelle aussitôt Chloé et je lui annonce qu'on a été sélectionnées pour rencontrer la déesse.

– Noooooooooon ! me hurle-t-elle à l'oreille. J'y crois paaaaaaaaaas !

On convient de se retrouver devant la porte des coulisses dans une demi-heure et on fait un pacte : si l'une d'entre nous tombe dans les pommes ou se met à vomir d'excitation quand on nous présentera Rose, l'autre doit faire pareil.

Papa me dépose en voiture.

– Bon, tu es sensass, mon petit gars, admet-il alors que je sors de la voiture. Amuse-toi bien. Et si cette créature, là – Rose – te propose de la drogue…

– Je t'en rapporterai un peu, papa, bien sûr ! je réplique d'un ton railleur.

Je lui jette un long regard appuyé pour le convaincre que je suis profondément raisonnable et saine d'esprit, puis je claque la portière et je pars en titubant sur mes talons de femme fatale.

Chloé m'attend. Hystériques, on se saute au cou, tout en veillant à ne pas faire baver notre maquillage ni froisser nos robes, bien sûr.

– Tu as vraiment une allure de déesse ! souffle Chloé.

– Non, non, Chloé ! Ce truc des déesses, c'est tellement siècle dernier ! dis-je d'une voix enjôleuse. Est-ce que j'ai réussi à avoir une allure humaine ? C'est tout ce qui m'intéresse.

Chloé me regarde, admirative.

– Mais quand même, cette robe ! Elle est trop belle !

– Ouais, et la tienne aussi ! Cate Blanchett va être mise au rancart ! Bon, assez parlé de nous, entrons vite ! Oh là là ! J'espère que je ne vais pas lui cracher à la figure par accident quand on nous présentera !

– Moi, j'espère qu'elle va me cracher à la figure ! chuchote Chloé. Ensuite, on pourrait récupérer la bave et la vendre sur eBay !

Il y a un homme qui ressemble un peu à un suricate dans une petite guérite à côté de la porte des coulisses. Il nous examine à travers la vitre en plissant les yeux.

– Zoé et Chloé ! je lui annonce. Harry Hawkins nous a dit de venir à la porte des coulisses à sept heures.

Le suricate consulte ses notes, puis passe un coup de téléphone.

– OK, il sera là dans une minute, nous dit-il.

On attend, surexcitées. Mon pouls va à cent à l'heure et mon cœur bat si fort que mon corps tout entier est devenu un groupe de samba. J'ai tellement le trac à l'idée de rencontrer Rose que je ne saurais dire si je suis stressée à l'idée de revoir Brutus ou non.

Quelques instants après, Brutus apparaît, pâle, l'air agité. Mon cœur exécute quelques sauts périlleux en souvenir du bon vieux temps. Brutus a les cheveux ébouriffés, comme s'il avait tiré dessus. J'espère que ce n'est pas parce que Charlie ou Rose y ont passé la main. Même si je ne ressens plus rien du tout pour Brutus, maintenant, il semblerait que j'éprouve encore de la jalousie. Pendant une seconde, il me regarde dans les yeux et son sourire chatouille l'arrière de mes jambes, qui prend feu. Je vais devoir sermonner mon corps sérieusement, tout à l'heure.

– Zoé, Chloé, trop content de vous voir, venez par ici, dit Brutus en nous faisant signe.

On le suit dans un labyrinthe de couloirs. Là, il y a des tas de gens qui s'activent : des mecs avec des écouteurs sur les oreilles et des écritoires à la main, des types musclés en T-shirt taché, et tous saluent Brutus sur notre passage. Je suis fière d'être avec lui.

— Bon, je vais vous mettre au courant de la situation, dit-il en s'arrêtant un instant dans un coin tranquille. Rose va bien, mais elle s'est fâchée avec son manager, son assistante a la grippe et elle refuse de parler aux autres personnes du bureau. Charlie a passé un moment avec elle, mais vous la connaissez…

Il hésite, et secoue la tête d'une façon qui n'est pas aussi affectueuse que j'aurais pu l'imaginer.

— … elle n'a fait que l'énerver à mort, alors Rose l'a fichue dehors.

C'est terrible que les déesses se soient disputées, mais j'espère que ça a été filmé par la caméra de surveillance et qu'on pourra regarder ça sur YouTube d'ici peu.

— Rose panique, continue Brutus. Elle a besoin d'un peu de compagnie : elle a toujours le trac avant de monter sur scène. Alors j'aimerais que vous restiez avec elle et que vous lui apportiez une tonne de soutien et de réconfort, d'accord ?

Brutus jette un coup d'œil nerveux à droite et à gauche, puis baisse la voix :

— Veillez à ce qu'elle ait tout ce qu'elle veut. Et ne la laissez pas faire de bêtise.

Il se passe la main dans les cheveux et nous regarde d'un air hagard ; on voit qu'il frôle la panique.

Muettes de terreur, on hoche la tête. Il nous entraîne vers les loges, au détour d'un couloir, et frappe à une porte. Une voix assourdie nous répond, et il ouvre la porte pour nous faire entrer. Je vois des montagnes de vêtements partout, des lampes, des miroirs, et quelqu'un qui est assis devant un miroir. Je ne pense pas que mon cœur ait déjà battu aussi vite sans que ça implique l'amûûûr.

– Rose, dit Brutus, je te présente Zoé et Chloé, mes deux meilleures copines. Elles te tiendront compagnie et te procureront tout ce dont tu auras besoin.

Rose se retourne sur sa chaise. La lumière de la dizaine d'ampoules qui borde le miroir souligne le relief de son visage.

– Mes sourcils, putain ! hurle-t-elle. Kate fait mes sourcils, d'habitude ! Je suis affreuse !

– Peut-être que Zoé peut t'aider, dit Brutus, qui semble épuisé. C'est la reine des sourcils.

Je suis étonnée de recevoir ce titre, brusquement, mais je suis disposée à faire n'importe quoi pour aider le pauvre Brutus.

– Je vous laisse un moment, excusez-moi, dit-il en battant en retraite vers la porte. J'ai des choses à faire.

Rose Quartz braque sur moi un regard suppliant et me demande avec autorité :

– Tu sais faire les sourcils ? Toi, la fille en robe rose. Tu sais faire les sourcils ? Je ne peux pas rester comme ça, c'est horrible. Excuse-moi, je suis toujours hystérique avant un concert. Je n'arrête pas de parler. Comment tu t'appelles, déjà ?

Je m'approche d'elle en m'efforçant de ne pas être trop impressionnée, parce que je sais que le mieux, ce serait de la traiter comme si c'était juste une copine à nous.

– Je m'appelle Zoé, et elle, c'est Chloé, dis-je. Pas de problème, je vais essayer, si tu veux.

– Génial ! S'il te plaît. Mais ne me souffle pas dans la figure !

– Je ne respirerai pas du tout, lui promets-je.

– Et toi, euh… excuse-moi : Chloé… tu peux aller me chercher un hot dog avec des oignons, du ketchup et de la moutarde ? Et un Coca ?

– Light ou normal, le Coca ? demande nerveusement Chloé.

Je trouve que ça démontre une extraordinaire présence d'esprit.

– Normal, normal, dit Rose. Je suis accro à la caféine. Ha ha ! J'étais pas intoxiquée, au fait. C'était juste des calmants sur ordonnance. Il ne faut pas croire ce que vous lisez dans ces foutus magazines. Frappe cinq coups en revenant.

– OK, dit Chloé – et elle disparaît.

– Regarde mes sourcils, m'ordonne Rose. Celui de droite est une catastrophe !

J'inspecte ses sourcils.

– Je suggère qu'on recommence, dis-je en essayant d'avoir l'air calme, même si je tremble des pieds à la tête quand je pense que je suis à côté de Rose Quartz – et même que je m'apprête à trifouiller son visage !

Je suis assez proche pour toucher le légendaire tatouage de serpent qu'elle a sur l'épaule droite, même si je ne le vois pas, en fait, parce qu'elle a une sorte de serviette sur le haut du corps pour protéger sa robe – un peu comme ces ponchos en tissu que portent les types qui vont se faire raser chez le barbier, dans les vieux films.

Rose Quartz lève les yeux vers moi. Je suis étonnée de lui découvrir une allure si ordinaire de près, en privé, quand elle n'est pas maquillée. Elle n'est pas vraiment célèbre pour sa beauté, c'est sa voix rauque et sa façon de chanter à tue-tête qui ont fait son succès. Et ses jambes, bien sûr. Elle s'est rasé la tête il y a environ six semaines. C'était pas un coup de folie ; sa tante venait d'apprendre qu'elle avait un cancer et devait faire de la chimio, et elle perdait ses cheveux, alors Rose a fait ça pour montrer sa solidarité. Rien que pour cette raison, je la respecte vachement. En plus, ça veut dire qu'elle ne va pas stresser pour ses cheveux : elle n'a qu'un duvet de picots blonds sur la tête, et je dois dire que ça fait top.

– Vas-y.

Rose jette son crayon à sourcils sur la table.

– … Il y a du démaquillant et tout…

Elle lève le nez vers moi et m'examine un moment de son regard perçant.

– Elle est fabuleuse, cette robe, murmure-t-elle.

Là-dessus, elle tend le bras et me caresse la cuisse.

Pendant une fraction de seconde, je suis absolument terrorisée : est-elle en train de me draguer ?

– Du satin…, souffle-t-elle. Divin.

Ensuite, elle croise les mains sur ses genoux et ferme les yeux. J'enlève mes talons de femme fatale et je prends un coton à démaquiller.

– Tu l'as trouvée où ? me demande Rose.

– D-Dans une petite boutique, en ville, je bredouille.

– C'est toujours ce qu'il y a de mieux, dit Rose. Recommence tout à zéro, pour mes sourcils. Je sais qu'ils sont complètement ratés.

Délicatement, j'efface son premier essai de sourcils, en remerciant ma bonne étoile de m'avoir donné si souvent l'occasion de maquiller les sourcils de mes copines. Surtout ceux de Chloé.

– Cette foutue Kate, grommelle Rose sans rouvrir les yeux. Je vais la virer ! La grippe, bon sang ! Non mais franchement ! Et aujourd'hui, en plus ! Je lui avais dit d'aller se faire vacciner contre la grippe ! Je me suis bien fait vacciner, moi. Ça ne se fait pas de laisser tomber les gens, et surtout pas une association humanitaire ! C'est laquelle, déjà ?

– Amnesty, dis-je en espérant que mes doigts vont bientôt cesser de trembler, parce que c'est un peu dur de redessiner les sourcils d'une diva quand on a la tremblote.

– Pauvres prisonniers, soupire Rose. Je les aime

tellement. Je voudrais pouvoir tous les libérer sur-le-champ ! J'aurais horreur d'être en prison. Je ne tiendrais pas cinq minutes, je péterais les plombs et je hurlerais et je grimperais aux murs. Je ne supporte pas d'être enfermée.

Je balaie la loge d'un regard nerveux, en espérant qu'elle ne va pas se mettre tout de suite à hurler et à grimper aux murs.

– J'espère que ton amie va se dépêcher, dit Rose. Je meurs de faim.

Dix minutes plus tard, j'ai réussi ses sourcils. Je savais exactement comment les faire, parce qu'il y a une photo de Rose Quartz parmi les portraits de musiciens que j'ai affichés sur un mur de ma chambre. J'ai réussi à les maquiller sans lui souffler dans la figure, et mes doigts ont cessé de trembler. À cet instant, on frappe cinq coups à la porte. Rose ouvre les yeux.

– Entrez ! crie-t-elle.

Une bouffée de nicotine me fouette le visage. Je fais le serment de ne jamais, jamais fumer. Rose examine son reflet d'un œil critique.

– Bravo, tu as cartonné, merci !

Elle hoche la tête. Elle est contente de ses sourcils – ouf !

– Il faut que je me lève et que je mange ce hot dog, maintenant, dit Rose.

Je recule ; elle se lève et retire sa serviette. Elle porte une sublime robe blanche.

Chloé est revenue, accompagnée d'une odeur

délicieuse. Rose se passe de nouveau en revue dans le miroir en pied, en étudiant tout spécialement ses sourcils.

– Tu as fait un super boulot, me dit-elle. Dans une minute, il faudra que tu me fasses les yeux.

Chloé reste plantée là, avec un plateau à la main, l'air gênée. Rose fait une place pour le plateau sur la coiffeuse, en écartant une montagne de maquillage et de petites culottes, puis se rassied et fait un sourire ravi à son hot dog.

– Génial. Merci. Maintenant, que personne ne me parle pendant cinq minutes, parce que j'ai besoin de silence pour manger.

On acquiesce et on s'éloigne un peu pour lui laisser de l'air. Elle semble nous avoir allègrement oubliées, maintenant. Elle branche son iPod et prend son hot dog. Elle croque dedans et mastique gaiement. Chloé et moi, on l'observe avec fascination depuis notre place près du mur du fond. Cette loge est une vraie décharge. Le plancher est jonché de débris : mouchoirs, chaussures, collants, emballages de nourriture, paquets de cigarettes vides.

Une forte senteur épicée flotte partout : je vais devoir lui demander ce qu'elle met comme parfum, même si je doute d'avoir les moyens de me l'acheter.

Rose croque une nouvelle bouchée de son hot dog… et une énorme boulette d'oignons frits, généreusement garnie de moutarde et de ketchup, s'échappe du petit pain et finit sur ses genoux !

– Oh nooooooooooon ! crie Rose d'une voix stridente.

Elle écarte vite le hot dog… qui renverse le gobelet de Coca, qui inonde la coiffeuse et éclabousse sa robe. Elle se lève d'un bond en poussant des jurons et se met à sautiller, furieuse.

– Regardez ça ! Regardez ça ! hurle-t-elle.

Sa ravissante robe blanche est complètement fichue : une énorme tache de moutarde, de ketchup et de graisse s'étale en plein milieu, sur le devant, et toute la robe est affreusement constellée de taches de Coca.

– Amenez-moi Harry ! Amenez-moi Harry ! vocifère Rose. C'est une catastrophe !

Elle fait des bonds.

– Amenez-moi Harry !

Je sors vite mon portable et je sélectionne le numéro de Brutus.

– Foutue Kate ! Toutes mes tenues sont avec elle ! C'est ma seule robe, ça ! Je ne peux pas monter sur scène ! Je vais la virer ! Je vais tous les virer !

Elle fonce dans la salle de bains. On entend les robinets s'ouvrir, puis un nouveau chapelet de jurons.

– Oui ? répond Brutus à mon oreille.

– Tu ferais mieux de venir voir Rose, dis-je. Je suis désolée, mais il y a eu une petite catastrophe.

36

Brutus arrive, l'air inquiet. Rose lui saute dessus et lui montre sa robe tachée en agitant les mains.

– Regarde ! hurle-t-elle. Regarde ce qui vient de se passer ! C'est la seule robe que j'aie avec moi, étant donné que je suis entourée d'imbéciles et que mes tenues de tournée sont à Paris ! Fais quelque chose, Harry !

Tendu, Brutus hausse les épaules.

– Tous les magasins sont fermés…

Il se tire les cheveux.

– Harry ! Je te jure que je ne monterai pas sur scène si tu ne me trouves pas quelque chose de fabuleux !

Brutus a un regard affolé : il se tourne vers moi, vers Chloé, puis de nouveau vers Rose. Soudain, j'ai une idée. D'une certaine façon, c'est une idée épouvantable, parce que ça veut dire que ma soirée va devoir se terminer ici et maintenant. Mais c'est peut-être un moyen de se sortir de ce cauchemar ; c'est peut-être la seule issue.

– Euh… Rose ? je demande. Tu as dit que tu aimais bien cette robe…

La chanteuse se tourne vers moi et son regard change

– Oui ! Oh là là ! Tu fais à peu près la même taille que moi, en plus !

Sur son visage, la détresse cède la place à l'espoir.

– Si tu veux l'essayer, n'hésite pas, je lui propose. Elle n'a rien d'extraordinaire, mais…

– Mais si, mais si…

Rose s'approche de moi comme un serpent qui ramperait vers une souris sans défense.

– Je peux vraiment l'essayer ? Ça ne te dérange pas ?

– Je vous laisse, alors, lance vivement Brutus.

Il sort, après s'être arrêté une seconde devant la porte pour m'adresser un regard étrange : un regard de supplication, de désespoir et, si je ne m'abuse, d'éternelle gratitude.

Je retire la robe et Rose l'enfile en hâte. Évidemment, elle est superbe. Elle se pavane devant le miroir et fait quelques mouvements.

– Ça colle, ça colle, commente-t-elle, tout excitée. Ça ne te dérange pas, Zoé ? Merci. Tu pourras la récupérer juste après… Je porte toujours mon survêtement gris pour mes déplacements.

– Pas de problème, dis-je. Vas-y. C'est un honneur !

– OK, alors, termine sèchement Rose. Marché conclu. Il y a un peignoir dans la douche. Sers-toi.

Quand elle quitte la loge pour donner son concert,

j'insiste pour que Chloé aille la voir chanter, mais moi, bien sûr, comme je suis en petite culotte et soutien-gorge, drapée dans un grand peignoir en éponge blanc, je suis obligée de rester où je suis. Je me croirais dans un de ces affreux cauchemars où on est dehors, en public, et où on a mystérieusement oublié de s'habiller.

Je m'assieds pour écouter Rose sur scène dans les haut-parleurs. J'entends l'annonce de son arrivée et l'énorme vague d'acclamations quand l'immense foule de spectateurs l'accueille. Son groupe attaque la première chanson : *Let it go*. Elle se donne à fond. Quelle star !

Et malgré ses tendances hystériques et son petit côté diva, elle a été plutôt sympa avec nous. Si seulement je pouvais la voir en ce moment même avec ma robe, qui vit son heure de gloire sur le dos d'une vraie déesse – vêtement divin pour une chanteuse divine ! Mais bon, c'était génial d'être avec elle et de l'aider à se préparer. Ça me fera quelque chose à raconter à mes petits-enfants... si j'en ai un jour.

On frappe à la porte.

– Zoé !

C'est la voix de Brutus. Je me lève d'un bond, agitée. Il ne faut pas qu'il me voie comme ça ! Mon cœur se met en surrégime.

– Une minute ! je crie. Je ne suis pas présentable !

Je resserre le peignoir autour de moi et je cours à la porte.

– Zoé, tu ne veux pas venir voir Rose chanter ? Allez, sois pas timide !

- Écoute, Harry, dis-je (pour la toute première fois, je l'appelle par son prénom – je ne sais pas pourquoi). Tout ce que j'ai sur le dos, là, c'est une serviette. Je suis grotesque !

– Ne dis pas de bêtises, Zoé, rétorque patiemment Brutus. De toute façon, je t'ai trouvé des fringues. Ouvre-moi !

J'hésite dans un silence frémissant, la langue nouée et le pouls emballé.

– Laisse-moi entrer ! insiste Brutus. Sinon, je casse cette maudite porte !

En grimaçant d'embarras dans mon peignoir en éponge, je tourne le verrou. Brutus entre et la porte se ferme en claquant derrière lui. Il est là, devant moi, magnifique. Le stress et l'angoisse qu'on lisait sur son visage ont disparu – il paraît plus grand et ses yeux sont tout pétillants.

– Tiens…

Il brandit un sac de sport.

– Lizzie, qui s'occupe du stand de produits dérivés, a dit que tu pouvais emprunter ça. C'est pas exactement du Gucci, mais qu'est-ce que ça peut faire ? Je te trouve toujours belle, quoi que tu portes.

Il me trouve belle ? Cramoisie, je le regarde avec stupeur.

– J'ai compris que j'étais toujours fou de toi quand je t'ai vue déguisée en petit vieux ! dit Brutus.

301

Il a la voix rauque et il tremble.

– C'est les verrues et le crâne dégarni qui m'ont fait craquer.

Il éclate d'un rire nerveux. J'émets un étrange piaulement hystérique et je me plaque une main sur la bouche.

– Je sais bien que tu m'as déjà envoyé balader une fois, et tu peux recommencer si tu veux, continue Brutus. Mais Chloé m'a juré que tu ne serais pas aussi dure, cette fois-ci.

– Chloé t'a juré… ?

– Je viens de la voir, dans les coulisses. Elle m'a dit que ça ne te gênerait peut-être pas si je te reproposais qu'on sorte ensemble… ?

Pour une raison insensée, je fonds en larmes. Brutus lâche ce qu'il portait et me prend dans ses bras. Il m'étouffe, tellement il me serre fort. Mon pauvre petit cœur palpite comme un malade, et à travers l'épais peignoir en éponge blanc, je sens le cœur de Brutus qui tambourine aussi.

Quand j'arrive à reprendre mon souffle, je lui demande d'une voix faible :

– Et… Et Charlie ?

– Je n'ai jamais eu de vues sur Charlie, affirme-t-il – et je sens son souffle chaud sur mes cheveux. Elle se fait des films. Ça a toujours été toi que je voulais.

Puis il m'embrasse l'oreille. Il a embrassé une de mes oreilles bizarres et affreuses ! Je dois vraiment lui plaire, alors. Je m'abandonne à un délicieux moment de pur bonheur pendant que Rose continue à beugler *Let it go* à tue-tête.

– Ces dernières semaines ont été vraiment dures, chuchote Brutus. Je croyais que tu me détestais toujours.

– Ben oui, je te déteste toujours, bien sûr, dis-je d'une voix rauque.

Je me cramponne aux branches avant la chute fatale.

– Je ne savais pas… ce que tu pensais… ce qui se passait, continue Brutus.

– Moi non plus, je ne le savais pas, je murmure, baignée dans sa délicieuse odeur d'agrumes.

– J'ai changé, depuis la fois où tu m'as descendu en flammes et où tu m'as dit que j'étais détestable, poursuit Brutus. Tu avais raison. J'étais un monstre.

– Oui. Une brute, je l'approuve. Mais je t'en supplie, ne deviens pas un de ces ridicules princes en collant. Ce serait répugnant.

– Je te le promets, souffle Brutus. Et toi, tu as intérêt à ne pas changer le moindre détail non plus. Tu me plais comme tu es : avec tes verrues et tout.

Norbert en palpite d'extase. Je crois qu'il est un peu amoureux de Brutus, lui aussi.

On s'abandonne à un baiser qui dure à peu près dix mille ans et fait fleurir toutes les forêts de bambous de Chine. Ensuite, la chanson de Rose se termine et il y a un tonnerre d'applaudissements.

Notre baiser s'arrête là. Brutus jette un coup d'œil au haut-parleur.

– J'ai l'impression que le public a apprécié ça autant que nous.

Il sourit.

– Bon, j'aimerais bien rester ici comme ça pendant cinq jours, mais il faut qu'on voie le concert de Rose. Tiens…

Il fouille dans le sac de sport et me tend les trucs qu'il a apportés : un grand sweat-shirt de Jailhouse Rock et des leggings. J'emporte tout ça dans la salle de bains et je m'habille en vitesse, puis je sors et je remets mes talons de femme fatale.

– Superbe ! commente Brutus avec un sourire. Viens, on peut regarder Rose depuis les coulisses !

Il m'entraîne dans un nouveau labyrinthe de couloirs, puis on arrive dans un espace sombre sur le côté de la scène. On a une super vue sur Rose qui se pavane dans ma robe. Brutus se tient derrière moi, les bras autour de mes épaules. Je sens son souffle sur mes cheveux et dans mon cou. Je n'arrive pas à le croire, après toutes ces semaines tourmentées : me voilà dans les bras de Brutus alors que j'avais décidé que ça n'arriverait jamais !

– Elle est superbe avec ma robe ! je m'égosille.

– Tu m'as vraiment sauvé la vie ce soir, bébé ! tonne Brutus. Dire que tu t'es déshabillée pour elle ! Tu es une star !

– Oui, mais Rose est une déesse ! je hurle.

— Une déesse ordinaire, cela dit, me crie Brutus à l'oreille. Elle n'arrive pas à la cheville de la seule et unique Zoé Morris !

Là-dessus, il me serre tellement fort que mes poumons se vident de tout leur air avec une sorte d'aboiement pas très sexy. Par chance, la musique est si tonitruante que personne ne l'entend.

Soudain, je repère Chloé de l'autre côté de la scène. Elle assiste au concert depuis les coulisses, en face. Nos regards se croisent et, avec un sourire ravi, elle lève les pouces. Rose termine sa chanson et la salle entière est secouée par une nouvelle salve d'applaudissements.

— Bien ! s'écrie Rose. Maintenant, je voudrais qu'on applaudisse nos frères et nos sœurs qui sont en prison pour leurs convictions ! Qu'on leur rende la justice ! La liberté !

Je me rends compte que je viens de sortir d'une prison personnelle. Blottie dans mon sweat Jailhouse Rock et les bras de mon Brutus, avec les cheveux dans tous les sens et son épaule qui frotte mon maquillage, j'ai enfin le sentiment d'être une déesse. Ça n'a rien à voir avec les cheveux, les fringues, la minceur ou quoi que ce soit de ce genre, c'est juste un de ces moments divins qui peuvent survenir dans la vie de n'importe qui. J'adresse un merci muet à l'univers — l'univers immense et noir, mystérieux et plein d'échos.

Sue Limb

L'auteur

Sue Limb est née à Hitchin en Angleterre en 1946. Après des études de littérature et de sciences de l'éducation à l'université de Cambridge, elle devient enseignante et anime des séminaires de littérature. Elle s'installe ensuite à Londres où débute sa carrière d'auteur. Elle a publié à ce jour une vingtaine de titres destinés aux adultes, aux adolescents, ainsi qu'aux enfants. Elle écrit également des scénarios pour la radio et la télévision qui connaissent un véritable succès en Grande-Bretagne. Pendant une dizaine d'années, Sue Limb a par ailleurs tenu une rubrique dans le supplément hebdomadaire du *Guardian*. Chez Gallimard Jeunesse, elle a publié les deux premiers tomes des aventures de Zoé et Chloé : *Cherche garçon sachant danser* et *Mission job de rêve* (Folio Junior), mais également *Quinze ans, Welcome to England !* ; *Quinze ans, charmante mais cinglée* ; *Seize ans ou presque, torture absolue* (Scripto) et *Seize ans, franchement irrésistible* (Hors série).

Retrouve les premiers tomes
des aventures de **Zoé et Chloé**

dans la collection
folio
junior

CHERCHE GARÇON SACHANT DANSER
n° 1546

Zoé craque pour le bel Oliver Wyatt, sauf que la première
fois qu'il lui adresse la parole, elle se ridiculise pour l'éternité. Chloé, elle, flashe sur Brutus, malgré sa réputation de
dragueur impitoyable. Zoé est horrifiée… mais le vrai
problème, c'est le Bal Sismique : comment trouver des garçons assez sexy pour les accompagner ? Et pourquoi pas
une petite annonce ? Les entretiens d'embauche s'annon-
cent inénarrables !

MISSION JOB DE RÊVE
n° 1561

Enfin l'été. Zoé et Chloé ne parlent plus que de leurs
vacances au paradis des surfeurs. Mais il faut d'abord
trouver un job : organiser des soirées avec l'odieux Brutus
ou planter des laitues sous la pluie au côté d'Oliver, l'être
suprême ? Zoé choisit sans hésiter… l'agriculture et les joies
des pique-niques bucoliques ! Reste à convaincre Chloé…
et les parents.

Le papier de cet ouvrage est composé de fibres naturelles, renouvelables,
recyclables et fabriquées à partir de bois provenant de forêts plantées
et cultivées expressément pour la fabrication de la pâte à papier.

Mise en pages : Maryline Gatepaille

Loi n° 49-956 du 16 juillet 1949
sur les publications destinées à la jeunesse
ISBN : 978-2-07-062877-3
Numéro d'édition : 170422
Numéro d'impression : 105253
Dépôt légal : mai 2011

Imprimé en France par CPI Firmin-Didot